Biblioteca
Christina Dodd

Christina Dodd

LA ATRACCIÓN DE LAS SOMBRAS

Traducción de
Sonia Tapia

CISNE

Título original: *Into the Shadow*

Primera edición: julio, 2010

© 2008, Christina Dodd
© 2010, Random House Mondadori, S. A.
  Travessera de Gràcia, 47-49. 08021 Barcelona
© 2010, Sonia Tapia Sánchez, por la traducción

Quedan prohibidos, dentro de los límites establecidos en la ley y bajo los apercibimientos legalmente previstos, la reproducción total o parcial de esta obra por cualquier medio o procedimiento, ya sea electrónico o mecánico, el tratamiento informático, el alquiler o cualquier otra forma de cesión de la obra sin la autorización previa y por escrito de los titulares del *copyright*. Diríjase a CEDRO (Centro Español de Derechos Reprográficos, http://www.cedro.org) si necesita fotocopiar o escanear algún fragmento de esta obra.

Printed in Spain – Impreso en España

ISBN: 978-84-9908-352-0 (vol. 60/9)
Depósito legal: B-22256-2010

Compuesto en Revertext, S. L.

Impreso en Liberdúplex, S. L. U.
Sant Llorenç d'Hortons (Barcelona)

M 883520

Para Susan Sizemore:
Me ofreces tu mente privilegiada para los argumentos,
me alegras con tu ingenio y tu humor,
y sobre todo, me has dado años (y años y años)
de verdadera amistad. Ese es el mejor regalo

Agradecimientos

Escribir un libro como *La atracción de las sombras* es siempre una alegría y un desafío. Gracias a mi editora, Kara Cesare, por sus preguntas, comentarios y entusiasmo. Gracias a Lindsay Nouis por todo lo que hace por mí. Gracias a Kara Welsh y a Claire Zion por su apoyo en la serie «La llamada de la Oscuridad». Y mi más profundo agradecimiento a Anthony Ramondo y a su equipo del departamento artístico por esta magnífica portada.

Árbol genealógico de la serie

«LA LLAMADA DE LA OSCURIDAD»

LOS VARINSKI

1000 d.C. En Ucrania,
Konstantine Varinski hace un pacto con el diablo

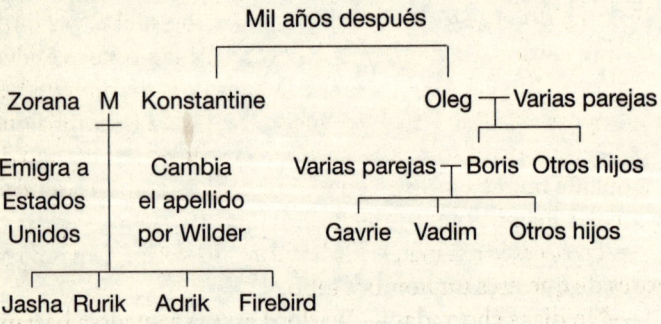

Prólogo

En la frontera entre Tíbet y Nepal

—Tú no eres normal.

—¿Sabes, Magnus? Cuando te emborrachas, ese acento tuyo se espesa tanto que casi no te entiendo. —La voz de Warlord era tan suave y tersa como el whisky de malta que habían robado, e igualmente letal.

—Me entiendes perfectamente. —Magnus sabía que jamás habría tenido el valor de hacer comentarios sobre Warlord, por muy ciertos que fueran, si no estuviera tan oscuro allí en el maldito Himalaya, en mitad de la nada, y si no hubiera bebido un poquitín de whisky... bueno, casi toda la botella que se había tomado él solo. Y si no fuera el segundo al mando de la tropa de mercenarios, lo cual implicaba la responsabilidad de señalar los posibles problemas.

—Tú no eres normal, y los hombres lo saben. Corren rumores de que eres un hombre lobo.

—No digas chorradas. —Warlord estaba sentado a bastante altura sobre el campamento, su silueta perfilada contra el cielo nocturno con el brazo en torno a la rodilla y el rifle en la mano.

—Sí, eso les digo yo. Como soy escocés tengo más cerebro y sé que los hombres lobo no existen. —Magnus asintió con aire sabio y abrió la segunda botella—. Hay cosas mucho peores. ¿Sabes por qué lo sé?

Warlord no contestó.

Nunca decía una palabra más de las necesarias. No era amable y jamás se mostraba amistoso. Guardaba bien sus secretos, y en una pelea era el cabrón más peligroso que Magnus había visto en su vida. Pero mientras los hombres celebraban el último saqueo, Warlord hacía guardia en el punto más elevado desde el que se dominaba todo su escondrijo. Para ser un hombre tan eficaz a la hora de robar a los turistas ricos y a los oficiales del gobierno, sin pensárselo dos veces cuando era necesario matar a alguien, era un tipo decente.

—Yo crecí en lo más inhóspito de las Hébridas occidentales, muy al norte, donde el viento sopla constantemente, no crece ni una puta planta y las viejas historias se repiten una y otra vez durante las largas noches de invierno.

—Parece un buen sitio del que largarse. —Warlord le arrebató la botella para echar un trago.

—Pues sí. Tú no sueles beber —comentó Magnus.

—Si nos vamos a poner a rememorar, necesito un poco de anestesia. —Warlord era una silueta negra contra las estrellas. Una silueta de una negrura antinatural.

Magnus sabía que por la mañana se arrepentiría de haberse ido así de la lengua. Como todos los hombres del grupo, estaba marcado por la crueldad y la traición y lo único que se le daba bien era luchar; y si algún gobierno del mundo llegaba a atraparlo, acabaría ahorcado o algo peor. Pero el whisky lo hacía parlotear, y además confiaba en Warlord. Este establecía las reglas y era implacable para hacer que se cumplieran, pero era un hombre justo.

—Entonces ¿no echas de menos tu casa? —preguntó.

—No pienso en ello.

—Es verdad. Total, ¿para qué? No podemos volver. No nos quieren allí, no con tanta sangre en nuestras manos.

—No.

—Pero hoy hemos lavado algo de esa sangre.

Warlord se miró la mano.

—La sangre no se va nunca.

—¿Cómo lo sabes?

—Mi padre me lo dejó muy claro. Una vez que entras deliberadamente en el camino del mal, quedas marcado de por vida y tu destino es el infierno.

—Sí, mi padre decía eso mismo, antes de quitarse el cinturón y darme latigazos —masculló Magnus decaído. Aunque enseguida volvió a animarse—. Pero hoy esos monjes budistas estaban agradecidos. Nos han colmado de bendiciones. Esto tiene que servir de algo, ¿no? ¿No los has liberado por eso?

—No. Los he liberado porque odio a los matones, y esos soldados chinos son unos gilipollas que piensan que tiene gracia hacer prácticas de tiro con hombres sagrados como diana. —La voz de Warlord vibraba de rabia.

—Bueno, en eso tienes razón. Pero esta vez nos han pagado con algo más que con bendiciones.

La escaramuza había resultado beneficiosa: habían conseguido armas, municiones y el alcohol y el oro de un general chino que había dado el botín a cambio de mantener en secreto las fotos de su relación con el joven hijo de un líder comunista.

Magnus sonrió mirando hacia el este, donde el resplandor en el horizonte indicaba la salida de la luna.

—Tú y yo hemos luchado juntos, nos hemos ido de putas juntos, y todavía sigo sin comprender cómo sabes siempre dónde está escondido el dinero, dónde se guarda el alcohol y dónde encontrar los mejores escándalos.

—Es un don.

Magnus blandió el dedo.

—¡No me vengas con esas! ¿Cómo has llegado a ser así?

—Igual que tú. Maté a un hombre, huí y acabé aquí. —Warlord alzó la botella hacia las cumbres nevadas que dominaban sus vidas—. Aquí, donde la única ley es la mía y no tengo que suplicar el perdón de nadie.

—No me refería a eso y tú lo sabes. Tú tienes una vena malvada. Tu sombra es demasiado negra. Cuando te enfadas... —Magnus agitó los dedos—. Cuando te enfadas parece que tu silueta se desdibuja. Eres capaz de aparecer de pronto de la nada sin hacer ni un ruido, y sabes cosas que no tendrías por qué saber, como que el general chino se estaba tirando a ese chaval. Los hombres juran que no eres humano.

—¿Y por qué lo dicen?

—Por tus ojos... —Magnus se estremeció.

—¿Qué les pasa a mis ojos? —Warlord había vuelto de nuevo a aquel tono tenso, letal.

—Pero ¿es que no te has mirado al espejo? Tus ojos ponen los pelos de punta. Por eso te siguen los hombres, pero ahora hay quejas. —Magnus se preparó para una reacción violenta.

—¿Y por qué iba a haber quejas? —preguntó Warlord, con engañosa suavidad.

—Los hombres dicen que no te centras en el asunto, que estás distraído por esa mujer.

—Por esa mujer. —Los ojos de obsidiana de Warlord relumbraban en la oscuridad.

—¿Pensabas que nadie se iba a dar cuenta de que desapareces por las noches? Te ven marcharte y corren los rumores. —Magnus intentó distender el ambiente—. Nuestros mercenarios son peores que un corral de viejas.

Pero Warlord no le veía la gracia.

—¿No están contentos con los resultados de esta incursión?

—Sí, pero en la vida hay más cosas aparte de una buena pelea y robar un montón de dinero. —Magnus se propuso ir al grano—. A nuestros hombres les preocupa la seguridad. Corren rumores de que los ejércitos a ambos lados de la frontera están hartos de que les demos en las narices y van a traer refuerzos.

—¿Qué refuerzos?

—Pues no sabría decirlo exactamente. No sueltan prenda, pero se les ve a la vez encantados y... bueno...

Warlord se inclinó.

—Encantados ¿y qué?

—Yo diría que también asustados. Como si hubieran comenzado algo que ahora no pueden detener. Te voy a ser sincero, Warlord, esto no me gusta nada. Necesitamos que dejes de follarte a la chica y averigües qué está pasando.

Ya estaba. Magnus había transmitido el mensaje y Warlord no le había arrancado la cabeza. Todavía.

Se apoyó contra la roca. Estaba fría, naturalmente. Excepto durante el breve verano, en aquellas montañas siempre hacía frío. Y en el valle, rodeado como estaba de montañas por tres lados y por el otro por un barranco que caía a un tumultuoso río, el constante viento azotaba su pelo ralo y se le metía hasta los huesos.

—De Asia nunca ha salido nada bueno, excepto las especias y la pólvora —aseveró.

Warlord se echó a reír y casi pareció divertido.

—En eso tienes razón. Mi familia viene de Asia.

—¡Venga ya, hombre! ¡Tú qué vas a ser chino!

—Un cosaco de las estepas, de lo que ahora es Ucrania.

Magnus sabía algo de geografía. Había trabajado en aquella parte del mundo como timador y soldado.

—Ucrania... Eso está cerca de Europa.

—«Cerca» solo cuenta para las herraduras de los caballos y las granadas de mano. —Warlord miró las estrellas y dio un trago al whisky—. ¿Has oído alguna vez hablar de los Varinski?

Magnus sintió de pronto una ira asesina.

—¡Los hijos de puta!

—Veo que has oído hablar de ellos.

—Hace ocho años estaba trabajando en el mar del Norte, pirateando un poco, y tres Varinski me alcanzaron y me informaron de que aquel era su territorio y que se lo llevaban todo. —Magnus se tocó con el dedo la mejilla en el punto en que le faltaba una muela—. Yo les dije que no fueran avariciosos, que había suficiente para todos. Y, oye, yo sé aguantar una paliza, de hecho, mi padre me pegó con el cinturón hasta el último día de su vida, pero aquellos tíos... Por eso tengo la nariz torcida, me faltan tres dedos de los pies y los dos meñiques de las manos. Me dejaron casi muerto y me tiraron al mar. Según los médicos por eso no me desangré, por la hipotermia. Varinski —repitió, escupiendo el nombre como si fuera veneno—. ¿Tú sabes la reputación que tienen esos monstruos?

—Sí.

—Malditos cabrones.

—Son mi familia.

Magnus notó un escalofrío de miedo.

—Los rumores sobre ellos son...

—Todos ciertos.

—No puede ser. —Magnus intentó aferrarse al bendito aturdimiento de la borrachera, que se estaba disipando a ojos vista.

—Tú has dicho que los hombres aseguran que no soy humano.

Magnus intentó negarlo con toda la vehemencia posible.

—Los hombres son unos salvajes ignorantes.

—Pero sí que soy humano. Un hombre con unos dones especiales... los dones más maravillosos, placenteros y atractivos. —La voz de Warlord pareció tejer un hechizo en torno a ellos.

—No hace falta que me lo digas. Todos tenemos derecho a guardar nuestros secretos. —Magnus intentó ponerse en pie, pero Warlord le agarró del brazo y tiró de él bruscamente.

—No te vayas, Magnus. ¿No querías saberlo todo?

—Tampoco tengo tantas ganas —masculló el otro.

—Tú querías que te tranquilizara, y eso es lo que hago. —Warlord le tendió la botella como si fuera a necesitarla—. Hace mil años mi antepasado, Konstantine Varinski, hizo un pacto con el diablo.

—Mierda. —Magnus siempre había odiado ese tipo de historias. Las odiaba porque se las creía.

Le habría gustado que alguna luz eliminara las sombras, pero apenas asomaba media luna y su luz blanca tocaba las sombras pero no las desvanecía. Le habría gustado tener allí a algunos hombres, pero los muy idiotas estaban en el valle, apostando, bebiendo, jugando a sus estúpidos videojuegos y vomitando. Nadie sabía que él estaba allí arriba, desenterrando secretos que estarían mejor bien guardados, y que ahora temía por su vida.

—Konstantine tenía toda una reputación en las estepas. Se deleitaba en el asesinato, la tortura, la extorsión, y se rumoreaba que su crueldad rivalizaba con la del mismo diablo. —En la voz de Warlord se percibía un cierto sentido del humor—. A Satán no le gustaban estas historias, supongo que porque es algo vanidoso, y buscó a Konstantine con la intención de eliminar a la competencia.

—No irás a decir que Konstantine derrotó al mismo diablo —terció Magnus incrédulo.

—No. Se ofreció como su mejor sirviente. A cambio de la capacidad para encontrar y matar a sus enemigos, Konstantine prometió su alma y las almas de todos sus descendientes.

Magnus miró a Warlord, intentando verlo, pero, como siempre, las sombras en torno a su líder eran densas, impenetrables.

—¿Y tú eres su descendiente?

—Uno de muchos. Hijo del actual Konstantine. —Sus extraños ojos relumbraron en la oscuridad.

—Te lo dije. Cuentos para asustar a los niños en las largas noches de invierno.

—Los niños deberían asustarse. —Warlord bajó la voz hasta que fue un susurro—. Deberían temblar en sus camas sabiendo que criaturas como yo andan sueltas por el mundo.

Magnus sabía lo que era el mal. Su padre se lo había repetido todos los días mientras intentaba someter su espíritu rebelde a base de palizas. Por eso ahora... Magnus casi podía sentir las llamas del infierno quemándole la piel.

—Es una historia fantástica —comentó con un carraspeo—. Durante mil años me imagino que ha ido exagerándose. La han ido haciendo más y más truculenta para darle emoción, ¿no crees?

Un gruñido salió del cuerpo oculto de Warlord.

—¿Por qué si no crees que los hombres me buscan cuando quieren localizar a sus enemigos? ¿Por qué crees que me contratan? Puedo encontrar a cualquiera en cualquier parte. ¿Quieres saber cómo?

Magnus negó con la cabeza. No quería saberlo. Pero era demasiado tarde.

—El diablo concedió a Konstantine Varinski, y a todos los Varinski que nacieran después, la capacidad de transformarse a voluntad en un animal salvaje.

—Transformarse... —La luz de la luna llegaba a ellos ahora y Magnus se quedó mirando a Warlord, más que nada porque le daba miedo apartar la mirada—. ¿Así que eres un hombre lobo?

—No, los Varinski no somos bestias estúpidas dominadas por las fases de la luna. Solo nos domina nuestra propia voluntad. Cambiamos cuando queremos, cuando necesitamos cambiar. Vivimos una larga vida, solo engendramos hijos varones y nada puede matarnos excepto otro demonio. Dejamos un rastro de sangre, fuego y muerte por dondequiera que vamos. —Warlord se echó a reír, un ruido que sonó como un ronco ronroneo—. Somos la Oscuridad.

—Sí, eso sí. —Magnus veía la oscuridad cada vez que lo miraba a los ojos. A pesar de todo siguió discutiendo porque se negaba a creer que aquello fuese verdad—. Pero tú no eres ruso, eres estadounidense.

—Mis padres se escaparon, se casaron y se trasladaron al estado de Washington; cambiaron su apellido para que sonara bien, sólido y americano, y nos criaron a mí, a mis dos hermanos y a mi hermana. Eso de la sangre-fuego-y-muerte de los Varinski no les hace ninguna gracia, sobre todo a mi padre. Nos decía constantemente que teníamos que dominarnos —explicó Warlord con rabia y amargura—. Y a mí lo de dominarme se me da fatal. A mí me gusta la sangre, el fuego y la muerte. No puedo combatir contra mi propia naturaleza.

«Inténtalo. Por amor de Dios, inténtalo.»

—¿Puede romperse ese pacto?

Warlord se encogió de hombros.

—Se ha mantenido durante mil años. Me imagino que puede durar otros mil.

A Magnus le daba vueltas la cabeza, y el cordero con arroz que había cenado ahora luchaba contra el whisky que acababa de beberse.

—Pero tú no eres como los otros Varinski que he conocido. ¿Estás seguro de que eres un Varinski?

—Quiero que asegures a los hombres que no tienen de qué preocuparse. Los mantendré a salvo de cualquier mercenario que el ejército haya contratado.

Warlord dejó el rifle en el suelo y se quitó las botas, la chaqueta y la camisa. A continuación se desabrochó el cinturón, dejó caer los pantalones y se puso en pie bajo la pálida luz de la luna.

En las largas noches de invierno, cuando las prostitutas visitaban el campamento, Magnus había visto a Warlord desnudo y en acción. No era más que un hombre, un tipo que se ganaba la vida luchando. Pero ahora, su silueta parecía menos... definida.

Magnus se llevó la botella a la boca con la mano trémula y el cristal le chocó contra los dientes.

—Voy a cazar... y a matar. —Los huesos de Warlord se fundieron y volvieron a formarse. Su pelo negro se extendió por el cuello, la espalda, el vientre, las piernas. Su rostro cambió, tornándose cruelmente felino. Cayó de pronto a cuatro patas. Se transformaron sus orejas... la nariz... las manos... los pies.

Magnus parpadeó.

Tenía ante él una enorme pantera de color ébano, de garras afiladas y blancos colmillos, con el pelaje tan negro como una sombra. Y sus ojos...

Magnus retrocedió gritando loco de terror, mientras el gran felino avanzaba hacia él sin hacer ni un solo ruido, con los ojos negros fijos en su presa.

1

Todo comenzó como siempre, con una ráfaga del aire frío del Himalaya en la cara de Karen Sonnet, que despertó sobresaltada en la negrura de su tienda. Era imposible: esa noche había dejado encendida una pequeña lámpara LED.

Pero todo estaba oscuro.

De alguna manera él había apagado la luz.

El viento constante soplaba por el estrecho valle en las montañas, azotando la cubierta de nailon que apenas la protegía y haciendo sonar las campanillas colgadas en la puerta. La intérprete había dejado un olor a tabaco, especias y lana. El frío amenazador penetraba en la tienda de campaña.

Karen aguzó el oído, intentando oír los pasos.

Nada.

Pero sabía que estaba ahí. Lo sentía moverse hacia ella, y aguardaba con todos los nervios en tensión.

De pronto su mano fría le tocó la mejilla, haciendo que diera un respingo.

—Sabías que vendría —dijo él con una risa profunda.

—Sí —susurró ella, aspirando su aroma a cuero, agua, aire fresco y algo más... el olor de lo salvaje.

Él se arrodilló junto a su cama y la besó con labios firmes y fríos y el aliento caliente. Ella se sintió suspendida en el tiempo, en un mar de placer. Su cuerpo se agitaba, sus pechos se hinchaban, una aleteo conocido crecía en su vientre.

La noche que llegó se había despertado con el beso de un hombre. Solo un beso tierno, curioso, casi reverente. Por la mañana creyó haberlo soñado, pero la noche siguiente él volvió, y la siguiente y la otra, y todas las noches la sumía en un placer cada vez más profundo. Y ahora... ¿Cuántas noches la había visitado? ¿Dos meses?, ¿más? A veces se ausentaba un día, dos, tres, y ella dormía profundamente, agotada por el trabajo duro y el aire suave de la montaña. Y cuando volvía era mayor su pasión y la tocaba, la amaba, con un deje de violencia afilada como un cuchillo. Pero ella siempre sentía su desesperación y lo acogía en su mente y en su cuerpo.

Esta vez llevaba ausente casi una semana.

Le bajó la cremallera del saco de dormir, cada centímetro era un rumor, y con cada rumor a Karen se le aceleraba el corazón. Él le tocó el cuello, presionando contra el pulso que latía, y por fin apartó el saco exponiéndola al frío de la noche.

—Me esperabas desnuda. —Puso las manos sobre su pecho, notando el latido de su corazón—. Estás tan viva... Me haces recordar... —Su acento parecía de Estados Unidos. Karen se preguntó de dónde sería y qué estaba haciendo allí.

—¿Recordar qué?

Pero él no quería que pensara, no era el momento. Le acarició voraz los pechos con sus manos grandes y encallecidas, mientras con los pulgares trazaba círculos sobre sus pezones.

Ella lanzó un gemido.

—Me deseas —dijo él con voz ronca—. Ha pasado mucho tiempo...

—Te esperaba.

—Y ese era mi tormento, no poder estar aquí contigo.

Era la primera vez que sugería que la necesitaba tanto como ella a él. Karen sonrió, y a pesar de la absoluta oscuridad él pareció verlo.

—Ya veo que te gusta. Pero si tú me has atormentado, ahora tengo que atormentarte yo a ti.

Atrapó un pezón duro con la boca y lo chupó, primero suavemente y luego, al oírla gemir, con más fuerza.

La volvía loca.

Aunque de todas formas cualquier mujer que acogiera a un amante desconocido a medianoche ya iba camino de la demencia.

Karen le agarró un puñado de pelo, advirtiendo que era muy largo, suave y sedoso, y tirando de él lo obligó a echar la cabeza atrás.

—¿Qué quieres? —susurró él.

—Date prisa. —Estaba helada, desesperada—. Quiero que te des prisa.

—Pero si me doy prisa no puedo hacer esto. —Bajó la mano para acariciarle el vientre y los muslos. Le alzó las rodillas y le abrió las piernas exponiéndola al frío. Ella jadeó sobresaltada.

—Déjame ver. —Él le alzó las caderas—. ¿De verdad estás lista?

Deslizó los dedos por la suave piel del interior del muslo hasta la humedad en el centro. Le abrió entonces los labios con delicadeza para dar un suave golpecito en el clítoris.

—Me encanta tu olor, tan penetrante y femenino. La primera vez fue tu olor lo que me atrajo hasta ti.

Ella, horrorizada, intentó cerrar las piernas.

—¡Me baño todos los días!

—No he dicho que olieras mal. Digo que tu aroma me atrae hasta ti. —Pasaba las uñas por sus muslos, abriéndoselos de nuevo, unas uñas afiladas, casi como garras. Casi una amenaza—. No a otros hombres, solo a mí.

—¿Eres un hombre? —Karen se arrepintió al instante de haberlo preguntado, se arrepintió de inyectar realidad en aquel delicado sueño de pasión.

—Creí que te había probado de sobras mi hombría. ¿Te lo demuestro otra vez? —La amenaza había desaparecido. Su tono era cálido, divertido, y el dedo con que la penetró era largo, fuerte... y sin uñas.

El impacto la obligó a echar atrás la cabeza, y cuando metió un segundo dedo, ella movió las caderas compulsivamente.

—Por favor... Te necesito.

—¿Ah... sí? —Él sacó los dedos despacio para volver a hundirlos y sacarlos... Y cada vez que la penetraba le pellizcaba el clítoris con el pulgar y el índice.

Ella explotó con un grito en un orgasmo que la apartó de aquella fría e inhóspita montaña para arrojarla a un volcán de fuego. Cerró los muslos en torno a su mano. Veía rojo detrás de sus párpados cerrados y su piel irradiaba calor.

Él se reía, siguiendo sin parar con sus caricias, sumiéndola en la locura hasta que ella se desplomó temblando y jadeando, demasiado débil para moverse. Entonces él la cubrió con su cuerpo.

—No puedo —susurró ella con voz trémula—. Otra vez no.

—Sí que puedes.

—No. Por favor. —Intentó debatirse, con la cabeza enterrada en su hombro, pero él la inmovilizaba. Era un hombre muy alto y su cuerpo musculoso la presionaba contra la cama. Su piel era fresca y firme; los hombros, el pecho y el vientre, duros y musculosos, y el corazón le martilleaba en el pecho. Irradiaba poder, y la sujetaba con facilidad mientras la penetraba de nuevo, esta vez no con los dedos.

Ella se sintió traspasada por el deseo, hendida por su enorme miembro. Gemía con las embestidas mientras su cuerpo se adaptaba poco a poco a aquel grosor, mientras los espasmos de su clímax le contraían los músculos interiores.

Él la abrazaba, aferrado a ella como si fuera su tabla de salvación. Y ella lo abrazaba a su vez, estrechándolo contra su pecho, rodeándolo con las piernas, entregándose a él, absorbiendo toda su fuerza, todo su deseo, sabiendo que aquello era un sueño.

Cuando la punta del pene alcanzó su centro más interno, ambos quedaron paralizados. La oscuridad los rodeaba en un refugio de calor y sexo, y sus emociones eran tan intensas que casi dolían. Hasta que su pasión se incendió con fuerza suficiente para iluminar la noche.

Él embestía con ganas, arrastrándola en su búsqueda de satisfacción. Ella notaba cómo el placer corría por sus venas con el calor y la intensidad de la lava. Y el ritmo fue creciendo, más y más, hasta que él contuvo la respiración, se alzó sobre ella sujetándole las rodillas a sus costados... Y embistió una última vez.

El éxtasis la hizo estallar en pedazos. Se sacudió debido a las convulsiones del placer hasta dejar de ser una solitaria y austera adicta al trabajo para convertirse en una criatura de luz y júbilo.

Él se apartó sin prisas, alzando las suaves sábanas y el saco de dormir para cubrir sus cuerpos. Bajó la mano al suelo para coger también una manta... Pero no, cuando Karen la tocó descubrió que era una piel, suave y espesa. ¿La habría llevado en un viaje por el tiempo, retrocediendo hasta un siglo en el que el hombre ofrecía a la mujer la prueba de su aptitud para la caza? ¿No era esa una explicación mejor que la locura?

Cuando el sudor se enfrió en sus cuerpos y la respiración y el corazón volvieron a su ritmo normal, Karen se quedó dormida.

Estaba al borde de un risco, rodeada por un cielo muy azul. El viento soplaba con fuerza, agitándole el pelo en la cara, y en su voz oía gemidos de mujeres, roncos sollozos de hombres solitarios y el angustiado grito de un niño. Intentó retroceder, apartarse de allí, pero los pies le pesaban demasiado y cayó al vacío...

Justo antes de estrellarse se despertó sobresaltada. Él se levantó de un salto y se oyó el chasquido del seguro de una pistola.

—¿Qué pasa? —preguntó él—. ¿Qué has oído?
—Nada. Una pesadilla. —Un fantasma de su mente que la amenazaba desde que era pequeña. Desde el día en que su madre se cayó por aquel despeñadero.

Su amante dejó algo debajo de la cama —un arma de fuego, advirtió Karen— y volvió a acostarse.

—No estabas dormida del todo.

—Es entonces cuando... Es cuando viene siempre.

—¿Un monstruo? —preguntó él, apartándole de la cara unos mechones de pelo corto y lacio.

—La muerte. —Karen se abrazó a él temblando y volvió a reclinarse en el estrecho camastro de su tienda, al pie del monte Anaya.

La oscuridad era opresiva, la vibración maligna de aquel sitio la asfixiaba. Odiaba aquella sensación.

Y al día siguiente, él se habría marchado. Y ella volvería al trabajo: un día más en el infierno.

Entonces se echó a llorar.

Él le acarició la cara con los dedos y encontró sus lágrimas.

—No llores.

La besó, besó la humedad en sus mejillas, sus labios, su cuello... La besó como si no hubieran hecho el amor solo diez minutos antes. La besó con pasión, con intención, hasta que ella por fin se olvidó de llorar y no recordó otra cosa que el deseo.

Más tarde, cuando se estaba quedando dormida, creyó oír que él le decía con voz ronca:

—Tú me haces real otra vez.

2

Por la mañana Karen despertó con un tintineo de campanillas, la habitual bofetada en la cara del aire helado y el saludo tradicional de Mingma Sherpa.

—Namaste, señorita Sonnet.

—Namaste.

Karen aguardó tensa, con los ojos cerrados, pero al ver que Mingma no gritaba porque hubiera un hombre en su cama ni hacía comentario alguno sobre una nueva piel de animal, los abrió por fin para inspeccionar la tienda que había sido su hogar durante casi tres meses y lo sería otros dos más si la montaña era generosa y no la echaba con una ventisca temprana. Medía un metro y medio por dos, espacio suficiente para el camastro, una mesa portátil con el ordenador y un baúl con sus pertenencias. Como siempre, su amante había desaparecido sin dejar rastro de su presencia.

Era su secreto, y no pensaba revelarlo.

—Agua caliente. —Mingma, la cocinera, doncella y traductora, se inclinó y colocó una jofaina humeante en la mesa bajo el espejo.

—Gracias.

Pero aunque Karen sabía que el agua se enfriaría deprisa, no se animaba a salir desnuda de su cálido nido al frío exterior.

Hasta que Mingma pronunció las palabras mágicas:

—Phil todavía no ha llegado.

Karen se levantó de un brinco.

—¿Qué?

—Los hombres están aquí, pero Phil no.

—¡Ese inútil! —Karen sacó del fondo del saco de dormir la ropa interior de abrigo que metía ahí todas las noches.

Aquel proyecto no había supuesto más que una constante mala suerte y problemas que le exigían toda su concentración, y a Mingma toda su diplomacia, para conseguir que los hombres siguieran trabajando. Jamás se le habría ocurrido que el asistente de la dirección del proyecto supondría el mayor retraso.

—¿Dónde está?

—Salió del pueblo anoche y no volvió hasta al cabo de varias horas. Ahora se oyen sus ronquidos en todo el campamento.

El padre de Karen nunca le había asignado a sus mejores hombres, desde luego, pero lo de Phil ya pasaba de castaño oscuro. Conocía el negocio, pero no se molestaba en disimular su desprecio por los trabajadores nativos; había intentado tomarse días libres por fiestas imaginarias del calendario griego ortodoxo, y cuando Karen le señaló que tenía conexión a internet por satélite y que no había encontrado ninguna fiesta ese día, Phil se limitó a gruñir malhumorado.

Karen realizó un rápido aseo PTA (pubis, tetas y axilas) y se puso unos pantalones abrigados y hechos para aguantar las condiciones más duras, una parka de camuflaje, un sombrero de ala ancha y unas duras botas de montaña.

—Muy bien, voy a bajar.

Cuando salió las campanillas repicaron, y volvieron a sonar al paso de Mingma. Al principio había querido quitarlas de la puerta de la tienda, pero Mingma se alteró de tal manera, insistiendo en que las campanas servían para alejar al maligno, que Karen no tuvo más remedio que volverlas a poner. En principio porque no le importaba ceder a las supersticiones de Mingma, pero luego, a medida que pasó el tiempo, se convenció de que cualquier cosa que mantuviera a raya el mal no estaba de más.

El día era tranquilo, sereno y silencioso. Pero Karen ya sabía lo poco que eso significaba allí arriba.

—Los hombres no están contentos —declaró Mingma.

—Ni yo —suspiró Karen—. ¿Qué pasa?

—Que se acercan al corazón del mal.

Karen no se burló como habría hecho su padre, el propietario de Sonnet Hotels, una cadena especializada en vacaciones de aventura. Los hoteles estaban en localizaciones de primera y ofrecían cursos de vuelo, escalada, esquí, acampada, rafting, mountain bike... Cualquier actividad que pudiera apetecer a un entusiasta del deporte de riesgo se practicaba en los hoteles Sonnet, cualquier aventura que un turista imaginara estaba a su disposición en los hoteles Sonnet.

Jackson Sonnet era un genio a la hora de saber lo que anhelaban los aventureros de fin de semana. Se enorgullecía de ser un hombre capaz de cualquier cosa y se había asegurado bien de que su hija Karen lo aprendiera todo, haciendo caso omiso a sus miedos. Porque desde luego no estaba dispuesto a soportar a una hija cobarde.

Escaladores y montañeros se daban cita en el Himalaya buscando el desafío extremo en la cordillera más alta del mundo. Querían un entorno duro e inhóspito, y lo encontraban. La altitud era suave, el aire considerable, y con las inesperadas tormentas y el persistente rumor de la presencia de criminales internacionales, hasta los caminos más transitados requerían resistencia física y valor.

De manera que el monte Anaya, en el lado seco del Himalaya, en la frontera entre el Tíbet y Nepal, parecía el lugar ideal para construir un hotel... al menos en teoría. El Anaya tenía la reputación de ser inexpugnable, y en ello consistía su atractivo.

Todos los «ochomiles» (catorce picos de más de ocho mil metros sobre el nivel del mar) eran difíciles, tanto que había gráficas que mostraban los índices de defunciones por ascenso. Pero el Anaya era diferente. Los guías sherpa subían a regañadientes, si es que subían. Los alpinistas hablaban de la montaña en susurros, como si fuera un ser vivo, con términos como «maliciosa» o «malévola». Los menos afortunados volvían en bolsas de cadáveres. Tan solo quince escaladores expertos habían logrado llegar a la cumbre, y de ellos seis perdieron dedos por congelación. A uno se le había quedado un brazo aplastado por una avalancha de rocas y se lo había amputado él mismo; otro se volvió loco tras llegar a la cumbre, y dos murieron menos de un mes después de su triunfo. Entre los alpinistas que intentaban la escalada corrían leyendas de voces de sirenas que llevaban a los hombres a su perdición, o de un inexplicable fuego durante una tormenta, o de una cara diabólica apareciendo en la nieve.

Pero todos ansiaban enfrentarse al desafío. Nadie se creía las leyendas... hasta que se encontraba con ellas.

Karen, desde luego, no las había creído. A sus veintiocho años ya había supervisado la construcción de hoteles en los rincones más remotos de Australia, en las llanuras de África y en la Patagonia, y todos y cada uno plantearon sus propias dificultades.

Pero ninguno había sido como este.

—Mientras usted tranquiliza a los hombres, yo le preparo el desayuno —ofreció Mingma, que un buen día había aparecido sin más para ponerse a su servicio. Podía tener cualquier edad, entre cuarenta y cien años. Era una viuda de ojos perspicaces, que había enterrado a dos maridos y ahora se mantenía sola. Tenía los dientes manchados de nicotina, la expresión serena y un buen dominio del inglés.

—Voy a hacer algo más que tranquilizarlos. —Karen atravesó el pequeño promontorio donde había plantado su tienda y bajó por el camino hasta la obra. La grava rodaba bajo sus pies.

Las pétreas raíces del monte Anaya crecían en torno al punto donde se erigiría el hotel. Una vez que tuvieran bien plantados los cimientos, el edificio sería seguro frente a los terremotos, o al menos eso decían los arquitectos e ingenieros.

Karen llevaba allí desde la primavera, el comienzo de la temporada de construcción, y se había dado cuenta de inmediato de que ni los arquitectos ni los ingenieros habían tenido en cuenta la propia montaña. Enormes rocas de granito cubrían el largo valle, legado de desprendimientos de tales proporciones que habían llegado a borrar el paisaje. Aquí y allá alguna planta diminuta se esforzaba por asomar, pero cualquier vegetación estaba condenada de antemano, puesto que la fina capa de tierra que la sustentaba no tardaba en desprenderse y desplomarse. Allí no había ninguna vida, porque la montaña se cernía sobre todo, gigantesca, inhóspita y cruel.

Karen intentaba no mirarla, pero aquel pico atraía inexorablemente su vista, más allá de la ladera, por las paredes de roca, más arriba de los glaciares y los campos de nieve, hasta la cúspide, que hendía el cielo azul con su punta blanca y gris.

Las montañas daban forma a sus pesadillas, pero el monte Anaya... En sánscrito significaba «maldición». Los nativos la creían maldita, y al cabo de dos meses de vivir a su sombra, Karen compartía esa creencia. La montaña le arruinaba los días, y su amante nocturno acechaba su sueño. Estaba allí atrapada por las expectativas de su padre y su propio sentido del deber... y por Phil Chronies.

Unos doce hombres, repantigados contra las dos viejísimas retroexcavadoras que habían alquilado en el Tíbet a un precio exorbitante, charlaban acariciando a sus yaks. Karen se acercó sonriendo y el intérprete, Lhakpa, se aproximó y se inclinó ante ella.

—Gracias por encargarse de mis hombres hasta que llegue el señor Chronies.

—Sí, claro. Yo mando a los hombres. —Lhakpa se inclinó de nuevo.

—Anoche el señor Chronies me informó de que hoy comenzarían las voladuras.

—Sí, él nos dice dónde poner la dinamita. —Lhakpa sonrió encantado.

—Yo le digo a él dónde ponerla —corrigió ella.

Cuando vio que Karen se dirigía a la taquilla que contenía la dinamita, Lhakpa abrió unos ojos como platos.

—El señor Chronies se va a enfadar si...

Karen se volvió bruscamente hacia él.

—¿Acaso no ha visto cómo el señor Chronies venía a informarme por la mañana y por la noche?

—Sí, señorita Sonnet.

—¿Acaso no me ha visto darle órdenes todos los días, durante toda la jornada?

—Sí, señorita Sonnet.

—El señor Chronies me obedece en todo —concluyó sonriendo y enseñando los dientes.

Y era cierto. Phil la obedecía de mala gana, pero la obedecía. Karen tenía un método y no pensaba permitir que el vago de Phil los retrasara todavía más, minando así su ya precaria posición como mujer a cargo del trabajo de un hombre. Además, ella había aprendido el oficio desde abajo y sabía cómo realizar todas las tareas. Y también sabía que si se encargaba ella misma de colocar las cargas se ganaría el respeto de los trabajadores, puesto que, como a todos los hombres, les impresionaban mucho las grandes explosiones que volaban enormes rocas convirtiéndolas en pequeñas piedrecitas.

Ojalá pudiera estar tan segura de que la montaña se sentiría igualmente impresionada y la dejaría construir el maldito hotel.

Boca abajo en una roca por encima de la obra, alguien observaba a Karen Sonnet consumido por el resentimiento y la lujuria. ¿Por qué ella? ¿Por qué allí? ¿Por qué no podía ser otra persona? Preferiblemente un hombre, un tipo como todos los demás, que supiera de construcción de hoteles, que fumara y bebiera y estuviera bien dispuesto para los trapicheos y la corrupción.

Pero no. En lugar de eso tenía a la señorita Dulzura y Luz.

Ya le llamó la atención la primera vez que la vio, en la estación de Katmandú. Solía pasarle con las mujeres guapas, y ella lo era. Menuda, de un metro sesenta, con una figura esbelta a la que los pantalones chinos sentaban muy bien, el pelo castaño y la piel perfectamente bronceada, como de anuncio. Pero entonces no le concedió mucha atención, pensando que no sería sino una más de los cientos de montañeros que llegaban todos los años a Nepal para hacer trekking por el Himalaya. Sonrió con desdén al verla ordenar a sus porteadores que cargaran su enorme equipaje. Se divirtió preguntándose cuántos porteadores necesitaría para transportar todo aquello por los caminos de montaña, si llevaría un secador de pelo tamaño industrial entre toda aquella parafernalia, y dónde pensaba que iría a enchufarlo.

Y cuando ya trasladaba a su atención a otra mujer, Karen hizo algo extraordinario: lo miró directamente y sonrió.

Tenía los ojos más increíbles que él había visto jamás, de color azul verdoso, enmarcados en largas y oscuras pestañas. Y aquella sonrisa... Parecía conectar con una alegría interior. Y todo lo que había pensado sobre ella cambió de golpe.

Era hermosa, y él estaba consumido por el deseo.

Entonces la sonrisa se desvaneció, como si se hubiera puesto nerviosa ante su mirada. Se volvió para hablar con los porteadores, mostrando una gran paciencia ante el poco inglés que sabían los hombres y soltando ella misma algunas palabras en nepalí.

Él no se movió, sino que llamó a uno de los rateros que rondaban por el andén, y tirándole una moneda ordenó:

—Averigua quién es y qué está haciendo aquí.

Aunque no es que tuviera mucha importancia. Él tenía un trabajo que hacer y no disponía de tiempo para obsesionarse con una mujer de ojos aguamarina.

Pero cuando obtuvo su respuesta, lanzó una oscura maldición. La iba a tener justo allí, en la base del monte Anaya, a un tiro de piedra durante meses y meses, construyendo el hotel de Jackson Sonnet.

Se consoló entonces pensando que la chica jamás podría enfrentarse a esa tarea, pero resultó ser muy capaz de hacerlo: Karen daba órdenes a todo el mundo, y cuando los hombres ponían pegas, se limitaba a sonreír y los dejaba turulatos. Como a Lhakpa, por ejemplo, que ahora andaba pegado a ella mientras colocaba las cargas. Y todos los demás sonreían y tonteaban mientras se preparaban para la explosión.

Karen lo estaba cambiando todo, y si no tenía cuidado acabaría por transformarlo también a él.

Tenía que sacarla de su vida.

3

Karen se aseguró de que los hombres estuvieran a una distancia prudencial, se puso las protecciones para los oídos, hizo sonar la alarma que indicaba la explosión inminente... y accionó la palanca. La tierra tembló bajo sus pies y la sólida roca se alzó y se desintegró en una nube de piedras, perfectamente situadas para poder retirarlas.

No había perdido aptitudes.

Aguardó tensa el rugido que indicaba que había perturbado la montaña, que ahora esta se vengaría con un desprendimiento que pondría fin a todo su trabajo, a sus hombres y a ella. Al cabo de un minuto de silencio, hizo a los trabajadores una señal con los pulgares alzados.

Los hombres vitorearon débilmente. Lhakpa y Dawa fueron a buscar las excavadoras y pusieron en marcha los viejos motores. Ngi'ma reunió a su equipo de yaks y hombres.

Karen volvió a subir para tomar un desayuno rápido antes de bajar a la obra para demostrar por qué era ella la directora. Ya casi había llegado cuando volvió a invadirla aquella sensación de que la vigilaban. Últimamente le pasaba a menudo. Se volvió para mirar hacia las cumbres, y allí estaba Philippos Chronies, bajando por el camino, con su cabeza calva reluciendo bajo al sol.

Phil era canadiense de origen griego, un hombre bajo y rechoncho cuyo cuerpo se iba estrechando como una peonza, desde su ancha cara hasta los diminutos pies. No había trabajado antes con él, pero no había necesitado más de un día para hacerse una idea de su carácter.

Se conocieron en el aeropuerto de Katmandú, tomaron juntos el tren hacia la obra y durante la primera hora ya había intentado ligar con ella. Cuando Karen le señaló el anillo de casado que él llevaba, Phil se limitó a encogerse de hombros indicándole que su mujer sabía cuál era su sitio. Karen le anunció que ella no y le interrogó sobre su experiencia laboral. Y las cosas fueron cuesta abajo a partir de entonces.

Ahora se quedó de pie esperándolo. En cuanto vio que la miraba, le hizo un gesto para que bajara a informar, dio media vuelta dándole la espalda y luego se encaminó hacia su tienda.

Una pequeña hoguera de turba de yak ardía en un hoyo, lanzando una espiral de humo hacia el cielo azul.

Mingma le ofreció una taza de té caliente y dulce.

—Gracias. —Karen bebió un sorbo, intentando eliminar el frío que sentía en el vientre.

—Coma. —Mingma señaló un pequeño cuenco de patatas, carne y verduras aliñado con especias y algo que lo teñía todo de verde.

A Karen no le importaba lo que fuera ese «algo». En los años que llevaba trabajando había comido carne podrida, queso rancio e insectos artísticamente preparados. Era delgada y musculosa y sabía sobrevivir en las condiciones más duras. Podía cuidar de sí misma, pero no le hacía falta: ya tenía a Mingma.

Comió con una cuchara de cuerno de yak. Había preparado su propio equipo, pero la noche en que llegó una súbita tormenta tiró a un barranco una caja entera del equipaje, que se perdió de inmediato en el caudaloso torrente que se había formado. Desde entonces, Karen había averiguado que las súbitas tormentas eran de lo más normal por allí. Súbitas tormentas eléctricas, súbitas tormentas de nieve, súbitas tormentas de viento, súbitas tormentas que se formaban en la montaña y se lanzaban contra ella intentando apartarla de sus gigantescas laderas como si fuera un mosquito.

Pero no, Karen no pensaba dejar que la apartaran. No podía hacerlo.

Cuando Phil se presentó ante ella no le prestó la más mínima atención. Terminó de comer mientras él se agitaba inquieto, y no habló hasta que por fin dejó la cuchara.

—Phil, dame una buena razón para que no te despida ahora mismo.

—No la tengo. Es que anoche me puse enfermo, pero debería haber venido a trabajar de todas formas.

—¿Que anoche estabas malo? —Karen le miró a los ojos—. ¿Por eso fuiste a ver a tu novia?

Phil miró con odio a Mingma.

—Sí, no... O sea... Es que fui a que me cuidara para ver si me ponía mejor y podía venir a trabajar hoy. —Se enjugó con un pañuelo húmedo y no muy blanco el sudor que le caía de la ancha frente.

—Tienes una oportunidad más, Phil. Solo una oportunidad antes de que te dé una patada en el culo. —Karen señaló con la cabeza la obra—. Y ahora vete a trabajar.

No lo observó marcharse, pero le oyó dando órdenes a gritos mientras bajaba por la pendiente. Por fin se acercó al borde del promontorio para ver la obra. Los trabajadores se movían como hormigas, apartando las rocas que la explosión había desprendido. Las excavadoras se encargaban de las más grandes, y los enormes yaks, blancos y negros, arrastraban los escombros guiados por sus encargados hacia una pila.

Cuando Karen era pequeña y soñaba en su habitación de Montana con princesas y finales felices, no era aquella la vida que había imaginado.

Mingma se acercó a ella y se quedó un rato en silencio, hasta que por fin Karen preguntó:

—¿Cómo está Sonam?

Uno de sus trabajadores había sufrido un accidente cuando estaba moviendo una roca con su yak. Un enorme bloque se había desprendido y rodado por la pendiente. Cayó primero sobre él, golpeándolo en el hombro, y luego sobre su yak. El animal había muerto y Sonam había acabado con la clavícula rota y aterrorizado.

—El hueso se suelda bien. —Mingma dio una calada al puro y exhaló el humo entre los labios—. Pero no volverá al trabajo. Estamos construyendo en el corazón del mal.

Karen había oído eso mismo muchas veces desde que llegó. El corazón del mal. Todo el mundo parecía saber lo que eso significaba, todos menos ella, que además no quería saberlo. Esperaba con su ignorancia vencer al monte Anaya.

Ahora, llevada por el mismo impulso desafiante que le había hecho enfrentarse a todos los retos que la vida y su padre le pusieron delante, alzó los brazos hacia la montaña.

—¡No me vas a echar de aquí tan fácilmente!

Mingma tiró el cigarro al suelo.

—¡No! No provoque al Anaya. Ya corremos un peligro mortal.

Surgió de pronto una violenta ráfaga de aire helado y Karen se tambaleó hacia atrás, atemorizada por aquella ominosa réplica.

—Pero ¿por qué es este sitio maligno? No es solo el Anaya, es todo esto, Nepal a un lado, el Tíbet al otro...

—Es cierto, señorita. —Mingma encendió otro de los finos cigarros que fumaba—. Y Warlord es poderoso.

—¿Warlord? Eso significa señor de la guerra, y no existen en el mundo civilizado. Claro que aquí...

En aquella zona había un flujo constante de drogas y hasta de esclavos, hombres destinados al trabajo en las profundas minas siberianas y mujeres para servir a sus amos. Y aunque los gobiernos protegían a los turistas, a veces algún grupo sufría un asalto. Y por la frontera tibetana corrían rumores de batallas entre las tropas chinas que controlaban la zona y los insurgentes.

—Todos queremos dinero. —Mingma miró a la montaña y le envió una nube de humo como para tranquilizarla.

—Tú no —dijo Karen sonriendo.

Mingma la miró solemne.

—El dinero es maligno, pero todos lo queremos. Y el monte Anaya atrae como un imán a toda la gente mala del mundo.

—Pero ¿por qué? No tiene sentido.

—Pero es así, señorita. Hace mil años una aldea resistió bajo la montaña. —Mingma señaló hacia el valle—. Habitaban en el sol, cosechando sus campos, cuidando de sus yaks. —Su fuerte voz se convirtió en un susurro—. Y entonces llegó el Maligno.

—¿El Maligno?

—El Maligno que Camina como un Hombre. Corrompió a los aldeanos uno por uno, prometiéndoles poder y gloria si guardaban su tesoro. Y los aldeanos quisieron obtener todo lo que él les prometía y más, de manera que accedieron a sacrificar su corazón.

—¿Su corazón? ¿Es que solo tenían uno? —Karen no se burlaba.

Pero Mingma frunció el ceño, su piel tostada ya arrugada por la larga exposición al sol.

—Es una leyenda.

—Sí, pero algo de verdad debe de tener. —Karen recorrió la zona con la mirada. Allí hasta la luz del sol estaba teñida de gris.

—Entonces escuche. —Mingma se llevó la mano al pecho—. Hicieron su cruel sacrificio, y cuando el corazón dejó de latir se dieron cuenta de cómo los había engañado el Maligno, porque ahora tenían todo el poder que ansiaban, pero sin corazón ya no eran seres vivos. Se fusionaron con la montaña, manchando el cielo que atraviesa, la capa de la tierra alrededor de ella, las piedras que son sus huesos. Desde aquel día la montaña ha sido cruel, destruyendo a todo el que quisiera vivir a su sombra, a todo el que intentara dominar sus alturas. La montaña guarda el corazón y el tesoro del Maligno en sus profundidades, protegiéndolos de todo el que los busca. Los aldeanos están solos para siempre, fríos y crueles, y ese es su castigo.

—Sin corazón. —Karen no pudo evitar pensar en su padre—. Sí, entiendo que al perder el corazón pierdes la humanidad, pero no sé si una aldea puede fusionarse con la montaña.

—¿No oye por la noche los sollozos de las madres que han perdido a sus hijos? ¿No oye a los esposos llorar a sus mujeres? —Mingma volvió a bajar la voz hasta que fue susurro—. ¿No oye los gemidos de los niños perdidos, condenados para siempre?

A Karen le habría gustado encontrar divertida aquella pintoresca superstición, pero lo cierto era que por las noches había oído todo eso, y en sus sueños caía al vacío, siempre lo hacía.

—Ojalá no hubiera venido nunca. —Y con estas palabras se alejó. Pero Mingma la siguió y se sentó con ella junto a la hoguera.

—No tenía elección, señorita. Su destino se selló el día en que el creador pensó su nombre por primera vez. No se puede escapar al destino.

—¿Mi destino? ¿Es que tengo un destino?

—Todos lo tenemos. —Mingma sopesó con sus rasgados ojos castaños los movimientos impacientes de Karen.

—Ya, pues ahora mismo el mío es un asco —declaró ella, sirviéndose una taza de té—. Así que imagino que estamos excavando cerca del lugar donde esos aldeanos enterraron su corazón, ¿no?

—El corazón del mal. La montaña lo protegerá de las máquinas, los de hombres... y de usted.

Karen se había esforzado siempre por no ser demasiado sensible. Con un padre como el suyo, ser sensible era pedir a gritos que le hicieran daño. Pero en ese momento, cuando los problemas se multiplicaban y por lo visto estaba empezando a perder la cabeza, todo aquello parecía algo muy personal. Miró resentida la montaña y se puso en pie.

—Casi hemos terminado con los preparativos para construir, maldita seas, y te juro...

Mingma se levantó de un brinco.

—¡No, señorita! No jure, no provoque a la...

Un grito inhumano atravesó el aire y las dos salieron corriendo hasta el mirador desde el que se veía la obra.

Los hombres corrían, dispersándose como ratones en torno a una trampa. Uno se cayó cuando salía de la excavadora, se arrastró unos metros mirando atrás aterrorizado, se puso en pie como pudo y salió despavorido.

Phil les gritaba manoteando como loco, intentando que volvieran al trabajo, pero no le hacían ni caso.

Mingma observaba el pánico con rostro impasible, como tallado en piedra.

—Ha comenzado.

4

—Quédate aquí. —Karen echó a andar por el camino, pero Mingma la agarró del brazo.
—No, señorita. ¡No vaya ahí abajo!
Pero el deber la llamaba y Karen siempre respondía.
—Tengo que bajar.
—Venga conmigo. ¡Si nos vamos ahora corriendo puedo salvarla! —pidió Mingma desesperada.
—No te preocupes, que no tardaré.
Mingma se enrolló en la muñeca la hilera de campanillas.
—Señorita, tengo que marcharme. ¡Venga conmigo, por favor!
—No. Vete tú, yo ya te alcanzaré.
Karen bajó a toda velocidad por el abrupto camino, oyendo el tintineo de las campanillas de Mingma, que había salido corriendo en dirección contraria. Al llegar a la primera pila de escombros, Phil salió a su encuentro.
—¡Joder! No es más que una tumba antigua. Es una momia, por lo visto.
—¿Un hallazgo arqueológico? —A Karen se le cayó el alma a los pies.
Los yacimientos arqueológicos eran la perdición de la construcción comercial. Significaba que había que detener las obras y llamar a las autoridades para que determinaran la importancia del descubrimiento y realizaran las excavaciones.

—Si no damos parte, podemos disponer del cadáver y seguir con la obra.

Karen le clavó una mirada fulminante.

—Ya, seguro que nadie va a oír a esos hombres pegando alaridos.

—Yo puedo hacer que cierren la boca —replicó él malhumorado.

—¿Y también convencerlos para que vuelvan al trabajo?

Cuando Karen fue a apagar la retroexcavadora que se habían dejado en marcha, entendió lo sucedido. El operario había apartado una de las rocas grandes y allí, en una hondonada, había un fardo envuelto en tela. El cráneo era claramente visible, y eso fue lo que debió de desatar el pánico.

—Apaga las otras máquinas —ordenó—. No podemos desperdiciar el gasoil, que ya es demasiado difícil de encontrar y demasiado caro además.

Mientras Phil obedecía, ella fue a arrodillarse junto al cuerpo. Eran los restos de una niña, tal vez de unos cinco años, acurrucada de lado en un hueco en la piedra, con la mano metida debajo de la mejilla como si estuviera dormida. El aire seco y frío le había curtido la piel, dando personalidad al cadáver. Había sido una niña muy guapa. Las finas vestiduras que la cubrían seguían intactas, excepto por algunos agujeros y los bordes deshilachados, y todavía se veían los colores desvaídos. Llevaba un collar de oro repujado, pendientes de oro y un brazalete.

Una niña querida, una niña importante. Una niña a la que habían enterrado con amor y cuidado. Y brutalmente sacrificada, porque entre los ralos mechones de pelo castaño que todavía conservaba se veía un agujero de bordes limpios en el cráneo.

—Ay, pobrecita. —A Karen se le llenaron los ojos de lágrimas.

Sabía que no debía tocarla, que cuando llegaran los arqueólogos le echarían una buena bronca, pero algo la atraía de aquella niña. Aquel asesinato tan antiguo le rompía el corazón. Tendió una mano trémula para ponerla con suavidad en el cráneo... Y la niña abrió los ojos.

Eran unos ojos color aguamarina, como los de Karen. La niña la miró un instante con una clara expresión de pena, volvió a cerrar los ojos... y el cuerpo se desmenuzó convirtiéndose en polvo bajo sus manos.

Karen se quedó petrificada, sin podérselo creer, sabiendo lo que había visto y sabiendo que era imposible. Miró frenética alrededor, deseando tener a alguien cerca, ansiando el contacto de otro ser humano, pero solo estaba Phil, sentado en la excavadora y maldiciendo el motor que tosía y chirriaba.

Karen miró de nuevo la ropa encogida, el oro que relucía entre el polvo del cadáver. En el lugar donde antes estaba el cráneo había ahora una losa blanca cuadrada de pocos centímetros de amplitud. Karen la alzó con cuidado y le quitó el polvo para poder verla bien. Era un icono, una estilizada imagen de la virgen María, como las que habían adornado los hogares rusos durante más de mil años. La túnica color rojo cereza convertía el icono en una preciosa obra, pero fueron los grandes ojos oscuros de María, que parecían mirarla directamente, y la lágrima de plata que surcaba su mejilla, lo que provocó que a Karen también se le saltaran las lágrimas. Era la virgen del sacrificio, la madre que había entregado a su hijo para salvar al mundo.

Miró una vez más el polvo de la niña asesinada en obediencia al mandato del diablo. ¿Habría llorado su madre cuando le perforaban el cráneo con la pica? La aldea había sacrificado su corazón...

Muy por encima de ella la montaña gruñó y de nuevo Karen podría haber jurado que alguien, o tal vez algo, la observaba.

El pico del Anaya se alzaba hacia el cielo y parecía haber crecido, hinchándose desde dentro, como si los fuegos del bajo mundo estuvieran presionando hacia arriba. Karen miró en torno a ella... y entonces lo vio. Un desconocido vestido todo de negro, al borde del risco desde el que se dominaba la obra. Se mantenía perfectamente inmóvil, como una estatua viviente traicionada solo por el viento que agitaba su barba y su pelo oscuro y largo.

Se quedaron los dos mirándose, sin moverse.

¿Quién era aquel desconocido que la contemplaba con tal ferocidad?

La voz de Phil a su espalda hizo que diera un buen brinco.

—Eh, ¿qué es eso? —preguntó tendiendo la mano.

Karen se llevó el icono al pecho apresuradamente, pero Phil alzó el collar del polvo perteneciente a una antigua tragedia.

—Joder, ¿tú qué crees que valdrá esto?

—¡No! —Karen le agarró la muñeca.

—¿Por qué no?

—Los arqueólogos se van a poner furioso si tocas...

—Pues tú no los has esperado precisamente —declaró él, señalando con su dedo rechoncho el icono.

—¡No es eso!

—Sí, ya. —Phil esbozó una ancha sonrisa de grandes dientes blancos en su rostro redondo y rubicundo—. Tú te has dado mucha prisa en coger lo que querías.

Era un ser despreciable, un gusano codicioso... la clase de hombre que la montaña maligna atraía. Y tal vez él se sintiera allí como en su casa, pero ella no. Ella había visto los ojos abiertos de la niña y ahora sabía que las antiguas leyendas eran ciertas. Y por más que se hubiera entrenado toda la vida para ser fuerte y dura, sabía que no había que tentar al demonio.

—Yo me largo de aquí —susurró.

En ese momento tembló la tierra, crujiendo como huesos viejos y fríos bajo sus pies. ¿Un terremoto? No, pero muy por encima de ellos la montaña lanzó un ronco gruñido.

—Phil, ¿has oído eso?

—Sí, ¿y qué? Pasa constantemente —comentó él, plantando las rodillas en el polvo del sacrificio—. ¿Qué ha pasado con el cuerpo? ¿Se ha desintegrado al contacto con el aire? ¿Qué habrá debajo de la tela?

Sacrilegio. ¡Sacrilegio!
—¡No, Phil! —Otro estruendo sacudió el aire, seguido de un fuerte chasquido, como si los huesos de la montaña se hubieran roto—. Phil, vamos. Esto es peligroso.
—Un momento.
El ansia de detener a Phil se enfrentaba a la necesidad de escapar. Karen estaba lista para salir corriendo en cualquier momento.
—¡Pero mira el oro que enterraron con el niño! —exclamó Phil, escarbando entre los restos.
Karen le tiró del hombro.
—¡Tenemos que salir de aquí!
Él se volvió hacia ella con una mueca que enseñaba los dientes, relucientes de saliva.
—Pues vete. ¡Esto es mío!
Karen retrocedió de un brinco, horrorizada por el destello de la avaricia que asomaba a sus ojos enrojecidos. Alzó la cabeza y vio el polvo de la gigantesca avalancha de rocas que se precipitaba hacia ella, oyó las toneladas de piedra que caían por la montaña y se dio cuenta de que el monte Anaya había decidido por fin aplastarlos, a ellos y sus presunciones.
Echó a correr con todas sus fuerzas, a toda velocidad, huyendo del corazón del mal.
La tierra se estremecía, el estruendo era cada vez más fuerte, se oía una cacofonía de rocas partiéndose y un rugido que parecía... parecía un motor.
De pronto apareció delante de ella una moto grande y negra. La conducía el desconocido, el hombre que la contemplaba antes desde lo alto, con la mirada apremiante, encendida. La agarró de la cintura, la sentó detrás de él y aceleró de golpe.
Salieron disparados cruzando la obra, la moto botando sobre baches y piedras, la rueda delantera danzando a un ritmo demencial. La máquina estaba descontrolada. Se iban a matar. Sin embargo, el desconocido resistía, derrapaba, giraba, esquivaba obstáculos.

Karen quería gritar de miedo, y tal vez lo hizo. Pero, tras volver un instante la cabeza, se inclinó hacia delante, apremiándolo para que corriera más. La avalancha los perseguía, impulsada por la gravedad y el odio de la montaña. A su espalda caían rocas como edificios, como si fueran los pasos de un gigante de piedra, cada vez más cerca, más cerca. El Anaya gemía con el esfuerzo, el polvo se alzaba oscureciendo el cielo, ocultando la obra.

Phil había desaparecido, aplastado bajo la enorme masa de rocas. El monte Anaya había protegido una vez más el corazón del mal. Karen apartó la mirada y pegó la cara a la cazadora de cuero de su salvador. El desconocido olía a agua fría y aire fresco.

Karen de pronto dio un respingo. Conocía aquel olor. Había soñado con él todas las noches. Aquel era su amante, no un sueño, como había esperado, tampoco la locura, como temía, sino un hombre atrevido y valiente.

Por supuesto. ¿Quién si no iba a desafiar a la muerte para salvarla?

Se aferró a él desesperada, mientras el monte Anaya hacía sus últimos esfuerzos por destruirlos, lanzando contra ellos rocas como gigantescas balas. Las piedras se estrellaban unas con otras, estallando en enormes trozos de metralla, afilados y malignos. Una lluvia de piedras caía sobre ella. Millones de toneladas de granito enterraban los viejos caminos, las patéticas plantas, toda evidencia del pasado.

La moto llegó al otro lado del valle. Una nube de polvo los envolvía.

El monte Anaya había ganado. Y la muerte los tuvo en sus garras cuando la moto saltó por el borde del promontorio y salió volando hacia el vacío.

5

Karen lanzó un chillido de miedo, y su amante, un rugido desafiante. La moto aterrizó con un fuerte golpe sobre una pila de escombros. La rueda trasera patinó, el piloto corrigió el rumbo y aceleró alejándose de la montaña, dejándola atrás mascullando y gruñendo su frustración.

El abrupto sendero los alejaba del monte Anaya. Bajaban a trompicones, serpenteando entre las piedras y atravesando pequeños arroyos. Aunque todavía estaban a mucha altitud y el aire era muy suave, el terreno había cambiado. Primero aparecieron diminutas flores y alguna hierba para suavizar la pétrea austeridad, luego algún que otro árbol que hundía sus raíces en la delgada capa de tierra. La esperanza, tan remota cuando se encontraban en el Anaya, se iba intensificando con cada kilómetro que se alejaban de allí. Por fin el piloto enfiló una colina, acelerando a tope, y condujo como un demonio hasta la cima, dobló una curva... y se detuvo en una pequeña pradera oculta rodeada de montañas.

Allí apagó el motor y el súbito silencio cayó como un impacto.

A Karen todavía le pitaban las orejas, primero del estruendo de la avalancha y luego del rugido de la moto, y ahora se oía el burbujeo de un riachuelo, el canto de un pájaro, sonidos tan normales y agradables que le dieron ganas de llorar de alegría.

La montaña no los había matado. Había hecho todo lo posible, pero estaban vivos.

Bajó de la moto, con el trasero todavía vibrando tras la demencial carrera, y las rodillas se le doblaron alarmantemente. Había estado a punto de morir. Se dejó caer. El olor de la hierba era embriagador, y no pudo evitar inclinarse para besar el suelo. Luego miró a su amante sonriendo.

—Gracias. Gracias.

Pero él no la miraba. Estaba completamente inmóvil, casi como si no se conocieran.

Y lo cierto era que no se conocían. Las noches de sexo ardiente y desesperado apenas contaban como presentación. Pero ni siquiera la imagen de aquella figura tiesa podía detener su euforia creciente. Solo pensaba una cosa: estaba viva.

Se levantó, se alejó tres pasos y se puso a dar vueltas como una enloquecida Julie Andrews. Si fuera capaz de cantar, habría estallado en gorgoritos con la banda sonora de *Sonrisas y lágrimas*.

Era como haber encontrado Shangri-la. Allí, en la pradera, el sol era limpio y puro. Echó a correr hacia el riachuelo que caía sobre una roca en un remanso rodeado de lisas piedras para luego seguir su curso. Se agachó y se mojó la cara. El agua reluciente estaba tan fría que le hizo rechinar los dientes. Estaba haciendo el ridículo, pero le daba igual.

Estaban vivos.

Se echó a reír al darse cuenta de que el polvo que parecía caer del cielo en realidad le caía del pelo. La avalancha la había cubierto de arenilla. Se quitó la parka, la sacudió y la dejó a un lado. Se frotó la cabeza y dio un respingo de dolor. Se puso entonces a explorar con más cuidado y vio que alguna esquirla le había hecho un corte detrás de la oreja. Estaba pegajoso, y cuando apartó los dedos estaban teñidos de sangre.

De todas formas era un precio muy bajo por el regalo de estar viva.

Agachó la cabeza un momento para dar gracias a Dios y

se puso en pie, dispuesta a enfrentarse a lo que viniera a continuación.

Cuando se volvió, se lo encontró delante de ella. No debería haberse sorprendido, puesto que él siempre se movía de manera furtiva, pero esta vez dio un brinco asustada.

Medía un metro ochenta de altura, era ancho de hombros y estrecho de caderas. También estaba cubierto de polvo, que se posaba en su pelo largo, oscuro y sedoso, en la poblada barba negra. Bajo la suciedad de la cara tenía la piel muy bronceada. Aunque su estructura ósea resultaba vagamente exótica, tal vez de Europa del Este, el hombre era de raza caucásica.

Y sus ojos... Sus ojos eran negros. No azul oscuro, no castaños, ni grises. Negros. Tan negros que parecía que la pupila hubiera engullido el iris. Negros y brillantes como la obsidiana, como el cristal negro que se forma en los fuegos de un volcán.

Karen intentó retroceder, pero él la agarró de la camiseta para atraerla bruscamente hacia él.

¿Drogas? Sí. Solo las drogas podían dar a sus ojos ese aspecto. O bien Karen había muerto en la avalancha y aquello era el infierno y él el diablo.

Pero todo parecía muy real. Él parecía muy real. Estaban muy cerca, casi tocándose. El hombre se inclinó hacia ella hasta hacerle sentir su aliento en la cara. Y al mirarlo a los ojos Karen cayó en un alma tan oscura y atormentada que nada podía mitigar su dolor. Excepto tal vez ella.

—Pero ¿qué te creías que estabas haciendo? —Era la voz de su amante nocturno, sí, pero grave, furiosa—. ¿Cómo se te ocurre quedarte allí abajo mientras la montaña se preparaba para matar? Pero ¿es que no conoces la reputación del Anaya? ¿No te dijo Mingma que la montaña te destruiría por intentar conquistarla? Nadie la ha escalado nunca, ni construido en ella ni la ha estudiado. Nadie que lo haya intentado ha vuelto de una pieza. ¿No sabes reconocer el olor del mal cuando te llena los pulmones?

«Lo huelo ahora», pensó ella. Pero estaba demasiado aterrada y era demasiado inteligente para decirlo en voz alta.

—Tendrías que haberme dejado allí.

—Sí, es verdad. Pero no podía verte morir. —Él respiraba con dificultad, como transido de dolor—. Tú no. Tú no.

Tal vez pareciera el mismo diablo, pero en su voz se notaba que sentía algo por ella. Y la besó con la desesperación de un animal enjaulado, inundando a Karen de pasión como una avalancha.

Sí. Aquel era su amante. Reconocía su sabor. Pero nunca se habían besado así. Lo que había pasado previamente entre ellos no era sino un apasionado juego comparado con el deseo que ahora percibía en él. Su amante la abrazaba con fiereza, parecía consumirla, devorando su aliento, su voluntad. La hacía arder con su fiebre, y Karen veía con los párpados cerrados explosiones doradas y escarlata, llamaradas de puro deseo. Se aferró a él, perdiendo el equilibrio, con el arroyo cantarín a su espalda, la locura llamándola, y le devolvió el beso.

Porque estaban vivos. Nunca se había sentido tan viva. Aquel hombre, que le había enseñado lo que era el placer, la había salvado de la muerte, la había llevado hasta aquel lugar perfecto y ahora la deseaba. La deseaba.

Bienvenida al infierno.

6

Karen olvidó los extraños ojos negros y brillantes de su amante y recordó solo su habilidad. Poniéndose de puntillas le enroscó una pierna en torno a la cadera. Él le agarró el culo, se volvió y sin moverse un paso la dejó en el suelo. Le abrió de inmediato la cremallera y le bajó los pantalones y las bragas hasta las rodillas, gruñendo exasperado al quedar la ropa atascada en las botas. Le quitó una fácilmente, pero la segunda tenía atados los cordones. En las profundidades de sus ojos negros saltó una chispa roja, roja como el fuego y como las llamas del infierno.

Karen volvió a la realidad bruscamente e intentó incorporarse.

—¡No! —Con un diestro movimiento él le sacó el pantalón del pie descalzo. La hierba estaba increíblemente fría.

Le abrió las piernas entonces... y se detuvo mirándola. Mirándola como si jamás hubiera visto antes a una mujer. Desde luego ella jamás se había exhibido de manera tan impúdica. Intentó protegerse con las manos, pero él se lo impidió.

—No —repitió. Le cogió ambas muñecas con una mano y con la otra la abrió a la luz y al aire. Sus dedos recorrieron todo su centro en una ligera y rápida caricia que le puso de punta todas las terminaciones nerviosas—. Nunca he visto nada tan hermoso —susurró él, penetrándola con la punta de un dedo—. Pálido y rosado, hinchado cuando lo toco...

Ella se tensó involuntariamente, reteniéndolo allí. Él cerró los ojos, su rostro era una máscara de agonía de deseo. Y de pronto la urgencia pareció consumirlo. Se bajó los pantalones hasta las rodillas y ella vio su erección, dura, gruesa, exigente. Él la abrió, se tumbó contra ella y la penetró de golpe.

—¡No! —Karen intentó incorporarse. Lo deseaba tanto como él, pero aquello... aquello era demasiado, demasiado brusco. Aquello no era hacer el amor, sino una frenética afirmación de la vida.

Quería parar.

Quería correrse.

Él le abrió más los muslos, alzándoselos, y embistió de nuevo.

—¡Maldito seas! —Karen estaba impotente contra su fuerza, incapaz de detener el fuego que penetraba en sus venas y corría por todo su cuerpo. Le aferró los brazos, hundiendo las uñas en la cazadora de cuero, y alzó las caderas una y otra vez en pequeños movimientos que chocaban con el deseo de él y alimentaban el de ella.

Y como si hubiera hablado, él replicó:

—¡Muy bien! —Y se giró, dejándola a ella encima.

Su pelo negro se extendía por la hierba verde, su rostro era duro y sus ojos, finas hendiduras exigentes.

—¡Móntame tú!

Era un hombre de estructura ancha. Karen, a caballo sobre él, no tocaba el suelo con las rodillas, de manera que se apoyó con las manos en su vientre desnudo y con los pies bajo ella comenzó a moverse.

Era decadente.

Era pura lujuria.

Escuchaba sus gemidos y le hacía sufrir. Buscó su propio placer y repitió los movimientos que lo provocaban.

El sol caía sobre sus hombros. La brisa acariciaba sus pezones. Y, debajo de ella, él se agitaba. Dentro de ella crecía al límite.

Era un hermoso animal, de largos y tensos músculos, de

manos grandes y fuertes. Y algo de él se le metió dentro, en su sangre, mientras a la vez él respiraba hondo, como si la esencia de ella alimentara su alma y su corazón.

Karen seguía moviéndose arriba y abajo, una y otra vez, con los muslos ardiendo de cansancio. Jadeaba roncamente, intentando meter en sus pulmones aire suficiente para aguantar aquella carrera hasta el final. Se movía cada vez más deprisa, cada vez más cerca del fin.

Hasta que por fin la poseyó el orgasmo, un clímax breve, glorioso y palpitante que expandió sus sentidos hasta abarcar el mundo entero, y focalizó toda su atención en él. Su amante se sacudía bajo ella, fiero, indisciplinado, salvaje de pasión.

Terminaron demasiado pronto. Karen abrió los brazos en un exceso de júbilo y se echó a reír. Jamás se había sentido tan viva, tan feliz. Había escapado del monte Anaya. Habían escapado de la muerte.

Karen se dejó caer sobre él jadeante, exultante. Él la abrazó y rodó una vez más para ponerse encima. Ella notaba el calor de su cuerpo entre las piernas, la tierra fría en la espalda, y en torno a su cabeza diminutas flores blancas.

Él la miraba como perplejo. Karen sonrió, recuperándose de aquel momento de locura. Poco a poco aquella mirada oscura la trajo a la normalidad, y luego al recelo.

Se había acostado con aquel hombre, lo había abrazado mientras dormía, había confiado en que le salvaría la vida. Pero no sabía nada de él, y sus ojos la dejaban helada, le provocaban la misma sensación de desastre inminente que había experimentado en la ladera del Anaya.

Él le apartó el pelo de la cara.

—No deberías haberlo hecho.

—¿El qué? ¿A qué te refieres? ¿No debería haberme acostado contigo? —Y en tono algo cortante añadió—: No sabía que tuviera elección.

—No deberías haberme montado. No deberías haber disfrutado tanto. Y, sobre todo, no deberías haberte reído.

Ella se lo quedó mirando. Se le veía tan severo como un viejo evangelista predicando el Antiguo Testamento.

—No me estaba riendo de ti —comentó, sin saber muy bien qué había querido decir él—. Me reía de...

—De alegría. Lo entiendo.

La observaba tan de cerca que Karen sintió que la penetraba con la mirada, averiguando más cosas de las que quería que supiera de ella. La hizo consciente de su peso presionándola contra la hierba, de sus piernas abiertas, su peligrosa vulnerabilidad, y se agitó incómoda.

Él le acarició el pelo de nuevo.

—Algún día me gustaría oírte reír otra vez.

—No me río así muy a menudo. —Tampoco hacía a menudo nada parecido a aquello.

—Aún así.

Por fin se apartó de ella de mala gana y se levantó para quitarse de manera rápida y eficiente las botas y la ropa. Lo tiró todo al suelo y la miró desde arriba, abriendo y cerrando los puños.

Sospechar que hacía pesas era ridículo: vivía al margen de la civilización, trabajando en Dios sabía qué, pero era alto y esbelto, un ágil depredador de contenida fuerza en los abultados músculos de los brazos, en sus cuadrados hombros, en los marcados abdominales. Los genitales colgaban entre sus piernas, y aunque ahora el pene no estaba erecto, Karen conocía muy bien el tamaño y la fuerza que podía alcanzar.

Tenía el pecho y el brazo atravesados por cicatrices negras con forma de rayos que se encogían tirando de la piel.

—¿Qué te ha pasado ahí? —preguntó Karen, compasiva.

Él la agarró de las muñecas para ponerla en pie.

—No es nada.

—¿Nada? —Karen tocó ligeramente una de las marcas—. Parece una quemadura. Pero tiene como una forma definida... ¿verdad?

—Es una marca de nacimiento.

—¿Te duele?

—No —contestó él, apartándose.

Era evidente que no quería hablar del tema. Y la forma en que la miraba, como un hombre que hubiera tomado una decisión, la hacía pensar. Y no quería pensar.

Pero Karen era ante todo una mujer con sentido común, una mujer que se había endurecido por necesidad, una adicta al trabajo que se pasaba la vida terminando un proyecto para empezar otro. Hasta que aquel hombre entró en su tienda de campaña, llevaba años sin molestarse en tener amantes. Un amante daba demasiados problemas. Un amante requería atención, y ella no tenía tiempo que perder.

Y ahora tenía la sensación de haber nacido de nuevo. Se sentía demasiado abierta, demasiado inmadura, demasiado nueva. Era como un niño experimentando toda una avalancha de emociones nuevas. O tal vez eran emociones antiguas, ahora liberadas. No lo sabía. Lo que sí sabía era que su falta de disciplina tendría consecuencias.

Sus pantalones todavía estaban colgando de una pierna, la camiseta enrollada en torno a la cintura. Se puso en pie, calzada con una sola bota. Acababa de practicar el sexo sin protección. ¡Por Dios! ¿En qué estaba pensando? Y tenía los muslos mojados de semen. No había hecho nada tan demencial en toda su vida.

Ahora el sol caía sobre ellos y Karen veía a su amante muy claramente. Las preguntas se sucedían en su cabeza:

¿Y ahora qué?

¿Y si me ha dejado embarazada?

¿Y quién es este hombre?

Y sobre todo: Este hombre es un salvaje.

Lo sabía en el fondo de su corazón. Al fin y al cabo, por eso justamente lo había recibido en su cama por las noches.

Intentó subirse los pantalones tirando de la cintura con lo que esperaba que pasara por un gesto despreocupado.

—Ya sé que ya has hecho mucho, pero ¿podrías llevarme al teléfono más cercano? Tengo que llamar a mi padre y decirle lo que ha pasado. Que se ponga en contacto con la familia de Phil, que gestione el pago del equipo alquilado que hemos perdido. —Las preocupaciones y responsabilidades volvían a reclamar toda su atención—. ¿Crees que Mingma habrá escapado? Era mi cocinera y mi intérprete y se marchó corriendo. Estará a salvo, ¿verdad?

—Mingma está bien —replicó él con el rostro inexpresivo.

—¿De verdad? —Karen odió el tono alegre que le salió—. ¿Cómo lo sabes?

—Porque Mingma tiene dos dedos de frente y sabe reconocer el peligro cuando lo tiene delante de las narices, cosa de la que tú eres incapaz, por lo visto —sentenció, arrodillándose ante ella para desatarle la bota y quitársela junto con los pantalones.

Karen no sabía si se refería al peligro del monte Anaya o al peligro que él mismo representaba.

—Oye —protestó, tirando del pantalón hacia arriba—, no sé lo que pretendes, pero... —En realidad estaba bastante segura de lo que pretendía, pero de pronto se había tornado cautelosa.

—Nos vamos a dar una ducha —replicó él, señalando con la cabeza la cristalina y fría cascada.

—¡Ni hablar! Ya me he lavado antes ahí la cara y he visto cómo está el agua. Por no mencionar que me crié en Montana, en las Montañas Rocosas, junto a un parque nacional de glaciares. Cuando era pequeña me metí hasta las rodillas en un arroyo como ese para construir una presa de piedras, así que sé perfectamente de lo que hablo y te aseguro que yo ahí no me baño ni loca —declaró, retrocediendo. Pero él se aprovechó de aquel movimiento para quitarle los pantalones.

—¿Y cómo sugieres entonces que nos lavemos? —preguntó, con un tono más práctico que amenazador, como si fuera un chico al que hubiera conocido en la universidad—. Si tan fría está el agua, no puedes acusarme de ir con otras intenciones.

El monte Anaya había destruido su trabajo de los tres últimos meses y encima había perdido a un hombre en la obra.

Ahora por fin, mirando a su amante, se daba cuenta de que no estaba loca... pero tal vez él sí. No habría pensado que le quedara ni un ápice de sentido del humor, pero ahora de pronto esbozó una torcida sonrisa.

—Bueno, eso es verdad.

Estaban al borde de un territorio sin ley, donde el menor atisbo de civilización se encontraba al menos a un día de distancia. Allí no había nadie y, lo que era más importante, tampoco había forma de asearse. Karen tenía la camiseta mugrienta y las piernas pegajosas. Ahora que lo pensaba, sí que se sentía bastante sucia. Una hora más no implicaría diferencia alguna para el mundo exterior.

Con un grito que resonó en las paredes del valle, se quitó la camiseta y echó a correr hacia la cascada. Oyó a sus espaldas un grito similar y de pronto él la adelantó a toda velocidad y llegó al río unos segundos antes que ella, salpicando con una rociada de gotas heladas. Entonces frenó tan bruscamente que Karen chocó contra él. Él la envolvió entre sus brazos y la lanzó bajo la gélida cascada.

Karen gritó al sentir aquella temperatura bajo cero, y se rió y chapoteó mientras él le frotaba con las manos todo el cuerpo. Y ella lo frotó a su vez, sintiéndose tonta, excitada, libre por un insensato segundo más.

No se demoraron mucho, hacía demasiado frío. Pero ahora estaban limpios y Karen supo por qué el olor de su amante era siempre tan fresco y salvaje cuando acudía a su cama: primero pasaba por aquella cascada.

Él la sacó del agua, agarrándole la cintura. Ella se echó a reír. Y de pronto vio que su expresión cambiaba, pasó de la diversión compartida a la desolación, un desconsuelo que a ella le rompió el corazón.

Y entonces él pronunció las palabras que la llevaron de la compasión a la rabia:

—Nunca te dejaré marchar.

7

Karen se apartó de aquel desconocido... aquel hombre al que conocía tan íntimamente.

—¿Cómo que no me dejarás marchar?

Él se la quedó mirando con ojos impenetrables, tranquilo, seguro de su decisión.

—Oye, ya sé que me has salvado y te lo agradezco, pero eso no significa que quiera quedarme aquí. Tengo un trabajo que hacer y pienso hacerlo. —Karen le dio la espalda y fue recogiendo la ropa, prenda por prenda, y sacudiéndole el polvo. Estaba mojada, tenía frío, y tembló, pero no quiso engañarse: se había estremecido de miedo.

¿En qué lío se había metido?

Dio un brinco cuando él pasó a su lado, silencioso como un felino, y no pudo evitar observar el movimiento de los largos músculos de la espalda, las nalgas y los muslos bajo su piel dorada.

Él sacó de las alforjas de la moto unos tejanos y una camiseta y se vistió con ellos. Luego le tiró a ella otra camiseta.

—Está limpia. Póntela. —Y otros vaqueros—. Puedes remangar las perneras.

Pero ella no se movió, incapaz de decidir, porque aunque sus bruscas palabras la habían ofendido, lo cierto era que su propia ropa estaba sucia y sudada.

Él se puso las botas y volvió a buscar en las alforjas. Cuando se volvió de nuevo hacia ella, tenía en la mano una Glock semiautomática.

—Ponte la ropa.

A ella se le detuvo el corazón un momento, para luego desbocarse. ¡No podía hablar en serio!

—No vas a dispararme.

—¿Porque nos hemos acostado? Yo que tú no estaría tan segura. —Aquellos extraños ojos negros se clavaban en ella sin expresar nada—. He tenido muchas mujeres y ninguna me importa una mierda.

Eso sí se lo creía. Se lo creía a pies juntillas.

¿Se enfrentaría a él? Era cinturón negro de jiujitsu. Dada su línea de trabajo, con los lugares del mundo que tenía que visitar, era lógico aprender autodefensa. Pero su maestro era vietnamita, un veterano de la guerra, y la había enseñado a calibrar las situaciones. Aquella parecía bastante desesperada.

Más bien imposible.

—¿Qué vas a hacer, echar a correr desnuda por la pradera mientras yo te persigo con la moto? —Su amante ya se había sentado en ella y tenía la mano libre en el botón de arranque—. ¿Trepar por las rocas mientras yo te uso como blanco?

De pronto un recuerdo se encendió en su mente paralizada de miedo: la niña sacrificada al mal y enterrada bajo una roca, adornada de joyas y con un icono religioso. Karen se miró las manos. Tenía la parka aferrada contra su pecho, y tocó los bolsillos. La niña le había pasado el icono para que lo protegiera.

—No quiero que me utilices como blanco —dijo por fin. Había que mantener el icono a salvo, de manera que tendría que esperar el momento propicio para sorprender al monstruo con una patada que lo dejara frito, o mejor aún, muerto.

—Pues ponte la ropa —insistió él, sin dejar de apuntarla—. Y la parka y las botas. Lo demás déjalo aquí porque no vas a necesitarlo.

Karen se vistió en silencio, sabiendo que no tenía otra opción, pero maldiciéndose por haber sido tan estúpida y haberse entregado a él. Los tejanos le iban grandes y tuvo que dar cuatro vueltas a los bajos para poder andar. En cuanto se puso la chaqueta metió la mano en el bolsillo para pasar los dedos por el borde del icono. El recuerdo de la amable cara de la Madonna le dio el valor para preguntar:

—¿Quién eres?

—Warlord.

—¿Cómo, un warlord, uno de esos crueles asesinos que se ceban tanto en los lugareños como en los turistas? —¿Podía empeorar más su situación?

Pues sí. Él la miró a los ojos, con aquellas pupilas de obsidianas vacías de emoción.

—No. Yo soy Warlord.

El sol se iba poniendo y el hombre que se hacía llamar Warlord conducía la moto por un estrecho camino hacia una pared de piedra. Karen quería cerrar los ojos, temiendo el choque, pero en el último momento el camino giró y la moto llegó a un campamento protegido por riscos en tres lados, y el cuarto por un barranco que caía al vacío.

El humo de una docena de hogueras se alzaba en el aire limpio, y unos cien hombres, vestidos como Warlord, con la barba y el pelo igual de alborotados y enredados, se sentaban en grupos en torno a las llamas cocinando, charlando, jugando a videojuegos en las consolas portátiles, bebiendo y leyendo.

Todas las cabezas se volvieron en su dirección y se produjo un silencio. Los hombres los observaron, o más bien la observaron a ella, con marcado interés. Pero al cabo de un momento volvieron a sus cosas y sus conversaciones, como si Karen se hubiera vuelto invisible.

Warlord atravesó el campamento despacio con la moto, serpenteando entre los hombres. Dejaron atrás una inmensa hoguera central, ahora fría y negra de carbón. Karen se aferraba a la cazadora de cuero de Warlord con las manos sudorosas. Oía voces hablando en inglés con todo tipo de acentos, palabras en francés, en alemán, en lenguas asiáticas y otras que no pudo reconocer. Y por fin, en voz baja, preguntó:

—¿Esto qué es?

—Nuestra base.

—¿Una base para qué?

—Para nuestras incursiones.

Warlord, había dicho que era Warlord.

—Tú no puedes ser el único mercenario por aquí.

—Tengo éxito, soy brutal, he acabado con todos mis rivales y soy el único que cuenta en esta parte del mundo.

Y ella había huido con él ciegamente, como un animal asustado, había confiado en que él la protegería, y había caído ella sola en la trampa.

—Ahora todos te han visto —prosiguió él—. Ya conocen tu cara y saben que si huyes, tendrán que impedírtelo. De manera que te sugiero que no te escapes, porque disfrutarían demasiado.

Karen se sintió enferma ante su amenaza, pero replicó con firmeza:

—Cuando me escape, no dejaré que me atrapen.

Él soltó el manillar de la moto para agarrarle las manos y tirar de ellas hasta tenerla pegada a su espalda.

—Entonces te atraparé yo. Y te prometo que no te va a gustar.

—¿Es que tienes la ingenua impresión de que esto sí me está gustando? —le espetó ella—. Agarra el manillar, idiota.

Él se echó a reír con un ronco temblor en el cuerpo, y volvió a tomar los mandos de la moto.

Karen escudriñó la creciente penumbra, intentando averiguar cuál sería su tienda. La de ellos dos. Hasta que pudiera escapar. Porque por mucho que él la amenazara, pensaba escaparse. Era lista y fuerte. El invierno que cumplió dieciséis años su padre la había mandado a las montañas de Montana únicamente con el equipo básico de supervivencia y ella había sobrevivido sola una semana de extrema dureza. Y Warlord no podía vigilarla todos los minutos del día.

Pero cuanto más se adentraban en el campamento, más se desmoronaban sus esperanzas. Tal vez Warlord no pudiera vigilarla constantemente, pero a menos que el campamento quedara vacío cuando la tropa se marchara a realizar alguna incursión, siempre habría alguien pendiente de ella.

Al acercarse al final del valle él paró la moto y señaló:

—Ahí es donde vivo.

Habían construido una tarima de madera a unos seis metros sobre el suelo, incrustada en la pared de piedra. En ella se alzaba la tienda más grande que Karen había visto jamás, y había visto muchas.

—Está hecha a petición personal, cálida en invierno, fresca en verano. Aquí vivo yo, y ahora tú también. Estarás cómoda.

—No, no estaré cómoda.

—Pues entonces estarás incómoda, tú misma.

Metió la moto en una hondonada en la roca y la ayudó a bajar. A Karen le temblaban las piernas de hambre, de miedo, y por el largo viaje realizado hasta allí. Se apoyó contra la piedra, dándose cuenta de lo atrapada que estaba. Mientras iban en la moto debería haberle arrancado las orejas o sacarle los ojos. Era cierto que se habrían estrellado, pero al menos habría tenido una oportunidad de liberarse.

—Vamos. —Warlord la cogió de la mano y tiró de ella, pero Karen hundió los talones en el suelo—. ¿Es que quieres que te lleve en brazos? —preguntó él sin volverse—. Desde luego sería un buen espectáculo para los hombres. Y si nos caemos —añadió, señalando con la mano libre la desvencijada escalera que llevaba a la tienda—, hay una buena altura.

Ella avanzó a trompicones ante la fuerza de su brazo. Warlord la empujó los primeros escalones hacia arriba. Era una escala casi vertical, y Karen tenía que ir agarrándose a los travesaños a medida que subía.

—No pises el tercer escalón, que se romperá. —Cuando Karen vaciló, él la empujó de nuevo—. Vamos. Ahora mismo no tengo ningún interés en ti. Las mujeres agotadas no tienen ninguna vida. Esperaré hasta mañana, cuando hayas comido y dormido y seas capaz de pelear.

«Menudo hijo de puta. Pero qué pedazo de cabrón.»

Karen tenía hambre y sed y estaba exhausta. Los pantalones se le caían, los dobleces de las piernas se deshacían. Tenía que agarrárselos con una mano sin soltar la otra de la escala, con la vista fija en la tarima y la tienda de campaña. Si Warlord cumplía su promesa y la dejaba en paz esa noche, al día siguiente tendría la energía y el ingenio necesarios para salir de aquella.

Lo cual probablemente incluiría un rescate.

Warlord pareció leerle el pensamiento.

—Me imagino que tu padre pagará bien por tu liberación.

—¿Qué sabes tú de mi padre? —le espetó ella.

—Sé que es el dueño de la empresa para la que trabajas.

Por fin Karen entendió sus motivos para haberla apresado: el rescate, por supuesto. Ninguna otra cosa tenía sentido.

—Pues deberías investigar un poco más a tus víctimas, porque mi padre no pagará ni un céntimo por mí. —Le había dicho la verdad sin tapujos.

—¿Quieres que me crea que a tu padre no le importa su única hija?

—Me importa un pimiento lo que tú creas. —Karen habría deseado que aquella escala tuviera una barandilla o algo, cualquier cosa que ofreciera al menos la ilusión de protección frente a una dura caída.

Él se echó a reír, con una carcajada grave que Karen notó como un temblor en la espalda.

—Si es cierto que a tu padre no le importa lo que te ocurra, es bueno saberlo. Así no tendré que preocuparme de que intente rescatarte.

—No —dijo ella con amargura—. Por eso no tienes que preocuparte.

—No pises el cuarto escalón contando desde arriba.

Karen se detuvo contando los travesaños y dio un largo paso hacia arriba.

—Si me das un martillo y unos clavos te lo arreglo —comentó sarcástica.

—En caso de ataque de algún grupo mercenario con aspiraciones a mi valle y a mi territorio, esos peldaños me dan los segundos extra que necesito para matar a unos cuantos más.

—Ah. —Karen se apoyó en los codos para subir por fin a la tarima. Los clavos estaban oxidados, los tablones se combaban y por las brechas que había entre ellos se veía el suelo más abajo.

Warlord sonrió al verla acercarse todo lo posible a la tienda y levantarse quedándose medio inclinada, lista para saltar en caso de que la tarima, o el mundo, intentara lanzarla al vacío.

—¿Y es probable eso? —preguntó ella—. Lo del ataque y la matanza.

—La matanza es una tradición ancestral en la frontera. —Warlord subió ágilmente a la tarima y observó junto a ella hasta el más mínimo movimiento en el valle y en las montañas—. Pero no te preocupes, que este valle es casi impenetrable. Los asaltantes tendrían que escalar primero las montañas que lo rodean, luego trepar por los riscos, y mientras tanto nosotros iríamos acabando con ellos como si fueran blancos de feria.

—¿Y si vienen con helicópteros?

—Aquí no hay mercenarios que puedan permitirse esos lujos. —Warlord la agarró de la muñeca y tiró de ella por el estrecho reborde hacia la entrada. Por un alarmante momento, Karen miró hacia abajo y, exactamente igual que en sus pesadillas, le pareció que se precipitaba al vacío. Retrocedió un paso sin mirar, tropezó con uno de los clavos de la tienda y estuvo a punto de caerse de culo. Tuvo que aletear con los brazos para no perder el equilibrio, conteniendo un grito.

Warlord la atrajo hacia él para sostenerla.

—Te dan miedo las alturas.

—No. —O por lo menos no debería, sobre todo cuando había cosas mucho más inmediatas de las que tener miedo.

—Esa es la pesadilla que te despierta siempre.

—No —negó ella automáticamente.

—Estas son las montañas más altas del mundo, las más peligrosas. Si te dan miedo, ¿por qué aceptaste el trabajo?

—No me dan miedo —insistió ella, apretando los dientes.

El sol ya se había puesto y las estrellas apenas daban luz. Los fuegos del campamento oscilaban muy abajo y Karen apenas podía verle la cara, pero por el gesto de su cabeza supo que la estaba observando, y como ya había pensado en las noches en que iba a visitarla a su tienda, tuvo la certeza de que veía claramente en la oscuridad.

No quería demostrar miedo. El miedo siempre provocaba espantosas burlas, de manera que alzó el mentón y esbozó una tensa sonrisa.

—Tengo una pregunta. ¿Me vas a compartir con tus hombres? —No debería haberle dado la idea, pero tenía que saberlo. Los mercenarios eran demasiados, y si llegaba el caso estaba decidida a tirarse por un barranco.

Él la cogió de la camisa y se inclinó tanto sobre ella que su aliento le acarició la cara.

—Yo no comparto lo que es mío. Y tú eres mía, no te equivoques. Mía para siempre.

—Eso de siempre es mucho tiempo.

—Una eternidad. —De pronto, sin previo aviso, la cogió entre sus brazos y con un simbolismo que Karen no pasó por alto, entró con ella en su tienda.

8

Los brazos de Warlord estrecharon a Karen.

—Bienvenida a mi hogar, esposa mía.

Sí, la había hecho suya y la trataba como si fuera su esposa, pero una esposa de los tiempos en los que los hombres capturaban a sus mujeres y las retenían por la fuerza hasta que les enseñaban a ser dóciles.

Ya podía esperar sentado.

—Pues más vale que no pierdas de vista a tu esposa, no vaya a ser que te meta un cuchillo entre las costillas.

—Todas las relaciones tienen sus dificultades —comentó él, dejándola en el suelo.

—¡Vaya! —En todos los años que llevaba acampando, jamás había visto nada igual. Dos linternas LED de campamento colgadas de ganchos arrojaban una luz blanca sobre el espacioso interior de la tienda, que por fuera no llamaría la atención en ningún campamento americano, pero por dentro... Una lujosa alfombra de lana hecha a mano cubría el suelo, y las paredes estaban decoradas con enormes tapices, para aislar del frío, imaginó Karen, pero eran de una belleza sublime.

Era obvio que aquel hombre, aquel ladrón, estaba acostumbrado a tomar lo que quería. En una dirección se veía un precioso árbol de la vida sobre un fondo negro, en otra, un caballero medieval cabalgaba por un campo. En una pared aparecía una moderna imagen de un lago al atardecer, y en la otra un elegante arco con rosas sobre un camino. La alfombra era de cachemira en tonos crema, burdeos y negros.

—Supongo que el término «feng-shui» no te dice nada, ¿verdad?

—No me va la comida china.

¿Intentaba ser gracioso? No podía saberlo, pero desde luego Karen no tenía intención de reírse. El resto del mobiliario era tan ecléctico como los tapices: dos baúles, una mesa estilo provenzal, una silla ergonómica, una mesa de centro rodeada de cojines para sentarse, tal vez para comer. Y luego estaba la cama.

Ah, la cama. Era un colchón de un metro treinta en el suelo, sobre un somier sin patas, con el cabecero y el pie de bronce y un dosel con una mosquitera. Los postes relucían como si los pulieran a diario. En uno de ellos había atada una pistolera de cuero. Las almohadas estaban atractivamente ahuecadas y todo el conjunto debería haber hablado en susurros de pecado y seducción, pero en lugar de eso sugería a gritos descanso y relajación.

—¿Qué colchón es ese?

—Un Sealy.

Karen gruñó de placer, si bien de una forma muy distinta de la que había experimentado en sus brazos.

—Dios mío, ¿y cómo lo has subido hasta aquí?

—¿A ti qué te importa? —Warlord le cogió la parka por el cuello e intentó quitársela, pero ella se envolvió en sus propios brazos con más fuerza y lo miró furiosa. Él dio un tirón de la prenda—. Quítate la chaqueta antes de tumbarte.

—No.

Él apartó las manos con un elaborado gesto.

—Intentaba ser un caballero.

—A buenas horas.

Por un momento pareció que él se iba a echar a reír.

—Me recuerdas a...

—¿A quién?

—A mi casa. —Entonces le dio un empujón en el hombro—. Vete a dormir. Yo tengo que averiguar qué ha pasado con el cargamento que llegaba hoy.

Karen se dejó caer en el colchón y al instante se quedó dormida.

Estaba al borde de un risco, rodeada de un cielo azul. El viento soplaba con fuerza, agitándole el pelo en la cara. Intentó retroceder, apartarse de allí, pero los pies le pesaban demasiado. Y de pronto la tierra se estremeció, las piedras se agitaron, el borde se desplomó y ella cayó al vacío...

Su propio grito la despertó. Abrió los ojos con el corazón palpitante... y se encontró con los de Warlord mirándola. Estaba agachado junto a la cama, abrazándola.

—¿Era tu pesadilla? ¿Caías al vacío?

—Sí. —Karen se estremeció y se espabiló por completo—. Sí.

En sus brazos se sentía segura, pero sabía que era un engaño, porque Warlord la miraba sin expresión y ahora, sin duda alguna, conocía su debilidad y se aprovecharía de ella.

—¿Quieres que me quede? —preguntó él.

—No. —Karen se apartó de su abrazo y cerró los ojos, rechazándolo.

No podía seducirla con palabras amables y consuelo. No pensaba ser su esposa complaciente. Se quedó escuchando, pero no oía nada. Furiosa de tenerlo tan cerca, acabó espetándole:

—¡Lárgate de una vez, maldita sea!

Nadie contestó. Karen abrió los ojos y vio que estaba sola.

9

Se despertó sabiendo perfectamente dónde estaba. Sabía por qué estaba allí. Recordaba cada espantoso momento del día anterior y, sobre todo, recordaba a Warlord.

Oyó pasos. Él estaba en la tienda. Cuando se acercó a la cama, Karen apartó con cuidado las mantas, lista para salir de un brinco. Pero lo que oyó fue la voz de Mingma:

—Namaste, señorita Sonnet.

Abrió los ojos de golpe y salió de la cama a toda prisa.

—¿Mingma? ¿Qué haces aquí? ¿Te han capturado a ti también?

—¿Señorita? —Mingma la miró perpleja—. ¿Cómo que si me han capturado? Él me ha traído aquí para usted.

Karen pensó que debía de estar más desorientada de lo que creía, porque aquello no tenía ningún sentido.

—¿Dónde está Warlord?

—Se ha ido.

—¿Ha salido del campamento? —Karen sonrió con salvaje placer—. ¿Qué hora es?

—Pronto saldrá el sol.

—Podemos escaparnos.

—No, señorita.

—No te preocupes, que ya se me ocurrirá algún plan.

Karen se apartó el pelo de la cara. Se le daba bien hacer planes, sabía aprovechar las oportunidades. Y tenía que escaparse en aquel preciso momento, mientras Warlord estaría por ahí bebiendo con sus amigotes y celebrando su nueva concubina.

Mingma chasqueó la lengua meneando la cabeza mientras Karen se ponía los pantalones de hombre que se le caían por las caderas.

—Eso no es atractivo. Warlord ha ordenado que le busque ropa nueva que ponerse. —Mingma señaló sonriendo una falda de crepé verdiazul y una blusa que dejaba el vientre al aire, intrincadamente bordada a mano con hilo de oro—. Me ha dicho que traiga solo lo mejor y lo más bonito. Y eso he hecho.

—Pues es un chándal bastante pijo.

—¿Chándal? —Mingma ladeó la cabeza ante el sarcasmo de Karen—. No entiendo qué es «chándal», pero el color es como el de sus ojos.

—Genial. Lo que siempre he querido.

—¿Se lavará la cara y las manos antes de comer? —Mingma señaló la jofaina de cobre repujado

—Dios, sí. Gracias. —Karen se lavó la cara con agua fría, para despejarse, y se sintió más confiada.

—¿Se va a cambiar antes de comer? —preguntó Mingma, intentando ayudarle a quitarse la camisa.

—¡No! ¡No pienso ponerme eso!

—¿No le gusta? —Mingma parecía herida en sus sentimientos.

—Es muy poco práctico para andar por la montaña. ¿Se han ido todos los hombres? —Karen abrió la tienda para mirar sin esperar respuesta.

La tenue luz gris de antes del alba se vertía por el largo valle, y desde allí se veía todo: el risco a un lado, el barranco a otro y la estrecha entrada como un cuello de botella en el extremo más alejado. En el campamento dormían unos cuantos hombres en tiendas y sacos de dormir, y dos estaban despiertos limpiando sus rifles. Uno de ellos la miró y luego se volvió hacia el otro extremo del valle. Karen siguió su vista y advirtió a un centinela apostado en lo alto de una roca, con el rifle en la mano. Prestando más atención vio a otros vigilantes en lugares estratégicos, vestidos de camuflaje y con una impresionante colección de armas.

—Esto no va a ser fácil. —Karen salió a contemplar las montañas en torno a ella—. No podemos salir por las malas, de manera que habrá que recurrir a la astucia. ¿Tú crees que estos tíos aceptarán sobornos?

Mingma se acercó a ella.

—¿Quiere marcharse?

—¡Pues claro que quiero marcharme!

—Pero ¿por qué quiere dejar a Warlord?

Mingma no lo entendía, evidentemente. De modo que con la voz cargada de furia, Karen explicó:

—Porque el muy cabrón me ha traído aquí contra mi voluntad, por eso. Para utilizarme como... como su puta privada.

—Como puta no, como esposa. Es un honor.

—¿Un honor? ¿Un honor que te fuerce al sexo un criminal ignorante y brutal?

—Pero ¿no es su amante secreto?

—¿Qué? —Karen se volvió hacia ella sobresaltada.

—¿No es el amante que oyó sus lágrimas y se metía por las noches en su tienda para hacerle olvidar su pena?

—¿Tú lo sabías? —Karen se había quedado de una pieza.

—No es bueno que una joven duerma sola.

Karen se cubrió las mejillas ardientes con las manos.

—¿Es que lo sabía todo el mundo?

—No, señorita. Los hombres que usted contrató no eran buenos. Solo los más vagos trabajarían en ese lugar maligno. Warlord se queda con los mejores. —Mingma la miró con sus solemnes ojos castaños—. Yo soy la mejor, así que me contrató para cuidar de usted.

Karen se quedó mirando con la boca abierta a aquella mujer que creía conocer.

—¿Cuándo? ¿Quieres decir hoy?

—No, cuando vino al monte Anaya. Warlord la vio en Katmandú y supo de inmediato que la haría suya.

—¿Que lo sabía? —Warlord la había estado observando en el tren y ella no se había dado ni cuenta. Estaba demasiado ocupada esquivando los intentos de ligue de Phil. En aquel momento pensaba que Phil era la peor sanguijuela con la que había tenido que bregar en Nepal. Qué idiota había sido.

—Cuando averiguó adónde se dirigía, vino a buscarme y me dijo que necesitaría a alguien que la protegiera. Por eso me llevé mis campanillas de la suerte y las colgué de su tienda, y cogí tierra con poderes del dios del Everest y la eché bajo sus pies. Por la mañana y por la tarde recitaba las oraciones de defensa del Maligno, y por la noche le ponía hierbas para dormir en la cena, para que no oyera los gritos de la montaña y no se volviera loca y se pusiera a buscar a los que están perdidos. —Mingma sonrió y se inclinó en una reverencia, como esperando una alabanza.

Pero Karen no sonrió.

—Así que trabajabas para él, desde el primer momento. Viniste porque te pagaba él.

—Sí, señorita.

En menos de veinticuatro horas Karen había visto de cerca la muerte, se había enfrentado al mal, había abrazado la vida y había descubierto que su amante, el hombre que la había salvado, era el cabecilla de una banda de mercenarios. Y a pesar de todo aquella traición le dolía más que cualquier otra cosa.

—Yo confiaba en ti —susurró.

—Pues claro. Como yo confío en usted. Somos hermanas. —Mingma parecía tan tranquila como si no se diera cuenta de su traición.

—No, las hermanas no se hacen daño la una a la otra.

—Yo no le he hecho daño. Yo la he cuidado y la he protegido cuando no podía hacerlo su amante.

—¡Por dinero!

—Señorita, tengo un hijo de dieciséis años. Aquí las escuelas no son buenas, así que lo envío a Estados Unidos y pago para que viva con una familia americana y se prepare para ir a la universidad. Es muy listo. —Mingma estaba radiante de orgullo—. Así que yo pago.

—Pagas por su vida con la mía.

—No, señorita. Warlord es el mejor soldado aquí. Lo controla todo —declaró Mingma, cerrando el puño—. La mantendrá a salvo.

—Yo no quiero estar a salvo. ¡Yo quiero largarme de aquí!

—Él la quiere aquí. ¿Por qué su deseo debe pesar más que el de él?

Así no iban a llegar a ninguna parte. Karen hervía de exasperación.

—Muy bien, trabajas para él, de manera que no te acerques a mí.

—Pero, señorita, tengo listo su desayuno.

—Pues me lo dejas fuera, que ya me lo tomaré cuando tenga hambre. —Karen volvió a entrar en la tienda.

Mingma la había traicionado, esa sí que no la había visto venir. Trabajaba como directora de proyectos de construcción, donde todos los aprovechados y las sabandijas del mundo aceptaban el trabajo con la esperanza de poder engañar a una chica imbécil. Había aprendido por las malas a no fiarse de nadie. Pero, a pesar de todo, con Mingma había bajado la guardia.

Menos mal que su padre no lo sabría nunca. Menos mal, sí, porque si no lograba salir de aquella prisión, acabaría siendo el juguete del líder majadero de una banda de criminales, hasta que se hartara de ella, o hasta el final de sus días, dos circunstancias que tenían muchas posibilidades de coincidir.

Tenía que haber una forma de salir de allí. Ningún mercenario con dos dedos de frente establecería una base sin una ruta de escape. Warlord había colocado la tienda en lo alto, en una plataforma contra el risco, y era demasiado astuto para que fuera una casualidad.

Karen alzó el pesado tapiz que cubría la pared trasera y examinó la tela impermeable de la tienda. ¡Eso era! Una costura subía desde el suelo hasta un punto en mitad de la pared. Se arrodilló para recorrerla con los dedos. La costura estaba hecha como si hubiera sido una idea de última hora, con fuerte hijo transparente de nailon. Era imposible romperla con las manos, necesitaría un cuchillo, algo afilado... Se acercó corriendo a la cartuchera colgada de uno de los postes del cabecero de la cama.

Estaba vacía.

Miró alrededor y se decidió por una bandeja de oro que había en una mesa. Con el borde cortó el hilo por encima del nudo y deshizo el punto, hasta que por fin pudo abrir la tela.

Tal como sospechaba, la tarima se extendía unos centímetros más allá de la tienda, y justo detrás se veía el principio de un camino que serpenteaba por las montañas. Y aun así... El camino estaba a casi dos metros de la tarima, y la caída era de unos seis metros sobre afiladas rocas. Si se caía se partiría la crisma con toda seguridad.

Pero Warlord no podía saltar esa distancia. ¿O sí? Debía de contar con alguna clase de puente o pasarela. Karen tanteó debajo de la plataforma, buscando cualquier cosa con la que pudiera salvar la grieta.

Nada.

Buscó entonces por la tienda algún tablón suelto que sostuviera su peso.

Nada.

Ya no se atrevía a esperar más. Mingma estaría a punto de volver para convencerla de que se pusiera la ropa de harén y representara su papel de tímida doncella ante el guerrero conquistador que era Warlord.

Una mierda. No estaba dispuesta a aquello.

Volvió a medir la distancia con la mirada, desde el extremo, y estuvo a punto de saltar. Pero un pensamiento repentino hizo que se interrumpiera su concentración.

El icono. Tenía que llevarse el icono. Y su chaqueta, por

supuesto. Era una tontería pensar en escapar por el Himalaya, incluso en verano, sin ningún abrigo, de manera que se puso apresuradamente la parka de camuflaje y se la ató a la cintura. No pudo resistirse a sacar el icono del bolsillo. La Madonna la miraba con solemnidad.

—Te voy a salvar —prometió, volviendo ya al agujero de la tienda. Salió al repecho y se quedó allí, con la brisa agitándole el pelo, mirando el sendero a dos metros de distancia.

Había practicado mucha escalada en su vida, había saltado sobre grietas con torrenciales ríos más abajo. Conocía la longitud de sus piernas y sabía sus límites. Sin tomar carrerilla aquel salto era imposible. Se envolvió la cintura con los brazos, tragando la bilis que se le había subido a la garganta.

Se caería.

Lo había soñado un millón de veces.

Quedaría horriblemente herida, mutilada, con los huesos destrozados y los órganos internos sangrando en una hemorragia descontrolada.

Se le aceleró la respiración, se le saltaron las lágrimas.

Se estaba poniendo muy dramática. Era una cobarde. Pero tenía miedo.

Por otra parte, si se quedaba allí sería el juguete de un monstruo.

«¡Salta!»

Y saltó.

Se estiró como Superman, con los brazos extendidos, intentando impulsarse por el aire para llegar al camino. Pero no llegó. Aterrizó con un golpe demoledor en la cara y el pecho, y las piernas le colgaron, agitándose frenéticas en el vacío. Estaba resbalando. Se agarró a la hierba y frenó un instante, pero el matojo se partió y Karen volvió a caer...

Hasta que por fin su pie chocó contra una roca sólida, por debajo de la cornisa. Con una mano se agarró a la rama de un arbusto, y aunque su instinto la conminaba a trepar a toda prisa, hizo un esfuerzo por calmarse, por recuperar el equilibrio, por concentrarse.

Poco a poco fue subiendo; pasó una pierna por el borde, rodó... Y por fin se vio a salvo. A salvo.

Respiró hondo por primera vez desde que saltó.

¿A salvo? De ninguna manera. Estaba segura de que Warlord iría a por ella.

Magnus reptaba por la roca al borde del precipicio con la vista fija en el regimiento que había más abajo. Iba junto al hombre al que había jurado lealtad.

Warlord, boca abajo en el suelo, contemplaba el movimiento de las tropas por el valle. Le gustaba observar a los hombres mientras patrullaban oficialmente y sin eficacia alguna los largos y estrechos valles y peligrosas cumbres donde reinaban los mercenarios.

Magnus no le tenía miedo, ya no. No tenía razón para ello. El arañazo en la mejilla había cicatrizado después de que lo cosiera un diestro médico en Katmandú. Ya casi nunca sufría la pesadilla de tener el peso de un gran felino sobre su pecho y su aliento caliente en la cara. Casi nunca pensaba en aquella noche en la que se dio cuenta de que las antiguas y aterradoras leyendas que su pobre madre le susurraba al oído eran ciertas, y los monstruos habitaban la tierra. Porque, al fin y al cabo, ya estaba condenado por sus pecados, y prefería morir a manos (o garras) de Warlord que vivir como vivían la mayoría de los hombres, encadenado a una mesa o a un muelle y aplastado por la pobreza.

Peron a pesar de toda su lealtad a Warlord, todavía mantenía una cuidadosa distancia entre ambos.

—El ejército no parece dar ninguna importancia al dinero de esa nómina —comentó en voz baja.

—¿Y por qué iban a darle importancia? —repuso Warlord sonriendo con expresión divertida—. Ya han transportado dos nóminas por las montañas sin ningún problema. Es evidente que las medidas represivas del gobierno han dado resultado y los mercenarios están bajo control.

—Por supuesto. —Magnus se dio un golpe en la frente fingiendo consternación—. Tenía que haberlo imaginado.

Warlord se mostraba frío y confiado.

—Cuando llegué a esta zona hace quince años, era un chico de diecisiete al que el miedo y la culpa habían alejado de su casa. Me creía ya condenado. Hoy vamos a hacernos con toda la nómina de los funcionarios de Kalistán.

—Has medrado en el mundo.

—Sí, pero ¿has visto al soldado de los prismáticos? El que lleva pendientes.

Magnus lo había visto. Era un tipo alto y corpulento, y su cara tenía el aspecto de haber chocado con un tren descarrilado. Y llevaba unos pendientes que más que joyas parecían piezas de una maquinaria.

—Sí. ¿A quién estará buscando?

—A nosotros.

—¿Así que es uno de los nuevos mercenarios?

—Buena suposición. —Warlord respiró hondo y despacio—. No me gusta su olor. Es... amargo.

—Desde luego, sabes oler los problemas. —Y ahora Magnus sabía por qué—. ¿Nos encargamos de él?

—No. Ese olor... no es más que un atisbo, pero me recuerda a algo. No recuerdo qué, pero sé que es peligroso. —Su vista pareció desenfocarse, como si mirase hacia su interior—. Algo se acerca... pero todavía no ha llegado.

—¿Te lo dice el instinto?

—Sí —contestó Warlord, en apenas un susurro.

—Es bueno ver que has recuperado la concentración.

Warlord volvió la cabeza lentamente para mirarlo.

—Porque has recuperado la concentración, ¿no? —insistió Magnus nervioso—. Ahora que tienes a la mujer en tu tienda, digo.

—¿Han bajado los beneficios? —preguntó Warlord con tono neutro.

—No.

—¿Se han desatendido los negocios?

—No.

—Entonces ¿de qué te quejas?

—Todavía estás un poco distraído, y en nuestro trabajo, eso significa buscarse problemas. —Magnus sabía que Warlord podía sacarle el corazón de un zarpazo, pero tenía un deber para con los hombres y para con el propio Warlord, y aquello había que decirlo—. Ahora que sabes que está a salvo, puedes poner tu atención donde debe estar: en conseguir dinero.

—Tus ahorros están bien guardados en Suiza. Y no te preocupes, que mi atención está donde siempre ha estado: en el infierno. —Warlord volvió a respirar hondo y alzó bruscamente la cabeza, poniéndose en pie sin ninguna precaución—. Sigue el plan y lidera a los hombres. Yo tengo que irme.

—Pero... tú... nosotros... —Magnus se había quedado tan consternado que no podía ni hablar.

Warlord le agarró la camisa y lo alzó hasta tenerlo delante de las narices.

—No me falles.

Y con un sencillo movimiento Warlord se convirtió en una pantera.

10

«¡Deprisa! ¡Deprisa!»
Warlord lo sabría. La encontraría.
«Deprisa.»
¿Qué había sido eso?
Karen frenó en seco y se dio la vuelta. El camino se extendía ante ella vacío, rocoso. Miró alrededor y no vio nada más que la línea del Himalaya recortada contra el cielo, abrupta, nítida, indiferente. Se quedó escuchando y tampoco oyó nada excepto el viento constante, el rumor de una cascada lejana, el breve chillido de un halcón.

Llevaba media hora andando y había estado nerviosa cada minuto. Pero era ridículo pensar que Warlord tenía poderes sobrehumanos. Se había marchado del campamento, y a menos que hubiera llegado en el mismo instante en que ella se fugó, tenía una buena posibilidad de escapar. Puede que no le gustaran las montañas, pero sí sabía correr y también sabía esconderse. Pero tenía que darse prisa.

El sendero no era más que una losa de roca en medio del granito, pero mientras la llevara en dirección opuesta al campamento de Warlord, lo seguiría.

Se volvió con renovada determinación y echó a andar entre piedras gigantescas por una pradera de alta montaña. El camino bajaba bruscamente. Le pareció oír un suave ruido de pasos y se volvió una vez más sobresaltada.

Nada.

Escudriñó la pradera.

Nada.

Un movimiento le llamó la atención, pero solo vio la sombra de una nube muy alta y lejana. Y sin embargo podría haber jurado que algo se había movido entre las hierbas detrás de ella.

Imposible. Debía de haber sido el viento agitando las flores.

A pesar de todo, tenía los pelos de punta. Habría jurado que alguien o algo la vigilaba.

Echó a andar de nuevo, dobló una curva y frenó en seco.

—Dios mío —musitó.

El camino iba bordeando un risco, con un abismo a un lado de unos sesenta metros de altura, y se estrechaba hasta unos quince centímetros de roca resquebrajada. Más abajo, un río embravecido erosionaba la roca. El terrible salto desde la tienda de Warlord hasta la cornisa era un juego de niños en comparación con lo que le esperaba.

Le daban miedo las alturas. Sabía que en eso era una cobarde, y su padre se lo había dejado claro más de una vez. Por lo general sabía enfrentarse a su miedo, pero ese día no podía. No cuando estaba huyendo de las garras de un loco. No cuando se estaba imaginando una persecución que no existía.

Karen respiró hondo, apoyó la espalda contra la pared y fue avanzando paso a paso, mirando decidida al frente, con la vista clavada por encima del abismo en el risco que había más allá. Respiraba hondo y despacio, intentando no hiperventilar. La brisa fría helaba el sudor que le cubría la cara. No quería desmayarse. No, por favor, no podía desmayarse porque siempre cabía la posibilidad de sobrevivir a la caída y sufrir durante días y días una interminable agonía, como su madre.

Y lo peor era que el miedo le estaba provocando alucinaciones.

Le parecía que había alguien detrás de ella en el camino, alguien que le echaba su aliento caliente en el cuello. Volvió la cabeza con infinito cuidado... Y allí estaba Warlord, fiero y furioso, mirándola a los ojos.

No. ¡Oh, no! No era posible. ¿Cómo la había encontrado tan deprisa?

—¿Prefieres enfrentarte a esto... antes que a mí?

—¿A ti qué te parece? —La insolencia de Karen fue instintiva... y un error.

En los ojos de Warlord llameó una chispa roja.

—Me parece que has cometido una terrible equivocación.

La agarró, y por un largo momento Karen pensó que la iba a arrojar al abismo. Iba a morir como moría todas las noches en sus pesadillas. Pero al final él se limitó a darle la vuelta y a llevarla a empujones hasta la pradera. Una vez allí la tiró al suelo boca abajo. Karen, con la cara pegada contra la hierba, notó las lágrimas en sus ojos.

Pero no por mucho tiempo. No pensaba llorar. Respiró hondo y se dominó. Karen Sonnet no lloraba, no se quejaba, no protestaba. Su fuga había fracasado. Aceptaría cualquier castigo que él quisiera imponerle, y cuando tuviera ocasión se escaparía de nuevo.

Él la llevaba como si no pesara nada; le puso las manos a la espalda y a continuación cerró algo metálico en torno a sus muñecas.

Unas esposas.

Luego la puso en pie y la llevó a empujones por el camino que hacía tan poco tiempo había descendido. Karen estaba invadida por la rebeldía, el miedo... y un humillante alivio al pensar que no tendría que continuar por aquel sendero estrecho, peligroso y quebradizo.

¿Qué decía eso de ella? Prefería no saberlo.

—Escucha —comenzó.

—Cuando volvamos. —Warlord caminaba tan cerca detrás de ella que Karen sentía su calor y su rabia quemándole la piel. La agarraba por los brazos con firmeza.

—No quiero volver.

—Pues peor para ti.

Él avanzaba demasiado deprisa; sus piernas chocaban con las de Karen y la hacían tropezar.

—No me puedo creer que me desees tanto como para cometer un delito.

—Y yo no habría imaginado que eras tonta.

Karen se volvió bruscamente.

—Yo no soy tonta.

Él le agarró la cintura con las manos, la alzó y la acercó hasta que sus caras se tocaron.

—¿Y cómo llamas a una mujer que no sabe reconocer a un hombre en celo?

Ella respiró hondo, aterrada, cayendo en las llamas de sus ojos negros.

—Los hombres pueden ser animales, pero no tienen celo.

—Pero tú ¿con cuántos hombres te has acostado? ¿Con uno? Y seguramente elegirías al capullo más anémico del instituto.

—¡Fue en la universidad! —protestó ella, pensando que el capullo sería menos capullo si tenía algo más edad.

Warlord se echó a reír, con un ronco ronroneo de diversión, y Karen supo que había vuelto a meter la pata.

—Pues claro. Tú nada de ceder al maravilloso torrente de hormonas de la adolescencia. No, tú esperaste el tiempo apropiado, elegiste a tu hombre y te lo follaste sin un asomo de pasión.

—¡Eso no es verdad!

Él le envolvió la cintura con el brazo, estrechándola contra su pecho, y lentamente deslizó la mano por su costado.

—No es verdad ahora... ¿no es así?

A ella se le secó la boca de miedo, y de deseo.

«¡Maldita sea!» Se había dicho muchas veces que ya no era capaz de sentir emociones fuertes, y ahora él se las hacía experimentar todas.

Warlord la estrechó hasta hacerle notar el calor de su erección, luego le dio media vuelta bruscamente y volvió a empujarla por el camino.

El trayecto de vuelta pareció durar muy poco, y a cada momento su tensión aumentaba. ¿Tenía pensado hacerle daño? ¿Le daría una paliza? ¿La mataría?

Cuando llegaron a su tienda, el estrecho puente de madera que había buscado para fugarse estaba colocado. Warlord la obligó a atravesarlo a empujones, sin tener en cuenta sus temores y su vacilación.

Mingma se arrojó hacia ella y gritó con alivio:

—¡Ay, señorita!

Pero Warlord la detuvo alzando la mano.

—Mañana quiero que esa costura en la tienda esté arreglada. —Y con un gesto la echó.

Mingma retrocedió hacia la puerta mirándolo temerosa. Se detuvo en la entrada, juntó las manos como en una oración y le suplicó con los ojos. Y eso, más que ninguna otra cosa, hizo que a Karen se le helara la sangre en las venas.

—No la voy a matar.

Karen se estremeció ante su tono brusco. Y como si eso fuera lo mejor que podía esperar, Mingma agachó la cabeza y se marchó, dejándola a solas con Warlord.

Las manos esposadas suponían una dificultad, pero Karen logró incorporarse hasta ponerse de rodillas, negándose a quedarse tirada en el suelo como una impotente esclava. Pero él le impidió levantarse, poniéndole la mano en la cabeza. Se sacó una larga y brillante daga del cinto, se colocó a su espalda...

Karen cerró los ojos, anticipándose al dolor... Y de pronto tuvo las manos libres.

Se quitó la parka y la tiró a un lado. Por un momento recordó el icono de la Madonna. Estaba a salvo.

Luego se miró las manos, sin poder creerse lo que veían sus ojos. El frío metal en sus muñecas no era acero, como había pensado, sino oro. No eran esposas, sino ornamentadas pulseras de oro.

—¿Qué es esto?

Él hizo oscilar ante sus ojos una cuerda, la misma que antes ataba las pulseras. Karen las miró otra vez boquiabierta.

Eran de oro forjado, decorado con diminutas cuentas de oro que formaban una pantera al acecho. Ante la pantera se veía una media luna, también creada a base de diminutas cuentas de oro. Eran unas joyas magníficas, únicas, bárbaras... Y no sabía cómo quitárselas.

Intentó meter un dedo entre el metal y su piel, pero las pulseras se ceñían bien a su muñeca. Arañó la juntura, buscando algún broche, pero parecía estar oculto bajo un ingenioso dispositivo.

Él la contemplaba con una irónica sonrisa.

—Son bonitas, ¿verdad?

—¿Cómo me las quito?

—De ninguna manera.

—¿Cómo?

—Una vez cerradas no se pueden abrir. Solo lo conseguiría un joyero con unas tenazas bastante fuertes para cortarlas. —Warlord le agarró la muñeca y recorrió con los dedos la pantera—. ¿Ves esto? Soy yo. —Luego tocó la luna—. ¿Y esto? Eres tú. Esto te marca como propiedad mía, y si vuelves a escaparte, cualquier persona en esta parte del mundo te traería de nuevo a mí.

—Pe-pero... Entonces son grilletes de esclava.

—Exactamente.

Karen miró de nuevo los exquisitos adornos, intentando comprender algo más que las palabras. Y entonces la ira la invadió. Sin pensar en las consecuencias, guiada por el instinto y una rabia ciega, se lanzó contra él.

Y lo sorprendió, dándole un puñetazo en el plexo solar que lo dejó sin aliento, mientras al mismo tiempo le golpeaba con el brazalete a modo de arma, clavándole el relieve de la pantera en la mejilla y provocando un salpicón de sangre.

Warlord retrocedió tambaleándose.

—¡Yo no soy un puto adorno! ¡No soy un objeto de tu posesión! —Y lanzó una patada lateral que habría dejado orgulloso a su profesor de jiujitsu. Una patada que debía haber alcanzado a Warlord en la cara y dejarlo en coma.

Pero no llegó a impactar.

Su primer ataque lo había cogido por sorpresa, pero Karen no era la única que sabía autodefensa.

Warlord se agachó volviéndose y la patada pasó por encima de su cabeza. Karen aterrizó sin equilibrio y él le barrió los pies del suelo haciéndola caer pesadamente. Luego se lanzó hacia ella, pero Karen rodó hacia él y lo esquivó.

Casi.

Karen intentó levantarse, pero él le agarró una muñeca y volvió a tirarla al suelo. Con su último aliento, ella intentó golpearle la cabeza con el pesado brazalete, pero Warlord le agarró el brazo, deteniéndolo a pocos centímetros de su objetivo.

Había vencido.

Utilizó su peso y su tamaño de manera inclemente, a caballo sobre ella, presionando sus muñecas sobre su cabeza. Luego se inclinó muy cerca de su cara, mirándola a los ojos. Le goteaba sangre del corte en la mejilla. Karen no apartó la cabeza con suficiente rapidez y unas gotas de sangre acabaron en sus labios.

Su cuerpo la aplastaba.

Su sangre le manchaba la cara.

No podía soportarlo. Con un rápido movimiento se limpió la mejilla en la alfombra y se chupó la sangre de los labios, notando su sabor cobrizo, y entonces...

La primera granada voló de su mano en un hermoso arco contra el azul del cielo tibetano y alcanzó el primer jeep del convoy. El gusano que lo conducía lanzó un grito, y la explosión estremeció el desfiladero e hizo volar al general chino en un millón de pedazos de...

Karen acabó en el suelo de la tienda de Warlord tan bruscamente como se había marchado y respiró agitada, mirando frenética a su alrededor.

—¿Qué ha sido eso? —preguntó.

Warlord la sujetaba igual que antes de... ¿antes de qué? ¿Antes de que ella se introdujera en un recuerdo?

Y él no lo sabía porque no había sucedido. Lo que Karen había visto era imposible.

—¿Qué ha sido eso? —se burló él—. Mi sangre en tu boca, mi cuerpo dominando el tuyo. ¿Tú qué crees? Sí que eres un adorno, eres mi propiedad. Y ya es hora de que te enseñe lo que significa eso.

Todavía agitada, Karen jadeó y logró replicar:

—Por lo menos yo también te he marcado.

—Yo cicatrizo deprisa.

Warlord sonrió con los dientes afilados y muy blancos, y la combinación de su burla y la mancha seca de sangre en su mejilla disiparon la ira de Karen y le hicieron darse cuenta de lo desesperado de su situación.

—Me miras con esos ojazos del color del mar en invierno y te preguntas si te haré daño. —Warlord intentó besarla, pero ella volvió la cabeza—. Yo nunca te haría daño —le susurró al oído—. Pero te prometo que antes de que termine contigo, cada vez que pienses en el placer pensarás en mí.

11

Karen miró aquellos ojos negros. ¿Sentía algo por ella, además de la rabia asesina, además de la lujuria?

Warlord la volvió boca abajo, la levantó y la arrojó sobre el colchón. Ella todavía estaba dando botes cuando se giró y vio aquella feroz sonrisa en sus labios. Agitaba la cuerda ante sus ojos como un hipnotizador con un péndulo.

—¡No!

Karen intentó arrebatársela, pero él le agarró la muñeca y ató la cuerda en torno a la pulsera. Le alzó el brazo suavemente. No tenía necesidad de ser brusco puesto que la resistencia de Karen no la llevaba a ninguna parte. Deslizó la cuerda entre los postes de bronce del cabecero de la cama y le cogió la otra muñeca.

Karen forcejeó de nuevo, pero ganó él. Cuando terminó, la cuerda pasaba desde un brazalete, a través de los postes, hasta el otro. No estaba tensa, de manera que Karen podía mover los brazos unos treinta centímetros en cada dirección, podía usar las cuerdas para alzarse hacia el cabecero. Pero estaba atada.

—Te odio.

—Todavía no, pero me odiarás —replicó él, sacando el cuchillo.

Una oleada de miedo sacudió a Karen.

Estaba furioso, iracundo. La hoja destellaba a la luz de las linternas. Warlord presionó la punta del cuchillo contra su cuello, justo sobre la tráquea, y sonrió.

—No te resistas —susurró—. No me gustaría equivocarme. —Deslizó la hoja por su cuello hasta la camiseta, y con un limpio movimiento la desgarró hasta su cintura.

Karen lanzó un grito y se odió por ello.

—Ya te he dicho que no te haré daño. —Apartó la tela con la punta del cuchillo, primero de un pecho, luego del otro.

Sus pezones se endurecieron por el frío... y tal vez por el traicionero toque de la lengua voraz de Warlord sobre su labio inferior. Con la misma hoja cortó las mangas y la camiseta quedó hecha jirones. Luego guardó el cuchillo en la funda colgada de la cama y agarró los puños cerrados de Karen.

—Eres muy rebelde —declaró con tono de reproche—. No te servirá de nada. Soy más grande, soy más fuerte y sé cómo hacerte ronronear. —Le envolvió las muñecas con los dedos, por encima de los brazaletes, y luego los deslizó hacia el codo, sobre sus bíceps tensos y los hombros agarrotados—. Cuánta tensión. —Con los pulgares le masajeó los tensos músculos de los omóplatos, y con las yemas de los dedos las cuerdas que le sujetaban la nuca—. No vas a poder mantenerla, pero desde luego deberías intentarlo. Me gustará ver cómo cedes.

Karen notaba en las tripas un odio agudo y ardiente. ¿Cómo podía haberlo aceptado en su tienda, en su cama? No era más que un...

—Eres una serpiente —le espetó rabiosa.

—No, soy una pantera. Y tú eres mi hembra.

—No.

—Ya veremos qué dices... luego. —Le acarició los pezones con los pulgares, una y otra vez, primero con la yema, luego con la uña, hasta que Karen quiso gemir, y no de miedo.

Maldito Warlord. Si quería abusar de ella, ¿no podía al menos ser un hombre y acabar cuanto antes?

Pero en lugar de eso él deslizó el brazo bajo ella, arqueándola hacia su boca hambrienta. Y succionó suavemente al principio, luego con más fuerza, metiéndose casi todo el seno en la boca, acariciándolo con la lengua y los dientes y los labios hasta que Karen hundió las uñas en las almohadas bajo su cabeza.

Con cuidada lentitud él le puso la rodilla entre las piernas y pegó su muslo a ella. La dura lona de los tejanos frotaba su clítoris, y la sensación de pronto se hizo dolorosa.

No, dolorosa no. Esa no era la palabra. Karen sentía... deseo.

Aquel hijo de puta la tenía prisionera, la había marcado como su propiedad, la había aterrorizado y ahora... ahora utilizaba todo lo que sabía de ella y seguramente de otras mil mujeres para provocarle un orgasmo. Un orgasmo tan rápido e intenso que se avergonzaría de sí misma y de su debilidad.

De manera que reaccionó.

—¿Qué pasa, que no se te pone dura?

Él la dejó de nuevo sobre las sábanas, se alzó sobre sus rodillas y se llevó las manos al gastado cinturón de cuero. Karen no podía apartar la vista. Warlord se abrió el cinturón sin prisas y luego desabrochó los botones uno a uno dejando ver unos calzoncillos de algodón blanco de marca estadounidense. Y cuando se bajó los pantalones su erección tensó la tela. A continuación se quitó la ropa interior y de pronto todo aquello fue mucho peor.

Karen le había visto antes el pene, por supuesto, pero ahora parecía más largo, más ancho. Se alzaba entre los rizos negros como una verga de pálido mármol veteado de azul. Solo con verlo sintió el feroz deseo de tocarlo.

Pero no podía. Él la había atado, la había hecho su esclava.

Karen cerró los ojos y apartó la cabeza.

—Preferiría que te dieras prisa. No sé qué harás durante todo el día, pero seguro que un líder mercenario tiene un montón de cosas que hacer.

Él se echó a reír.

—No. Soy como un felino a la caza. Son largas horas de relajación, seguidas de breves estallidos de furiosa actividad.

—¿Y esto cuál de las dos cosas es?

—Mi combinación favorita de ambas.

Algo suave le acarició el cuello y bajó por su clavícula, se deslizó bajo la cintura suelta de sus tejanos para acariciarle el vientre. Y por un segundo a Karen le pareció sentir una garra larga y afilada sobre su piel.

Abrió los ojos de golpe.

Warlord, encima de ella, se inclinaba sobre un codo y la miraba a la cara.

—No quiero que te escondas detrás de tus párpados. Te quiero totalmente abierta a mí.

—¿Qué ha sido eso?

Él le enseñó una colorida pluma de pavo real y acarició suavemente con ella sus pechos.

—¿Esto?

—Parecía... —Karen lo miró.

Se había quitado los pantalones y llevaba solo una ajustada camiseta negra de manga corta que se pegaba a su musculoso pecho. Su cuerpo escultural estaba tenso, y a pesar de todo seguía rozando con serenidad su piel con la pluma, decidido a hacerla pasar de su estado de suspense al deseo irracional.

Apoyó la palma de la mano en su vientre, justo sobre la cintura de los tejanos, y luego deslizó la mano bajo la dura tela y se limitó a presionar. Y el contacto resultaba placentero, tranquilizador, amable, como si lo que quisiera no fuera vencer, sino hacerla feliz.

Warlord aspiraba a su rendición utilizando la mentira más atroz de todas.

Karen tiró de la cuerda y él la observó con interés.

—¿Estás probando los nudos? No te servirá de nada. He sido boy scout.

—¿Boy Scout? ¿Y esto era lo que os enseñaban en los campamentos?

—No, esta medalla no la ofrecían. Me imagino que de haberlo hecho, los campamentos habrían sido mucho más populares.

El muy cabrón intentaba hacerla reír. ¡Reírse, en esa situación!

Karen intentó incorporarse con todas sus fuerzas, pero la cuerda la retenía, y él aprovechó sus movimientos para bajarle los pantalones.

—Eres un cerdo.

—Una pantera.

—Qué más quisieras.

—Pero te he quitado los pantalones.

No se los había quitado del todo. Se los había bajado hasta los muslos, y cuando le acarició las caderas con la pluma, Karen quiso partirle la cabeza de una patada. Pero no pudo, porque Warlord le había inmovilizado también las piernas.

Karen hervía de frustración. Con un grito de guerra logró zafarse de los pantalones. Pero ¿qué importaba? Warlord se los habría quitado en cualquier momento, y ella no pensaba quedarse allí tumbada mientras él hacía lo que quería con ella. En un frenesí de rabia le lanzó una patada al pecho, con la esperanza de cogerlo por sorpresa y dejarlo sin aliento. Pero él le agarró el tobillo y aprovechó su fuerza para darle la vuelta y ponerla boca abajo, con las muñecas cruzadas. Tenía la cara pegada a la almohada y tuvo que incorporarse sobre los codos y las rodillas para gritar airada.

Pero él se colocó de inmediato detrás de ella, entre sus piernas, agarrando sus caderas. Su erección encontró el punto y entró deslizándose. Karen se aferró a los barrotes de hierro, el frío metal contra sus palmas y el calor de su pene formando una corriente eléctrica que la atravesaba de punta a punta, haciendo que se arqueara como impactada por un rayo.

—Hijo de puta, maldito cabrón, cerdo.

—Eso es. —Él embestía con fuerza—. Ódiame, insúltame, rebélate. —Con la mano bajo su vientre le acarició el clítoris hasta que ella se cimbreó bajo él—. Pero siente. Por Dios, siente.

¿Sentir? No podía dejar de sentir. Él la penetraba profundamente, dominando sus movimientos con el brazo en torno a sus caderas, obligándola a moverse por él, con él. Ella se debatía en vano, intentando establecer su propio ritmo, llegar al orgasmo.

Pero él se lo negaba. Sus movimientos eran profundos, pequeños, controlados, incitándola sin satisfacerla.

Karen resollaba; avanzó sobre la cama y él se lo permitió, hasta poder alzarse sobre los barrotes de hierro. Su mejilla, sus hombros, sus pechos y su vientre reposaban contra el frío metal, y él seguía bajo ella, embistiéndola con aquellos lentos, ardientes y prohibidos movimientos que expandían la electricidad por todo su cuerpo. Karen ya no lo insultaba, le suplicaba:

—Por favor, Warlord. Por favor. Más hondo. Más deprisa.

—No. —Warlord luchaba contra su propio deseo y su voz era trémula—. Vas a esperar. Vas a someterte. Cuando me llames amo, dejaré que te corras.

Karen estaba frenética de lujuria, pero no había perdido la cabeza.

—Eso nunca.

Warlord casi salió del todo de ella. Se inclinó sobre su espalda y le susurró al oído:

—Uno de los dos vencerá, pero ambos sufriremos.

—A mí me da igual que ambos muramos.

Warlord se echó a reír, una risa que vibró en su pecho y en la espalda de Karen. Su aliento le puso de punta el vello de la nuca.

—Sería una muerte muy dulce.

12

¿Qué había dicho Warlord? «Cada vez que pienses en el placer, pensarás en mí.»

Y había cumplido su amenaza. Karen no tenía ni idea del tiempo que llevaba encerrada en la tienda. Ya no sabía si era de día o de noche. Solo sabía que libraba una constante y sensual batalla por mantener su orgullo, y que si no pasaba algo pronto, le daría lo que él deseaba. Se sometería. Lo llamaría «amo». Dejaría de ser Karen Sonnet para convertirse en su esclava.

Porque, hicieran lo que hicieran, pensaba en el placer. Cuando le daba las comidas que les preparaba Mingma, Karen contemplaba sus largos dedos y pensaba en su pericia al acariciarle la espalda. Cuando Warlord hablaba, Karen contemplaba sus sensuales labios y recordaba la sensación de sus largos y húmedos besos. Cuando Warlord se marchaba, Karen contemplaba los firmes músculos de sus nalgas y recordaba la sensación en sus manos cuando él la embestía.

Y cuando miraba las pulseras que ceñían sus muñecas, las consideraba hermosas. La había drogado con sexo.

Le odiaba. Odiaba aquel lugar. Se odiaba a sí misma y su debilidad.

Ese día, como todos, se despertó con una sola idea: tenía que salir de allí, tenía que escapar antes de que llegara el invierno, porque si no quedaría allí atrapada para siempre.

Por la mañana normalmente no oía más que el suave murmullo de Mingma hablando con Warlord y el burlón silbido del viento. Pero ese día se quedó muy quieta, escuchando a un desconocido que hablaba al otro lado de la puerta.

—Tienes que salir. Hay disturbios entre los hombres. La última incursión fue tan bien que algunos tienen hambre de más y los otros están nerviosos y preocupados por los rumores.

—¿Y tú en qué grupo estás, Magnus? —preguntó Warlord, con un tono tenso y amenazador que le puso a Karen los pelos de punta.

Se oyó entonces el golpe de un puñetazo y Karen dio un respingo.

Magnus era un hombre bajo, corpulento, de pelo ralo, piernas arqueadas y aspecto sólido. Tenía una fina cicatriz roja en la mejilla y le faltaba el meñique de ambas manos. Mantenía los puños junto al pecho como un boxeador esperando el golpe final.

Warlord era una cabeza más alto, iba descalzo, con los tejanos a medio abrochar, y miraba al otro con los ojos entornados mientras se enjugaba la sangre de la boca.

—¿Te mato ahora o salimos afuera?

—No vas a matarme —replicó Magnus alzando el mentón—. Sabes que tengo razón.

Warlord seguía mirándolo, apostado sobre las puntas de los pies como listo para saltar. Hasta que al final, poco a poco y deliberadamente, se fue relajando.

—Muy bien. Di lo que tengas que decir.

Karen, subrepticiamente, se tapó la cara con las sábanas.

—Tienes responsabilidades, Warlord. Los hombres te siguen porque los proteges y los haces ricos. Pero las riquezas no les servirán de nada si los rumores son ciertos.

—¿Qué rumores?

—Dicen que a los mercenarios que ha contratado el ejército para librarse de nosotros... que los guía alguien como tú. —Magnus bajó la voz, pero Karen todavía lo oía—. Una bestia que vaga por las montañas con forma de animal.

¿Magnus creía que Warlord era un hombre lobo? ¡Por Dios! Warlord lo tenía bien engañado.

—Benjie y Dehqan desaparecieron cuando estaban de patrulla, y yo encontré un rastro de sangre que llevaba al campamento militar justo al otro lado de la frontera. Me acerqué lo suficiente para oír los gritos. Estaban torturando a alguien. Y luego Benjie apareció aquí.

—¿De una pieza?

—Sano y salvo. Y dijo que Dehqan había decidido volver a su casa en Afganistán.

—Y tú no le crees.

—Ni por un momento. No le cree nadie. Está más que tenso, y Dae-Jung lo sorprendió haciendo señales hacia la montaña con un espejo.

Karen miró a los dos hombres, que hablaban con las cabezas juntas, y aunque no sabía muy bien quién era Magnus, era evidente que Warlord lo respetaba.

—Nos ha traicionado.

—De eso no hay duda —corroboró Magnus.

—Benjie siempre toma el camino más fácil. ¿Qué le habrán prometido?

—Dinero.

—No. Respeto. Eso es lo que ansía el idiota de Benjie. —Warlord se dio unos golpecitos pensativo en el labio partido—. Muy bien. Tráemelo. A ver si puedo convencerlo para que nos dé otra versión de los hechos.

—¿Abajo en la hoguera?

—Sí, desde luego. Abajo en la hoguera. —Warlord le dio una palmada en el hombro—. Ve a por él.

Cuando el escocés se marchó, iba silbando.

Warlord se puso una camiseta de manga larga que sacó de un baúl, se abotonó los tejanos y se abrochó un cinturón de tachuelas. Se puso a continuación unos calcetines de lana y unas pesadas botas negras que le llegaban hasta la pantorrilla. Del mismo baúl sacó dos afilados cuchillos que se metió en las botas. Se puso en pie, se sacudió los pantalones, y se ató una pistolera grande en torno al pecho y otra más pequeña en torno a cada brazo. En la grande metió una Smith & Wesson 925 y en las pequeñas dos Kel-Tec P-32.

Iba armado hasta los dientes.

Se echó encima un gran abrigo negro, inspeccionó sus armas y luego miró a Karen, que cerró los ojos fingiendo estar dormida.

Y, por supuesto, no lo oyó acercarse, no supo que estaba allí hasta que le susurró al oído:

—No tardaré mucho, cariño. Estás cansada. Quédate en la cama.

Karen se incorporó tan bruscamente que le golpeó el mentón con la cabeza. Él se echó a reír, frotándose la cara.

—Hoy no es mi día.

—Hay problemas serios, ¿verdad?

—¿Por qué lo crees?

—Magnus te ha pegado, y tú no dejas que nadie te pegue a menos que... —Karen lo miró a la cara: la piel pálida cubierta por una poblada barba, el pelo alborotado, la nariz fuerte, los labios sensuales, y dominándolo todo, aquellos ojos tan negros.

—¿A menos que me lo merezca?

—Sí.

—¿Sabes lo que más me gusta de ti?

—¿Que no soy tonta? —preguntó ella cortante, pero al mismo tiempo le tocaba suavemente el labio partido.

—Cuando estabas en la obra te vigilaba desde arriba, tumbado en el suelo.

—¿Me vigilabas? —Aquello explicaba el hormigueo que solía sentir en la nuca.

—No podía apartar la mirada. Trabajas duro, eres lista, eres terca. Brillas con una luz interior. Y odiaba lo que me estabas haciendo. Me hacías darme cuenta de en qué me he convertido. Me estabas cambiando en contra de mi voluntad. He tenido a otras mujeres, pero solo te recuerdo a ti. Llenas mi mente. Llenas mi alma.

¡Maldito Warlord! ¿Cómo se atrevía a seducirla así?

—Es un poco tarde para palabras bonitas. —Karen apartó la cara—. ¿Vas a matar a ese Benjie?

—Depende de lo que esté dispuesto a decir y lo deprisa que esté dispuesto a dar la información. —Warlord se sentó sobre sus talones—. ¿Por qué? ¿Te da pena?

—No. No si ha traicionado a sus camaradas.

—Tú no piensas mucho como una mujer.

—¿Y cómo piensa una mujer? —preguntó ella, clavándole una mirada gélida.

—Las mujeres están siempre... —Warlord agitó los dedos y puso voz de pito—: ¡Aaayyy, no le hagas daño!

—Me parece que tú has visto muchas películas antiguas, de esas donde la mujer siempre se cae y se tuerce el tobillo cuando intenta escapar. —Karen esbozó una sonrisa fiera—. Te recomiendo *Kill Bill*. Te dará una nueva visión sobre la violencia de la que es capaz una mujer.

—Eres una mujer preciosa, y fuerte. Diriges obras. —Warlord se inclinó sobre ella y enterró los dedos en su pelo—. ¿Cómo se te ocurrió hacerte directora de proyectos?

Como si Karen fuera a hablarle de su vida privada.

—¿Cómo se te ocurrió a ti hacerte mercenario?

Los ojos de Warlord brillaban como la obsidiana.

—Tengo un talento natural para matar. —Hizo que alzara la cabeza de un tirón en el pelo y le dio un profundo beso.

Ella notó el gusto de la sangre y...

La primera granada voló de su mano en un hermoso arco contra el azul del cielo tibetano y alcanzó el primer jeep del convoy. El gusano que lo conducía lanzó un grito, y la explosión estremeció el desfiladero e hizo volar al general chino en un millón de pedazos de chow mein. En el silencio que se produjo a continuación, Warlord sonrió con verdadero deleite. Aquel asqueroso hijo de puta jamás volvería a matar a una mujer a palos ni a bombardear un campamento nómada en represalia por haber ofrecido hospitalidad a un americano.

Entonces los soldados chinos saltaron a la acción, acribillando las rocas con balas. Sus hombres devolvieron el fuego. Los disparos resonaban en el estrecho desfiladero. El olor de la pólvora le picaba en la nariz, y a pesar de todo sonreía mientras acoplaba la bayoneta a su fusil, y cargaba por las colinas ensartando a esos cabrones amarillos hasta estar cubierto de sangre de la cabeza a los pies.

Una bala le alcanzó en la espalda y el dolor estalló en sus pulmones. Se tambaleó y cayó de rodillas. Pero en aquel campo de batalla nadie podía matarlo.

Se volvió para mirar al hombre que le apuntaba con una pistola.

Victor Ribera era un viejo mercenario y quería aprovechar aquella oportunidad para librarse de un joven americano advenedizo. Era argentino, y lo que gritó cuando Warlord le atravesó los genitales eran puras blasfemias en español. Las últimas palabras que pronunció.

Warlord alzó las gónadas de Victor con la punta de la bayoneta. La sangre goteaba por el rifle hasta sus manos, y en el súbito silencio, rugió:

—¡Este es mi enemigo! ¿Quién más es mi enemigo?

Los chinos lo miraron boquiabiertos, y luego rompieron filas y salieron huyendo.

Los mercenarios de Rivera se lanzaron contra él. Warlord se echó a reír y con la propia pistola de Rivera le voló la tapa de los sesos al que iba en cabeza.

Iba a ir al infierno.

No: estaba en el infierno.

Karen volvió de golpe al presente. Se encontraba en la tienda de Warlord, tumbada en la cama, sola. Le martilleaba el corazón, agitando su pecho. Alzó frenética las manos para mirárselas. No estaban manchadas de sangre. Luego se miró el cuerpo. Llevaba un camisón fino y suelto, y no se hallaba cubierto de tripas humanas.

Se oyó un tintineo de porcelana. Mingma estaba arrodillada junto a la mesa, disponiendo los platos del desayuno y sirviendo un té. El olor de su tabaco flotaba en la tienda. Todo era... normal.

Pero Karen había estado en otro sitio, había sido testigo de algo que jamás debería haber visto. Había probado la sangre de Warlord y había visto a través de sus ojos eventos sucedidos hacía mucho tiempo.

—¿Dónde está? —preguntó.

Mingma alzó la cabeza, y la expresión de Karen debía de ser alarmante, porque la mujer retrocedió.

—Se ha marchado. Dijo que la dejara dormir. —Entonces señaló la comida—. ¿Quiere desayunar?

Karen se incorporó y se agarró la cabeza con las manos. ¿Qué le estaba pasando? ¿Cómo podía meterse en la mente de Warlord? ¿Cómo podía visitar su pasado? ¿Se habría vuelto por fin completamente loca?

—¿Señorita? —la llamó Mingma, tocándole el hombro.

Karen le apartó la mano con un gesto violento.

—No me toques.

No había olvidado la traición de Mingma, y en ese momento no necesitaba un viaje de ácido sobrenatural para saber que se avecinaban problemas. Por muy amable y sincera que Mingma pareciera, si había estado dispuesta a venderla a Warlord, estaría igualmente dispuesta a vender a Warlord a cualquier otro postor. Y no era que a Karen le importara Warlord, pero sabía que él la protegía, y en un campamento de cien hombres rodeados de territorio hostil, la protección era un bien apreciable.

—Sal y dime qué está pasando ahí fuera —ordenó.

Mingma alzó la puerta de la tienda.

—Benjie.

—¿No va a hablar?

—Tiene miedo. —Mingma oteó el horizonte.

—¿Miedo de Warlord?

—Creo que miedo del Otro. —La serenidad de Mingma se desmenuzaba.

—¿Qué Otro?

—Los hombres hablan del Otro, un mercenario que acabará con Warlord y se apropiará para siempre de este territorio.

Karen vio la oportunidad que estaba buscando.

Se levantó, se puso una bata y se arrodilló ante la mesa para comer.

—Déjame sola.

—Señorita, si intenta escaparse otra vez me matará —declaró Mingma con voz trémula.

—Si Warlord cae, ¿quién te pagará? ¿Quién mantendrá a tu hijo en América? —dijo Karen, intentando tocarle su punto débil—. ¿No deberías pensar en marcharte tú?

Mingma retrocedió apartándose de Karen. Se había puesto pálida.

—Señorita, ¿ve usted el futuro?

—Solo un idiota no vería este futuro. —Karen seguía comiendo sin alzar la vista. Iba a necesitar sus fuerzas.

Mingma retrocedió hacia la entrada, vaciló un momento pero al final se marchó. Karen esbozó una sonrisa satisfecha. Librarse de Mingma era el primer paso hacia la libertad. Ahora estaba a solas por primera vez en dos semanas. Ahora podía hacer lo que tenía que hacer.

Necesitaba sus botas de montaña. Necesitaba ropa de su talla y apropiada. Y sobre todo, necesitaba su chaqueta. Corrió al baúl de la ropa y se puso a rebuscar arrodillada en la alfombra. ¡Ahí estaba! Al encontrar el icono en el bolsillo, cerró los ojos aliviada. La Madonna estaba a salvo.

Se quedó mirando los grandes ojos tristes de la Virgen, mientras los sucesos de aquel día pasaban por su mente como un sueño febril: el descubrimiento de la tumba; el cuerpo de la niña; aquellos ojos verdiazules tan parecidos a los de Karen, de mirada triste y entregada; la destrucción de aquel cuerpecillo frágil bajo el contacto de sus dedos. Y luego el desprendimiento de rocas, Phil que se negaba a marcharse, la aparición de Warlord...

Desde entonces todo había escapado a su control. Pero ¿qué otra cosa podía haber hecho? Si Warlord no la hubiera sacado de allí en la moto, habría muerto. Y ahora era prisionera de un hombre que a la vez la asustaba y la cautivaba.

Nunca había sido una persona religiosa, no había tenido ocasión puesto que su padre no tenía ninguna paciencia con los fanáticos de la Biblia, pero ahora, en una oración que le salió del corazón, rezó:

—Virgen María, por favor, ayúdame a encontrar el camino a casa.

A casa. En realidad nunca había tenido una casa. Desde luego no la oscura mansión de su padre en Montana decorada con cornamentas y cuero marrón. Aunque se había criado allí, siempre había estado en tensión, siempre alerta, esperando la siguiente crítica, el siguiente desprecio impaciente.

¿Por qué entonces había pedido a la Madonna que la ayudara a volver a casa?

—¿Qué es eso? —preguntó a sus espaldas la suave voz de Warlord.

Karen dio un respingo y se llevó el icono al pecho, intentando protegerlo de manera instintiva.

—Lo he encontrado —dijo. ¿La habría oído?

—¿Y dónde has encontrado un icono ruso? —Warlord le agarró la muñeca para verlo—. Por el estilo parece de una época temprana de la Iglesia ortodoxa.

—¿Y tú cómo lo sabes?

—En Rusia, antes de los soviets, y a veces durante esa época también, el icono era el corazón de la familia, algo que se veneraba por encima de todas las cosas. Son el Evangelio en pintura, y se guardaban en el rincón hermoso, el *krasny ugol*, el rincón rojo.

—¿El rincón rojo? —¿De qué estaba hablando?

—En la cultura rusa, rojo significa hermoso —declaró él, con la seguridad de un experto—. Estos iconos, sobre todo los de la Virgen María, eran considerados milagrosos. Cualquier pose, cualquier color tenía un significado, y hay leyendas populares sobre la lucha entre el bien y el mal por la posesión de los iconos.

—¿Y qué cuentan las leyendas? —Y, lo que era más importante, ¿de qué sabía él todo aquello? Karen llevaba semanas viviendo extraños eventos, pero tal vez el más raro de todos era que aquella criatura de sombras y misterios pudiera hablar con tanto conocimiento de la cultura rusa.

—Pues nada, lo de siempre. El diablo hace un pacto con un hombre, y para sellar el pacto el hombre accede a entregar el icono de su familia, una madera pintada con cuatro imágenes distintas de la Madonna. Pero su madre se niega a dar al hijo el icono, de manera que él la mata, se lava las manos en su sangre y mientras bebe para celebrar el pacto, el diablo divide a las Madonnas y en una llamarada de fuego las dispersa por los cuatro rincones de la tierra, y allí quedan perdidas. —Warlord miró el icono como si lo reconociera—. ¡Hummm! Ahora llevan perdidas milenios.

A Karen no le gustó la simplicidad con la que contaba la historia. No le gustaba cómo le agarraba la muñeca. No le gustaba el brillo en sus ojos.

—¿Puedo verlo? —preguntó él. Pero la pregunta no era sino una formalidad, porque al mismo tiempo que hablaba se lo había arrebatado.

En cuanto tuvo el icono en la mano se oyó un siseo y se percibió el olor de carne quemada. Warlord retrocedió de un respingo, lanzándole el icono al regazo. La miró a ella, miró el icono y se miró las manos.

—¿Qué ha pasado? —Karen cogió la madera. Estaba caliente, pero Warlord se comportaba como si le hubiera quemado.

Metió las manos en el agua fría de la jofaina y añadió con tono informal:

—Las leyendas no son más que supersticiones.

Pero Karen sospechaba la verdad.

—¿Cuál fue el pacto que hizo el hombre con el demonio?

Warlord seguía dándole la espalda, con la vista fija en la jofaina de agua.

—Un pacto que condenaba a sus descendientes al infierno.

—¿Y tú eres uno de sus descendientes?

—Tú eres una mujer sensata. ¿No te creerás esa sarta de tonterías?

Karen había visto a la niña, muerta durante miles de años, abrir los ojos. Había revivido los recuerdos de Warlord. Había oído el siseo de su carne quemada cuando cogió el icono.

—Yo ya no sé qué creer —contestó con voz rota.

—De todas formas, da igual. —Warlord seguía con las manos metidas en el agua—. Te voy a enviar lejos de aquí.

Por un momento su tono informal mitigó el impacto de sus palabras, pero cuando Karen las comprendió, sintió una oleada de euforia, seguida de una incomprensible sensación de pérdida. ¿Por qué iba a sentir una pérdida? Aquello era lo que quería, lo que exigía, lo que tanto se esforzaba por conseguir. Podría volver a su casa sabiendo que jamás se había rendido a su dominio sexual. Si se marchaba ahora podría conservar intacto su orgullo y su integridad.

Pero lo sentía como una pérdida.

Y también tenía miedo, porque sabía que Warlord jamás la dejaría marchar a menos que hubiera pasado algo terrible.

—¿Por qué? ¿Qué ha pasado?

—Mis incursiones han cabreado a los ejércitos de ambos lados de la frontera y han traído una tropa de mercenarios expertos para sacarme de aquí y mantener la situación bajo su control. Los Varinski son bien conocidos por sus tácticas de terror. Es demasiado peligroso que te quedes aquí.

Así que él mismo se lo había buscado. Muy bien.

—Voy a necesitar mis botas y ropa de mi talla.

Cuando Warlord se volvió hacia ella, Karen se sobresaltó al ver que se reía.

—Tú siempre tan práctica y prosaica —comentó, mientras sacaba de debajo de la mesa una llave—. Ahí, en ese baúl.

—Voy a vestirme.

Warlord abrió la puerta de la tienda y se quedó escuchando, alerta.

—Date prisa.

No tuvo que decírselo dos veces. Karen se quitó la bata y se puso la ropa con rápida eficiencia. Cuando Warlord fue a ayudarla, ella lo rechazó, pero pronto quedó claro que sus intenciones no eran en absoluto lascivas. Le colocó algunas armas: una Glock en torno al pecho y un cuchillo en la manga. Luego le cargó la mochila de munición y raciones liofilizadas. Le colgó del cinto una cantimplora y le ofreció una navaja multifunción parecida a la que Karen había perdido en la avalancha. Le metió en el bolsillo una brújula y un GPS y, como si se tratara de un milagro, le colgó al cuello su pasaporte.

Su pasaporte... Creía que lo había perdido también en la obra.

—¿De dónde has sacado eso?
—Lo robé de tu tienda hace mucho tiempo.
—Hijo de puta —masculló ella, aunque lo cierto era que en ese momento estaba agradecida. El pasaporte aceleraría su vuelta a casa, y además le evitaría tener que recurrir a su padre para pedirle ayuda.

Y durante todo ese tiempo Warlord se mantuvo alerta a lo que sucedía fuera. Al principio Karen no oía nada, puesto que los gruesos tapices la aislaban del tumulto del exterior, pero poco a poco el ruido fue penetrando en el silencio de la tienda. El estrépito era cada vez más fuerte, apresurándola todavía más.

Cuando terminó de atarse las botas, Warlord se arrodilló frente a ella.

—Dirígete a Katmandú. No dejes de andar durante dieciocho horas. No confíes en nadie a menos que estés en la embajada americana, e incluso entonces ándate con ojo.

Warlord le clavó una mirada oscura y seria.

—Y pase lo que pase... sobrevive.
—Lo haré.
—Ya lo sé. —Con estas palabras fue al fondo de la tienda y desgarró la costura.

El fragor de la batalla irrumpió de golpe. Se oían aullidos, disparos, gruñidos de furia y gritos de guerra. Warlord colocó la pasarela sobre la grieta, el puente que ella tanto había buscado cuando intentó fugarse.

—Recuerda todo lo que te he dicho.

—Lo recuerdo.

—Cuando vuelvas a Estados Unidos, ¿podrías hacer una cosa más por mí?

Llamar a su madre, pensó Karen, y tranquilizarla.

—Claro, lo que sea.

Warlord le tomó la cara entre las manos y la besó profundamente, deprisa, con la intención de dejar en ella su marca. Karen respondió a su pesar, notando su sabor, absorbiéndolo. Y sí, sentía la pérdida de una relación y de un hombre condenado desde el principio.

Warlord por fin se apartó y la miró a los ojos.

—De alguna manera, algún día iré a por ti. Espérame.

Volvió a besarla y corrió a la puerta de la tienda. Lo último que Karen vio fue a Warlord saltando desde la plataforma al fragor de la batalla, con una pistola en cada mano. A pesar de que ya no estaba, Karen contestó:

—Haré cualquier cosa menos eso.

Cogió su mochila y se alejó por el puente sin mirar atrás.

13

Montana, cinco semanas después

Karen se encontraba en el umbral del estudio de su padre. Las pesadas cortinas burdeos estaban cerradas, y las paredes de madera de castaño se veían oscuras. Una nueva cabeza de alce colgaba sobre la fría chimenea.

Jackson Sonnet, un hombre bajo de hombros anchos y pelo cano, leía ceñudo unos documentos, sentado a su mesa con la pluma en la mano en una burbuja de luz.

—¿Papá? —llamó Karen, con la voz un poco trémula.

El hombre se quedó paralizado, pero al cabo de un momento, sin una sola nota de alivio o bienvenida en su voz, respondió sin alzar la vista:

—Ya era hora de que llegaras.

El frío saludo de su padre hirió a Karen como si se tratara de metralla. Solo por una vez, al no saber él si estaba viva o muerta, había esperado...

Dejó en el suelo la bolsa que contenía su pasaporte, su cartera, ropa para un par de días y los restos de sus pulseras de esclava.

Cuando llegó a Tombuctú había ido a un joyero para que las cortara. Él le había ofrecido una buena suma por las joyas de oro de veintidós quilates, pero ella se negó a venderlas, diciéndose a sí misma como excusa que en otro sitio le darían más dinero, que tal vez lo necesitara en otro momento, o que quería tirar las pulseras a los fuegos del Monte Doom, donde volverían al infierno del que habían salido.

Entonces dio un respingo. Tal vez todavía estuviera un poco traumatizada.

Se adentró en la habitación. Habría querido arrojarse en brazos de su padre y llorar para calmar su dolor, pero sabía que sería inútil. A pesar de haber estado desaparecida en el Himalaya, su padre le había dedicado el mismo recibimiento de siempre. De manera que se limitó a dar su informe.

—La montaña se derrumbó encima de la obra. La avalancha de rocas llenó todo el valle. No puede construirse el hotel.

—¿Y has tardado cinco semanas en venir a decirme esto? —Jackson Sonnet alzó la cabeza y clavó en ella su penetrante mirada de ojos azules que tanto la aterraba cuando era niña.

Karen había pensado mucho en lo que iba a contar a su padre. A él le darían igual las humillaciones que hubiera padecido. Lo único que le interesaría sería comprobar que no hubiera sufrido heridas físicas que la dejaran impedida. Así que al final se decidió a contarle la verdad, o al menos una versión de la verdad que resultara menos humillante.

—Me secuestraron.

—¿Quién?

—Uno de los mercenarios que pueblan la zona. —Warlord. Pero eso no iba a decirlo.

Se pasó la lengua por el interior de la boca y por un breve instante le pareció captar el sabor de su sangre. En el fondo de su mente acechaba una pesadilla, lista para salir y atormentarla. Karen no estaba dispuesta a volver a pensar en él nunca más.

—¿Antes o después de la avalancha?

—Él me salvó, y luego me hizo prisionera.

Jackson echó la silla hacia atrás con tal ímpetu que se estrelló contra la pared. Karen dio un respingo. Su padre se levantó apretando los puños.

—¿Y esperas que me lo crea? —preguntó con la voz cargada de desprecio.

—Claro. ¿Por qué no? ¿Tú qué crees que ha pasado?

—Pues que te has estado acostando con ese tío porque llevaba una cazadora de cuero y tenía una moto.

—¿Y eso cómo lo sabes? —¿Cómo podía su padre saber nada de Warlord?

—Te largaste con él, y ahora que se ha hartado de ti vienes a contarme esa sarta de idioteces.

¿De dónde sacaba su padre esa información? Había en ella bastantes elementos de verdad para que se viera en una situación comprometida.

—Papá, no puedo creerme que no hayas enviado a nadie a sacar fotografías de la obra.

—Pues claro que lo hice.

—¿Y no viste por casualidad los millones de toneladas de roca que cubrían la base de la montaña? No me he inventado esa avalancha. —Karen no se lo podía creer—. Ni siquiera tú puedes ser tan paranoico.

No tenía que haber dicho eso, en absoluto. Jackson se puso colorado y alzó la voz.

—¿Tú sabes cuánto me ha costado ese proyecto?

—Casi te ha costado tu hija.

—Mi hija —se burló él—. ¿Eso es lo que piensas?

Pero de pronto pareció sorprendido, como si se hubiera ido de la lengua sin querer. El silencio en la sala era profundo. Karen oía el ruido de su propia respiración.

—¿Qué quieres decir?

—Nada —masculló él.

—¿Quieres decir que... que no soy tu hija?

Jackson bajó la vista. Parecía incómodo.

—Eso no importa.

—Pues claro. —Karen tenía los brazos caídos a los costados, pero la mente le daba vueltas a toda velocidad—. Eso lo explica todo: la indiferencia, la impaciencia, la constante falta de afecto y aprobación... No soy tu hija.

—¿Y eso qué importa? Me he tomado la molestia de criarte, he pagado por tu educación... —Su breve momento de remordimiento se había desvanecido. Jackson estaba cada vez más furioso.

Por primera vez Karen entendía cómo era.

—Así es como te enfrentas a todo lo que te hace sentir mal o incómodo: poniéndote furioso.

—¿Y quién no se pondría furioso? Con una mujer que va follando por ahí mientras yo trabajo, y lo único que saco es una niña que no vale nada. Si tu madre tenía que dejarme con un hijo, ¿por qué coño tenía que ser una niña?

A Karen ya no le importaban nada sus reproches. Tenía que averiguar la verdad.

—¿Quién es mi padre?

—Mi mejor amigo, ¿quién iba a ser? —Su amargura era palpable.

—¿Y quién era tu mejor amigo?

—El hijo de puta de Dan Nighthorse. El puto indio de los Pies Negros.

—Me acuerdo de él. —Pero lo cierto era que apenas se acordaba. Era un personaje oscuro en un rincón de su mente. Aquellos tempranos recuerdos se habían desvanecido junto con el de las manos de su madre, su sonrisa, sus ojos... y su muerte.

—Siempre estaba rondando por aquí, cuando no andaba perdido con los turistas por las montañas. A tu madre le encantaba escalar, era una experta. Quería que nos fuéramos al monte a comulgar con la naturaleza, como dos putos hippies. A mí esas gilipolleces me importan una mierda.

—Ya lo sé. —Tal vez Jackson construyera hoteles para montañeros, pero a menos que fuera para cazar, a menos que el objetivo fuera matar animales, el campo no le interesaba nada.

—Me daba tanto la tabarra que al final le dije que me dejara en paz y se fuera con él. —Jackson miró su colección de trofeos de caza en las paredes—. No puedo creerme que se dejara seducir por ese imbécil.

De pronto a Karen se le ocurrió una idea espantosa.

—¿Los mataste tú?

—¿A tus padres? Pues no, por más que se lo merecieran. Yo estaba trabajando mientras ellos se revolcaban por las montañas, y hubo una tormenta. Tu madre se cayó por un maldito barranco.

—Ya lo sé. —Karen siempre tenía la misma pesadilla en la que caía al vacío.

—Nighthorse se partió el cuello intentando rescatarla, y ella estuvo a punto de morir congelada antes de que la encontrara la patrulla aérea. Mi padre me llamó para decirme que volviera a casa para despedirme de mi mujer, y fue él quien me informó de lo que ya sabía todo el mundo: que llevaban años poniéndome los cuernos.

—Ya me acuerdo del abuelo. —Un hombre alto y barrigudo que maltrataba a su hijo, que ignoraba a su nieta y que espantaba a la servidumbre.

—Cuando llegué al hospital me dijeron que no podían parar la hemorragia interna. Como si a mí me importara una mierda. —Jackson carraspeó. Estaba temblando. Y Karen se dio cuenta de que sufría. De humillación, supuso.

—Abigail quería mi promesa de que te criaría como si fueras hija mía.

—¿Y tú se lo prometiste? —Karen no podía imaginarse a su padre cediendo a la presión, ni siquiera ante el lecho de una moribunda.

—Así es. —Esbozó de nuevo una mueca de desdén, pero esta vez mirándose al espejo—. Mi padre me puso de idiota para arriba, y tenía razón. Pero yo la quería. Seguro que eso no lo sabías.

—¿Tú querías a mi madre?

—Dios sabe por qué. Era una inútil. Era incapaz de llevar la casa, no sabía llevar el rancho. Se quejaba porque no pasaba bastante tiempo con ella, protestaba porque yo me daba mis caprichos cuando viajaba. Y entonces me engañó con mi mejor amigo. ¿Te imaginas?

Toda la inseguridad de Karen pareció desvanecerse, todos los aspectos en los que había tenido dudas se aclararon. Sus pulmones respiraban, su corazón latía, su equilibrio era tal que ni un terremoto la habría hecho tambalear. Y todas las carencias emocionales que sufría parecieron disiparse ante la luz.

—¿Y por qué me cuentas esto ahora? ¿Por qué, cuando yo no he hecho nada más que trabajar para ti, intentar complacerte, lograr lo que nadie podía lograr... por qué piensas que te he traicionado?

—Me lo dijo Phil.

—¿Phil? ¿Phil Chronies?

—Sí. Te sorprende, ¿verdad? —Jackson miró satisfecho su cara de pasmo—. Justamente Phil Chronies, el hombre que perdió un brazo trabajando para mí. El hombre al que abandonaste a su muerte.

—Porque, en su codicia, no quería dejar el oro... —De pronto Karen se dio cuenta de lo que estaba haciendo y se frenó en seco. No tenía por qué justificarse ante su padre, y menos cuando acababa de volver de la muerte para encontrar, no alivio, no una bienvenida, sino acusaciones—. ¿Cómo pudiste creer al peor tipejo de toda tu organización, sin siquiera preguntarme a mí qué pasaba?

—Eres la hija de tu madre, desde luego, follando por ahí con un extranjero de piel oscura en lugar de trabajar como deberías.

Karen oyó el eco de una amargura muy antigua.

—Sí, soy la hija de mi madre, soy leal hasta el día en que me doy cuenta de que haga lo que haga jamás conseguiré que... me des tu aprobación. —Iba a decir «que me quieras», pero él no entendería el concepto.

Warlord había hecho algo por ella: le había mostrado una clase de amor retorcido, posesivo, pero entregado libremente. Warlord la había atado con una cuerda, pero ahora, mirando a su padre, se daba cuenta de lo atada que había estado por sus expectativas.

Y ahora por fin era libre.

—Eres idiota, Jackson Sonnet. Yo habría hecho cualquier cosa por ti, cualquier cosa. Pero tú hiciste caso a Phil Chronies, que se limitaba a llenarte los oídos de veneno. Te pusiste de su lado y en mi contra. —Karen se echó a reír, con una sensación de libertad que jamás había experimentado—. Gracias, padre, por hacer posible que realice mi sueño.

Él temblaba de pura exasperación.

—¿De qué coño estás hablando?

—Me largo. —Karen miró su bolsa. Llevaba puesta la chaqueta, con el icono en el bolsillo. Excepto por la fotografía de su madre, que recogería al salir, allí no había nada que necesitara. No había nada en aquella casa que quisiera.

—Me voy a Inglaterra, pienso ir a ver el Victoria and Albert Museum. Voy a ir a España y a visitar todas las bodegas de la Rioja. Comeré naranjas y aceitunas y pan con tomate. Haré amigos que sepan jugar. Montaré en bicicleta, me bañaré en el Mediterráneo y tomaré el sol. —Karen respiró hondo, y al exhalar pareció desprenderse de toda la tensión acumulada durante veintiocho años de vivir doblada bajo el peso de la constante presión de Jackson Sonnet.

Él replicó con su habitual sutileza.

—Es el plan más idiota que he oído jamás.

—No es un plan, padre. Durante un año no pienso planear absolutamente nada. Voy a dejar que las cosas sigan su curso.

—¿Y cómo coño crees que vas a poder hacer todo eso?

—Pues gracias a ti, padre, y a tus estúpidas agendas que me han impedido tener ni un solo segundo libre. De manera que he ahorrado una pequeña fortuna y puedo permitirme el lujo de tomarme un año libre. —Y pensativa añadió—: O dos.

—Pero ¿tú estás loca? Has trabajado todos los días de tu vida. ¿Qué te hace pensar que puedes pasar el tiempo sin hacer otra cosa que...?

—... Sin hacer otra cosa que lo que quiera, sin hacer otra cosa que lo que siempre he deseado. Voy a ser civilizada, voy a ser una chica. —Karen intentó pensar en algo que le diera una idea de lo muy en serio que hablaba—. Voy a hacerme la pedicura.

—¿Qué? —Jackson no podía parecer más indignado ni más alarmado—. Pero ¿para qué coño quieres tú una pedicura?

—Solo me la he hecho una vez en toda mi vida, y me gustó. Así que ahora voy a hacérmela todas las veces que quiera.

—¡Estás despedida!

Karen se quedó pensando un momento.

—No. En realidad, dimito yo primero. —Le hizo una reverencia burlona—. Adiós, padre, ¿o debería llamarte señor Sonnet? Pásatelo bien con Phil, e intenta convencerte de que te dice la verdad.

Las venas que aparecían en las mejillas de su padre se extendieron como ríos escarlata en un mapa.

—No puedo creerme que abandones de esta forma.

—No abandono. Me estoy encontrando a mí misma.

Y con estas palabras cogió su bolsa y se marchó sin mirar atrás.

14

Dos años más tarde, hotel spa Aqua Horizon
Sedona, Arizona

Karen Sonnet se encontraba en el vestíbulo del hotel, una sala alta, fresca y moderna, de madera y piedra. Comentaba los últimos eventos con Chisholm Burstrom, presidente y gerente general de Burstrom Technologies, una empresa con sede en Texas, y con su mujer, Debbie. De pronto Karen contuvo el aliento al ver a un nuevo huésped que se acercaba al mostrador de admisión.

El desconocido tenía el pelo negro cortado por un experto estilista, y la cara bien esculpida, totalmente afeitada. Caminaba con paso largo y seguro, y su inmaculado traje europeo se ajustaba a la perfección a su cuerpo masculino. La almidonada camisa blanca y la corbata azul encajarían a la perfección con cualquier ejecutivo adinerado que visitara el hotel para relajarse y hacer negocios.

Aquel tipo no se parecía en nada a Warlord, y a pesar de todo tenía algo que dejó a Karen sin respiración.

Su mirada indiferente recorrió el vestíbulo y se centró de pronto en ella. Sus ojos no eran negros, pero Karen retrocedió con la mano en el pecho y el corazón acelerado. No, no eran ojos negros, sino de un extraño verde claro. Con la mano extendida, echó a andar hacia ella.

Chisholm Burstrom lanzó un grito y Karen dio un respingo.

—Perdona, cariño, no quería asustarte. —Chisholm le puso la mano en el hombro un momento, pero tenía la vista clavada en el desconocido. Con dos largos pasos se acercó a él—. Wilder, sinvergüenza, me alegro de que hayas podido venir.

—Chisholm. Gracias por invitarme —repuso el otro, dándole la mano—. Estoy deseando conocer a tus ejecutivos y meterme de lleno en las nuevas tecnologías de videojuegos.

—¡Ahora no se habla de eso! —terció la señora Burstrom, interponiéndose entre ellos y alternando entre los dos su mirada coqueta—. Este hotel es el mejor spa del mundo. Lo elegí yo personalmente, hice yo la lista de invitados, seleccioné las actividades y os aseguro que esto no va a convertirse en una conferencia de negocios. ¡Chisholm, me lo habías prometido! Y le aseguro, señor Wilder, que no le conviene nada ponerse en mi contra. ¡Soy una enemiga feroz!

El señor Wilder alzó las manos.

—Jamás se me pasaría por la cabeza oponerme a usted. ¡No soy tan valiente!

Los tres se echaron a reír, cómodos en su mutua compañía. Luego la señora Burstrom se volvió hacia Karen.

—Karen, te presento al señor Rick Wilder, uno de nuestros invitados especiales. Rick, esta es Karen Sonnet, la encargada durante meses de organizar nuestra fiesta.

—Es una chica impagable —aseguró Chisholm.

Esta vez el desconocido la miró de verdad y a Karen volvió a acelerársele el pulso. Creía que iba a oírle preguntar: «¿Me has esperado?».

Pero en lugar de eso el hombre la miraba de la manera más civilizada. Karen sabía lo que estaba viendo. Había cultivado la imagen cómoda y relajada que el spa pedía a sus empleados. Llevaba un vestido azul bastante suelto y sin mangas, que dejaba al descubierto a partir de las rodillas sus piernas bronceadas. Completaba el conjunto informal con unas sandalias planas de correas. Llevaba el pelo castaño cortado en una melena escalonada que le llegaba a los hombros, con mechas rubias, algunas naturales y otras no. Parecía lo que era: la coordinadora de eventos de un pequeño y exclusivo hotel en un cañón del desierto en Sedona.

—Señor Wilder —saludó—, es un placer.

Él le dio un rápido apretón de manos que la sorprendió, tal vez porque todavía estaba medio convencida de que se trataba de Warlord y casi había esperado una especie de descarga eléctrica al tocarlo.

—Me alegro de conocerte, Karen. Estoy deseando disfrutar de cualquier evento que nos hayas preparado —declaró sonriendo y mostrando unos dientes limpios, blancos y afilados.

Afilados...

Warlord la besó, dio media vuelta y corrió hacia la puerta de la tienda. Luego saltó de la plataforma al fragor de la batalla, con una pistola en cada mano.

Karen se estremeció, intentando librarse de aquel recuerdo, de aquella locura.

—Perdonad —dijo el recién llegado—, pero tengo que registrarme y luego me gustaría ponerme algo más cómodo. —Se despidió con un gesto de la cabeza y miró de nuevo a Karen sonriendo.

Mientras se alejaba, la señora Burstrom comentó satisfecha:

—Esa es la sonrisa de un hombre contento.

—Karen, te has metido en un lío. Mi querida chica tiene el mismo brillo que él en los ojos —dijo el señor Burstrom riendo, con un temblor en los carrillos.

—Ay, calla, Chisholm. —La señora Burstrom cogió del brazo a Karen y agitó los dedos ante su marido—. Que yo trabajo bajo una tapadera de pura discreción.

—Señora Burstrom —comenzó Karen, ocultando su alarma bajo un tono cortés—, yo no puedo relacionarme con los clientes. —En ese momento sonó su busca. Salvada por la campana—. Los del catering me necesitan, de manera que si me disculpan...

—¿Hay alguna regla que lo prohíba? —preguntó la señora Burstrom, que echó a andar con ella.

Nada de salvada por la campana.

La señora Burstrom decía confiar en la experiencia de Karen, y seguramente era cierto, pero era de esa clase de anfitrionas que gustaban de verificar cada detalle, desde la cesta de bienvenida en las habitaciones hasta los arreglos florales del buffet. Trabajaba con Chisholm Burstrom por el éxito de su compañía, y esperaba en aquella reunión ganarse todavía más la lealtad de sus empleados y atraer a su empresa a los invitados que todavía no formaran parte de ella.

Y Karen se había esforzado por lograr ese objetivo.

—¿Que si hay alguna regla que prohíba la relación con los clientes? Pues no, pero hay que tener ganas de sufrir para liarse con un cliente que va a marcharse en una semana. —Karen dio la misma respuesta automática que ofrecía tanto a las preguntas curiosas como a los intentos de ligue.

—¿Y nunca has tenido la tentación?

—No.

—¿Ni siquiera por unos ojos verdes con chispas doradas? —insistió la señora Burstrom.

—Es verdad que tiene unos ojos muy bonitos. —Y que además parecían totalmente normales—. Pero no.

—No es natural que una chica de tu edad viva sola.

—Ya no soy una niña, señora Burstrom. Tengo treinta años, y con excepción de un año sabático que me tomé, llevo trabajando en el negocio de los hoteles ocho años sin parar. No es usted la primera casamentera a la que he dado largas.

—¡Me encantan los retos!

Karen se detuvo en mitad del pasillo.

—No. Por favor. Precisamente dejé el trabajo hace dos años por una mala relación. Me parece que en las semanas que pasé con aquel hombre hubo suficiente sexo, rabia, angustia y discusiones para compensar varios años de una relación normal, y no tengo el más mínimo interés en intentarlo de nuevo.

—Pero dos años es tiempo más que suficiente para recuperarte.

—Pues no he sentido el más mínimo interés desde entonces.

—Pues a Rick bien que lo mirabas.

Era evidente que la señora Burstrom no pensaba rendirse, de manera que Karen se extendió un poco más de lo que era habitual.

—Es que me recordaba a mi ex. Siempre doy un respingo cuando veo a un hombre así. No fue una relación muy sana.

—¿Te pegaba? —preguntó la otra sin tapujos.

—Pues casi lo mismo: me ataba —contestó Karen, con la misma franqueza.

—Vale, no voy a insistir. —Mientras se dirigían de nuevo hacia la cocina, añadió—: Pero quiero que sepas que Rick es un joven de lo más formal y honesto, que ha pasado tiempo en el extranjero...

Karen volvió a sentir el escalofrío de alarma.

—¿Sí? ¿Dónde?

—En India y Japón, y luego Italia y España.

Karen tenía que dejar de llegar a conclusiones apresuradas.

—Es más listo que el hambre —prosiguió la señora Burstrom—, habla un montón de idiomas y ha desarrollado un videojuego que estamos comercializando primero en Estados Unidos y luego en el resto del mundo.

—¿Ah, sí? —A Karen no podían interesarle menos los videojuegos—. ¿Y cómo se llama el juego?

—*Warlord*.

15

El Aqua Horizon estaba construido en un risco y diseñado para aprovechar al máximo las majestuosas formaciones de roca roja y las impresionantes vistas del valle. Daba al sur, de manera que siempre estaba soleado, y los edificios exteriores, las plantas autóctonas y los caminos de grava se unían al paisaje del desierto con gran sensibilidad.

Karen se alejaba del edificio de cinco plantas del hotel con los puños apretados. En cuanto supo que no podían verla desde las ventanas echó a correr con todas sus fuerzas hacia su casa, al límite de los terrenos. Nada más entrar cerró la puerta de golpe y se apoyó contra ella.

Por lo general el azul claro de las paredes, el color crema de los suelos y las láminas enmarcadas de Jack Vettriano la calmaban, pero ahora nada podía sacarla de su conmoción.

Era él.

Tenía que ser él, ¿no?

No podía ser una coincidencia que el juego de Rick Wilder se llamara *Warlord*.

¿O sí?

No, no era posible.

Karen sacó la maleta de debajo de la cama. Guardaba en ella botas de montaña, ropa interior y ropa cómoda, siempre lista para el momento en que tuviera que huir. Porque aunque habían pasado dos años desde que se marchó de aquella tienda sin mirar atrás, dejando a Warlord luchando por su vida, todavía creía que de alguna forma él volvería a aparecer para reclamarla.

«Sea como sea, algún día iré a por ti.»

Abrió la caja fuerte del armario para sacar el pasaporte y luego el icono de la Madonna. Se quedó mirando la imagen un momento, recordando a la niña que la había protegido durante mil años, acordándose de cómo había abierto los ojos para mirarla antes de que su frágil cuerpo se desmenuzara convertido en polvo. Y aunque Karen no quería creerlo, todas las mañanas cuando se miraba al espejo y veía aquellos mismos ojos, sabía que la niña le había pasado a ella la custodia del icono.

Tenía que proteger la Madonna.

Pero también tenía que vivir su vida, y necesitaba defender su propia libertad. Puso el icono y la fotografía de su madre en una funda acolchada que metió en el fondo de la bolsa. Envolvió la campana de cristal que había comprado en Italia en un chal de encaje adquirido en España y lo guardó en un bolsillo lateral. Luego cerró la cremallera y dejó la bolsa junto a la puerta.

Sacó la mochila de debajo de la cama. Contenía todo lo necesario para vivir al aire libre: comida liofilizada, una linterna, un poncho impermeable y una cantimplora. En la pequeña cocina reunió una selección de galletas. Estaba lista para marcharse.

Cuando llamaron a la puerta, Karen se volvió hacia ella como si la acechara una serpiente de cascabel. O Warlord, que era mucho peor.

—Señorita Karen, soy Dika.

Era Dika Petulengro, la doncella de cincuenta años que había entrado a trabajar poco después de que llegara Karen. Hacía la limpieza en unos veinte bungalows dispersos por los terrenos del hotel, hablaba inglés con acento ruso, tenía unos hermosos ojos castaños enmarcados por largas y oscuras pestañas y todo el mundo le caía bien. Karen la consideraba una de las mejores personas que conocía, pero no se fiaba de ella. Mingma la había enseñado a ser cautelosa. Y, lo que era más importante, no le hacía ninguna falta que nadie fuera testigo de su fuga, de manera que abrió la puerta bloqueando el interior de la casa con su cuerpo.

—Dika, ¿podrías venir dentro de media hora? —Eso le daría tiempo para coger el coche y salir zumbando de allí.

—¿Por qué? ¿Es que tiene aquí a ese hombre tan guapo? —Dika estiró el cuello para ver en torno a Karen y abrió unos ojos como platos—. ¡Un hombre no, una maleta!

—Estoy preparando algunas cosas para las vacaciones.

Dika abrió la puerta con un golpe de sus amplias caderas.

—No, señorita Karen, mire. Ha guardado su bonita campanilla, y la mantilla de encaje que había encima de la cómoda tampoco está. —Dika miró a Karen con atención—. Y tiene usted esa expresión.

—¿Qué expresión?

—La de una refugiada obligada a huir otra vez.

De alguna forma, Dika reconocía ese gesto. Karen tensó el mentón sin decir nada.

—Vale, la ayudaré. —La criada se abrió paso en la casa—. Pero primero dígame por qué. ¿De qué tiene miedo?

—De uno de los clientes. Me recuerda a alguien.

—¿El señor Wilder?

Karen se quedó petrificada.

—¿Cómo lo sabes?

—Porque todo el personal anda cotilleando, por supuesto. —Dika se encogió de hombros—. Dicen que parecía usted fascinada por él, pero creo que a lo mejor han confundido el miedo con la fascinación.

Karen asintió tensa. Odiaba confesar que sentía un pánico sobrecogedor, pero Dika parecía entenderlo.

—¿Es que la trató mal? ¿No será su marido?

—No y no. Vamos, que el señor Wilder no es mi marido ni de lejos, y ni siquiera estoy segura de que sea el mismo hombre que creo que puede ser. —Todo aquello sonaba demencial, de manera que Karen intentó explicarse mejor—. El otro hombre tenía los ojos negros.

—Negros. ¿Todo negro? ¿Sin color?

—Exacto. Al principio pensé que sería por las drogas, pero luego me di cuenta de que era... no sé, que de alguna manera...

—Era un siervo del diablo —sugirió Dika.

—Eso. —Por supuesto. Dika lo entendía. Venía de Ucrania, de una tierra tan salvaje y peculiar como el Himalaya—. El señor Wilder no es él. Tiene los ojos verdes, muy bonitos, y no dan nada de miedo.

La criada asintió con la cabeza.

—Dio a entender que yo le gustaba, pero no parecía distinto a cualquier otro hombre.

—Este hombre, el señor Wilder, quizá podría ser... ¿Le da miedo?

—Sí.

Dika se quedó pensando un momento.

—¿Tiene cerveza en la nevera?

—Un par.

—Voy a abrirlas. —Dika señaló la puerta del patio mientras buscaba en la nevera—. Vaya a sentarse afuera, tenemos que hablar.

—Debo marcharme.

—Primero hablamos y luego, si quiere, la ayudo a marcharse. Y conozco bien los caminos.

Tenía lógica. Era de lo más lógico, sí. Y algo en la actitud práctica de Dika tranquilizó su pánico y la ayudó a pensar con más claridad.

Salió al aire cálido y seco del patio. La verja de hierro forjado estaba cubierta de arbustos y plantas trepadoras que ofrecían tanto intimidad como una sensación de frescor. Las hamacas eran de tela azul. Al cabo de un momento Dika le puso una cerveza en la mano, se sentó y con la confianza de una experta consejera dijo:

—Así que no sabe si el señor Wilder es ese hombre.

—Pues no. Cuando estaba en Europa, poco después de escapar de él, lo veía constantemente: en el tren, en los restaurantes, en las playas. A lo mejor veía a un hombre por la espalda, me fijaba en su manera de andar, en el color de su pelo o en el movimiento de sus manos y me entraba el pánico. —Karen fue a llevarse la cerveza a la boca, pero no llegó a beber—. Nunca era él.

—Volvía a mirarlo y se daba cuenta de que no era, ¿verdad? Y luego, a medida que fueron pasando los días y las semanas y los meses, se relajó y ya dejó de verlo tanto.

—Exacto. Una vez, al cabo de unos seis meses, hasta salí con uno que me lo recordaba. Ese tipo era en realidad mucho más guapo. —¿Cómo no iba a serlo, si hasta se afeitaba casi todos los días?—. Y un día me besó, y me pareció tan aburrido que casi caigo en coma. —Era un recuerdo que preferiría olvidar.

—Y el otro hombre... sus besos no eran aburridos.

—Ese hombre era de todo menos aburrido. —Ahora sí bebió un largo trago de cerveza.

—Pero ¿no sabe cómo es? ¿No se acuerda de su cara? ¿Cree que el señor Wilder habrá cambiado su aspecto, sus ojos incluso?

Karen le contó lo de la barba y el pelo y el nombre del videojuego.

—Pero el señor Wilder no tiene la intensidad de Warlord —concluyó.

—Y a pesar de todo, usted, que es una mujer sensata, tiene miedo de que sea él.

—Ya sé que parece una tontería.

—No. Si su instinto le dice que tenga cuidado, yo creo que debería tenerlo. El señor Wilder podría ser su hermano, o alguien que trabaja para él, alguien que tiene encargado espiarla.

Karen sintió un escalofrío y miró alrededor.

—Tengo que irme —susurró.

Dika le cogió la mano.

—Justamente es la razón por la que no debería irse. Aquí tiene a los guardias de seguridad que pueden defenderla, amigos que la creerán si dice usted que un hombre de apariencia normal es en realidad una amenaza.

—Sí... —Lo que Dika decía tenía lógica y logró mitigar aquella intensa sensación de pánico, la necesidad desesperada de salir huyendo.

Dika la vio relajarse y sonrió.

—Sí. Bien. Le voy a contar una historia. Hace casi cuarenta años mi tribu sufrió una gran tragedia.

—¿Tu tribu?

—Soy romaní, gitana.

—¡Anda! —Karen miró los ojos castaños de Karen, su piel morena y su cuerpo compacto.

—No sabía que los gitanos vivieran en Ucrania.

—Los gitanos han vagado por todo el mundo, y hace unos mil años mi propia tribu cometió el error de entrar en Rusia. —Dika hizo una mueca—. Los rusos hicieron de la persecución una forma de arte, aunque a pesar de todo no tuvimos verdaderos problemas hasta hace casi cuarenta años, cuando nos robaron nuestra posesión más preciada.

Karen pensó de inmediato en el icono. Su icono.

—¿Y qué era eso tan preciado?

Dika suspiró.

—Era una niña, la elegida para tener las visiones que nos guiaban. Nuestra Zorana. Cuando se marchó...

—¿Se marchó? ¿No decías que os la arrebataron?

—Hay distintas versiones. —Dika se encogió de hombros—. Los viejos cambian sus historias. Yo lo único que sé es que la suerte de la que habíamos disfrutado tanto tiempo se evaporó. Nuestras hachas se rompían, los niños morían, a los jóvenes los mataban... Mi padre desapareció en una prisión rusa cuando yo tenía once años. En Ucrania el ejército era muy corrupto. Robaban lo que querían, mataban, quemaban. Mi madre me enseñó a esconderme cuando venían, y yo lo hacía siempre, hasta que un día, cuando tenía quince años, un general me vio y amenazó con quemar los carromatos si no me entregaban. Así que me entregaron.

Karen no podía creérselo.

—Pero ¿cómo pudieron?

—Era yo o los otros niños, de manera que me sacrificaron a mí.

A Karen se le vino a la mente de pronto un recuerdo: el sacrificio de los niños...

Dika miró la cerveza que tenía en la mano.

—No volví a ver a mi madre. Estuve con Maksim cinco años, y todo ese tiempo estuvo loco por mí, y al final sencillamente loco. Me acusaba de dormir con otros hombres. Acusaba a sus soldados, a su hermano, a su mejor amigo. Me pegaba, me daba de patadas, a fuerza de golpes me dejó estéril.

—Lo siento.

—Así que al final sí que me acosté con otro, un hombre poderoso, y cuando el general fue a buscarme di la orden de que le pegaran un tiro como a un perro en la calle. Y luego vine aquí. —Dika alzó la vista. Unas marcadas arrugas se hundían en su labio superior y entre sus cejas—. Y todavía hoy a veces veo a Maksim en mis pesadillas.

—La verdad es que en comparación con tu historia a mí me da vergüenza quejarme.

Warlord la había retenido en contra de su voluntad, sí, pero había prometido no hacerle daño, y todavía le creía.

—No, no tenga vergüenza. Debe estar orgullosa de haber podido escapar. Yo doy gracias a Dios todos los días por haber utilizado mis armas para enfrentarme a Maksim, y recuerdo con placer cuando di la orden de que lo mataran. —Dika alzó el mentón—. Señorita Karen, no se puede estar siempre huyendo. Si este no es ese hombre, entonces no tiene que ir a ninguna parte. Ya le diré yo al personal que le echen un vistazo. Y si es él, yo personalmente me encargaré de su cama para que le salga un sarpullido espantoso y haya que llevarlo al hospital.

Karen se echó a reír.

—Tienes razón. Tengo que dejar de huir de un recuerdo. Ya he roto las viejas ligaduras.

Y, curiosamente, se refería a las que la ataban a Jackson Sonnet, no las que utilizaba Warlord para tenerla prisionera.

Lo cierto era que al romper con el hombre al que había llamado «padre», se había dado cuenta de lo sola que estaba en el mundo. No tenía amigos porque trabajaba demasiado y no disponía de tiempo para ellos. Estaba siempre trasladándose de un sitio a otro y no tenía un sitio que pudiera llamar su casa, excepto la fría, oscura y deprimente mansión de Montana. Y se había pasado la vida temiendo no ser digna de cariño por no haber conseguido jamás la aprobación de Jackson Sonnet.

De manera que había cambiado su vida. Ahora viajaba por placer, se hacía la pedicura, entablaba amistades, cantaba, bebía vinos buenos. A veces echaba de menos su vida anterior. Había sido una muy buena directora de proyectos y su trabajo le resultaba muy gratificante. A pesar de todo, el único punto negro en su horizonte era el miedo de que Warlord surgiera de las sombras. No había olvidado la leyenda que le había contado sobre el villano ruso y sus descendientes, condenados para toda la eternidad, y recordaba cómo había chisporroteado su piel, como abrasada, al contacto con el icono.

Dika tenía razón. Si el señor Wilder era Warlord, no tendría muchas posibilidades de escapar de él si huía, de manera que había llegado el momento de enfrentarse a sus miedos.

—Soy fuerte, tengo seguridad en mí misma. No soy la misma persona de hace dos años, de manera que me quedo.

—¡Bien! —Dika le dio un golpecito en la rodilla y se puso en pie—. Mi gente se ha vuelto a reunir. Nosotros también nos jugamos algo en esta lucha contra el diablo y sus esbirros, y la ayudaremos, señorita Sonnet. Vaya con cuidado, pero sepa también que tiene amigos que la respaldan. Ahora me tengo que ir a trabajar.

—Yo también. Tengo que supervisar el buffet.

—¿Quién sabe, señorita Karen? —añadió Dika, muy animada—. Si este señor Wilder no es su amante, a lo mejor el demonio está muerto.

Karen se pasó la lengua por el labio. A veces percibía inesperadamente el sabor de su sangre en la boca, y entonces veía a través de los ojos de Warlord, sentía con su corazón: angustia, oscuridad, violencia y un hondo y desesperado deseo.

—No. No está muerto, eso seguro. Está por ahí, en alguna parte... esperando.

Cuando las dos mujeres entraron en la casa, el desconocido salió de los matorrales, se sacudió el polvo y aguardó, inmóvil como una estatua. Karen se marchó la primera a supervisar el buffet. Dika estuvo limpiando media hora y luego se fue también, cerrando la puerta con llave.

El hombre saltó la cerca y una vez en el patio se arrodilló ante la puerta, forzó la cerradura y entró.

La casa olía a desinfectante y estaba decorada con toques femeninos. Karen Sonnet había hecho de ella su espacio. Pero había estado dispuesta a abandonarlo a la menor señal de problemas: la bolsa y la mochila seguían encima de la cama.

Debería haber huido cuando tuvo la ocasión.

16

Jackson Sonnet esperaba tamborileando con los dedos en la mesa, con la vista en su último trofeo, una gigantesca cabeza de alce que había traído de su viaje a Alaska. Esperaba y seguía esperando.

Hasta que por fin apareció en la puerta de su estudio Phil Chronies.

—Aquí está, señor Sonnet. Ya lo he encontrado. Es que lo tenía metido por ahí y se me había olvidado, la verdad. Llega tanto correo que es imposible llevarlo todo al día —se disculpó, tendiéndole el informe del detective.

Jackson miró el sobre marrón.

—Ya está abierto.

—Sí, los carteros aquí en Montana son unos cotillas. —Phil se agitaba como un niño que necesitara ir al baño.

—Vete.

Phil salió disparado.

—Y no des...

Phil dio un portazo.

—¡... un portazo! —El muy imbécil siempre hacía lo mismo.

Chronies era un inútil. Cuando volvió del Himalaya, le contó la historia de que Karen se estaba acostando con un motero de la montaña, que él, Phil, se había esforzado por seguir con la obra él solo y que al final Karen lo había abandonado a su muerte. Jackson se sintió mal al ver que su empleado había perdido un brazo, y como además quería evitar una demanda, se hizo cargo de todas las facturas de hospitalización y rehabilitación. Phil había estado de baja seis meses.

Luego, cuando volvió, Jackson le dio un puesto en su oficina principal de la ciudad, para que atendiera los asuntos que surgieran en las obras. Tenía su lógica: Phil era un ayudante de construcción muy bueno y debería haber dominado la materia, o al menos eso creía. Pero Phil resultó ser un vago, ignoraba las cuestiones más básicas y era incapaz de lograr que los materiales llegaran a su destino. Y su maldita arrogancia había sido la causa de que Jackson perdiera a uno de sus mejores supervisores.

Dos, si contaba a Karen.

De forma que para minimizar los daños que Phil pudiera causar, Jackson lo había metido en Relaciones Laborales y había dado instrucciones a la jefa del departamento para que lo mantuviera ocupado. Pero después de tres meses Nancy le había suplicado que lo sacara de allí, si no quería que se viera metido en una demanda por acoso sexual.

Jackson se lo llevó entonces a la oficina de su casa para que se encargara de archivar papeles. Y el muy gilipollas ni siquiera era capaz de eso. ¿Qué le había dicho Karen antes de marcharse? «Pásatelo bien con Phil, e intenta convencerte de que te dice la verdad.»

Era como si le hubiera echado una maldición, porque los dos últimos años habían sido un infierno. Por lo que podía ver, Phil era alérgico al trabajo, a cualquier clase de trabajo, y no hacía más que inventarse estúpidas excusas para justificar su incompetencia. Cada vez que Jackson le gritaba, Phil sacaba a colación la historia de Karen acostándose con un motero y repetía una vez más que lo había dejado morir bajo una avalancha de rocas. Y cada vez que el imbécil repetía el cuento de Karen y la avalancha, lo cambiaba un poco.

No debería haberle creído jamás. No debería haberle

contado a Karen la verdad sobre su madre. Tendría que haber mantenido la promesa hecha a Abigail y haberla criado como a su propia hija, y no como una conveniente empleada. Mierda. Por primera vez en su vida Jackson se sentía culpable.

Tendría que despedir a Phil. Le ofrecería una buena jubilación y lo amenazaría con la muerte o algo peor si contaba algún secreto de su vida personal. Se acabó. Porque nadie tenía derecho a saber lo que pasaba con Karen, excepto Jackson Sonnet.

Abrió el sobre fácilmente (los sobres ya abiertos eran fáciles de abrir) y sacó el informe. Karen se había pasado casi un año en Europa haciendo justo lo que había dicho: absolutamente nada. Seguro de que la joven no lo resistiría, Jackson había esperado que volviera en cualquier momento a casa con el rabo entre las piernas.

Pero no. La agencia de detectives le había enviado fotos de Karen en la ópera de Viena, en el tren, comiendo en un mercado, tomando el sol en la playa con gente a la que Jackson no había visto nunca... Por lo visto hacía amistades fácilmente, igual que su madre. Pero, a diferencia de su madre, Karen no se acostaba con nadie. Por lo que los detectives habían podido descubrir, Karen era pura como la nieve.

Y eso había hecho dudar a Jackson. ¿Habría sido cierta la historia que su hija le había contado? ¿De verdad la habría raptado un mercenario? ¿Acaso un hijo de puta había hecho daño a su niña? ¿Tan estrepitosamente le había fallado él?

El papel se hizo una bola en su puño.

El año anterior, cuando Karen por fin volvió a Estados Unidos, Jackson esperó verla entrar por la puerta en busca de trabajo. Pero no, se había ido a un spa de Arizona, donde se alojó como cliente una semana y luego se quedó como coordinadora de eventos.

Al leer aquel informe a Jackson casi le dio una apoplejía. Todos los años de estudios, de entrenamiento, de aprender a sobrevivir en las condiciones más adversas, todo desperdiciado en un spa de maricas, encargada de organizar fiestas para gente que se pasaba el día metida en jacuzzis y dándose masajes. ¡Y haciéndose la pedicura, que ya era el colmo!

Según los últimos datos, Karen seguía allí. Y les caía de puta madre. Todos los informes se deshacían en alabanzas. Había logrado un par de ascensos. Y luego estaban las fotografías. Jackson se arrellanó en su butaca, mirando la que tenía en la mano.

Era muy guapa, aunque no como Abigail. Si se hubiera parecido más a Abigail, a lo mejor la habría perdonado. Pero no. Parecía más bien la versión femenina de su padre, ese maldito indio Nighthorse. Se había arreglado. Se había puesto morena. Se había dejado crecer el pelo y se lo había aclarado. Llevaba vestidos y maquillaje...

Era una mujer preciosa, y no se merecía lo que Jackson le había hecho. Debería haber mantenido la promesa que le hiciera a Abigail, y ahora no sería un viejo patético espiando a una chica a la que quería como a una hija.

Phil cerró la puerta sin ruido. Había descubierto que si daba un buen portazo, volvía a abrirse y así podía espiar a aquel viejo asqueroso. Le convenía saber de qué humor estaba Sonnet, y también le convenía saber cuándo debía parecer ocupado. El viejo ponía el grito en el cielo si lo sorprendía leyendo el correo electrónico o jugando al solitario en el ordenador. Y la había dado un buen ataque cuando se «perdió» el informe del detective. Pero Phil no podía evitarlo.

Alguien quería saberlo todo acerca de Karen Sonnet, y alguien estaba dispuesto a pagar bien por esa información. Y Phil Chronies estaba más que contento de vender a esa arpía moralista al mejor postor.

Ahora sonó el teléfono y Phil esbozó una desagradable sonrisa mientras cogía el auricular con su copia del informe en la mano.

Una llamada de lo más oportuna.

17

Los Burstrom habían reservado todas las instalaciones acuáticas para la gala de inauguración. Constaba de una piscina de salto de trampolín, otra para nadar, tres toboganes de agua y casi medio kilómetro de río que circulaba por el perímetro con una fuerte corriente que llevaba a los invitados del buffet hasta el bar junto a la piscina, y de vuelta. Había un socorrista por cada cinco personas, dos masajistas que daban masajes de cuello en sus camillas portátiles, un disc-jockey que ponía música a petición. Y los invitados de los Burstrom se bañaban, tomaban el sol y se maravillaban ante el paisaje.

Karen supervisaba el evento con ojos de halcón, y la tarea la ocupaba de tal manera que apenas se había vuelto a acordar de Rick Wilder y de su sobrenatural parecido con Warlord. Aunque tampoco había llegado a relajarse del todo.

Cuando por fin lo vio, Wilder estaba saliendo de la piscina. Se lo quedó mirando, como hipnotizada, mientras él se apartaba el pelo mojado de los ojos y se reía con dos de las empleadas más antiguas de los Burstrom. Parecía de lo más normal, lo más alejado a un mercenario o a su malvado enemigo. Más bien era el típico americano con su bañador verde y una camiseta beige empapada. El típico americano cachas, eso sí.

Karen pensó que debería tomarse tiempo para observar su cuerpo, por si reconocía alguna señal de identidad, pero por lo visto no era la única con esa idea, y Wilder desapareció rápidamente bajo el aluvión de cuatro ingenieras recién llegadas a la compañía de los Burstrom. Ante lo cual Karen se sintió, curiosamente, como una antigua novia rechazada.

Para cuando se acostó esa noche, llevaba en marcha sin parar veinticuatro horas, y durmió como un tronco, sin sueños y sin una sola premonición.

La agenda del día siguiente incluía un torneo de voleibol, varios partidos de tenis, y una cata de vinos a primera hora de la tarde. Cuando llegó el momento de que los invitados se sentaran por fin a una mesa, Karen estaba deseando poder disfrutar de un rato a solas. Supervisó la cena hasta el postre y luego dejó el asunto en manos de los encargados del catering y se marchó a su lugar favorito del hotel: el jardín japonés.

La noche estaba despejada, como era habitual en el desierto de Arizona, y con la luna llena y la discreta iluminación del hotel era fácil seguir el sendero. La grava blanca crujía bajo sus pies, y junto al camino tintineaba un arroyo sobre pulidas piedras en dirección a una bonita cascada espumosa. Karen dobló una esquina, bajó por la escalera tallada en la roca... Y se frenó en seco.

El banco de granito estaba ocupado. Karen quiso retroceder, pero él levantó la cabeza y la luz de la luna bañó su rostro.

Rick Wilder.

Todo lo que Karen había dicho a Dika sobre que era una mujer fuerte y segura se desvaneció en un instante de alarma. Karen estaba a punto de salir huyendo cuando él se levantó.

—¡Perdona, perdona! ¿Es tu jardín privado? Es que he dejado a los demás porque Chisholm iba a presentar los premios anuales de los empleados, y puesto que yo no soy un empleado, la verdad es que me da igual. ¿Prefieres que te deje sola?

Karen vaciló. Wilder parecía muy normal en todos los aspectos, y no se podía decir que la hubiera seguido puesto que había llegado antes. Nadie sabía dónde estaba, pero tenía su busca y también podía llamar a gritos a los guardias de seguridad que patrullaban la zona en todo momento del día y la noche.

—El jardín es para uso de los clientes, y si no te importa mi compañía, me gustaría descansar aquí un momento. —Karen se sentó en una roca, artísticamente colocada en mitad del jardín de piedras, y lanzó un gemido—. Llevo seis horas deseando sentarme.

—Ya me he dado cuenta de que te pasas el día corriendo de un lado a otro.

¿Se había dado cuenta? ¿Acaso la observaba?

—No siempre —replicó con recelo—. Solo cuando tenemos una fiesta a lo grande.

—¿Y eso pasa a menudo? —Wilder sonrió con un gesto abierto y amistoso y volvió a sentarse en el banco.

—Pues depende de la temporada. En invierno cada diez días más o menos. Todo el mundo está loco por olvidarse del frío y la nieve, así que vienen aquí y se imaginan que es verano.

—Un trabajo duro.

—La verdad es que no. Es genial ver a los clientes, que están tan contentos que parecen niños.

Él la miró con expresión totalmente despreocupada.

—Así que esto es perfecto para ti. ¿Cuánto tiempo llevas de coordinadora de eventos?

—Un año.

—¿Y qué hacías antes?

—Antes me pasé un año por Europa. Y antes de eso era directora de proyectos para la construcción de hoteles de aventura —declaró, mirándolo con mucha atención.

—¡Venga ya! —Si Wilder fingía, era muy buen actor, porque Karen no alcanzó a ver el más mínimo gesto que indicara más intención que la de una conversación informal para conocerse mejor—. Vale, a ver, en primer lugar, ¿un año en Europa?

—Es que me gusta Europa.

—No, si a mí también. Pero ¿un año entero?

—Me compré un billete Eurorrail y fui yendo a donde me

apetecía. Me dediqué a comer en restaurantes fantásticos, hice un montón de amigos y vi unos cuantos museos. —De nuevo lo observó de cerca—. Solo evitaba una cosa.

—¿El qué?

—Las montañas europeas. No quería ver los Alpes ni los Pirineos. Si pudiera, no volvería a ver una montaña en mi vida.

—Ya veo que no te gustan.

—Las odio. —Nunca había dicho nada más cierto.

—¿Sabes lo que más me gusta a mí de Europa? El helado. Podría atravesar Italia de punta a punta comiendo helado.

Karen se animaba por momentos. A Wilder no le interesaba descubrir sus puntos débiles. Quería hablar de él mismo. Más normal no podía ser.

—El Tour del Helado Europeo. Suena genial.

—Algún día escribiré un libro. —Wilder miró hacia el salón—. Aquí la comida es excelente.

—Gracias.

—Y los vinos, perfectos. ¿Eres tú la que elige el vino para cada comida, o es la señora Burstrom?

—Yo hice las recomendaciones —contestó Karen con modestia. Pero no dejaba de pensar en lo mucho que le gustaba un hombre que supiera apreciar el buen vino y la buena mesa. Wilder parecía de lo más civilizado.

—Tú que sabes cómo va la agenda, ¿qué pasa después de que se entreguen los premios y se acabe la cena?

—Es tiempo libre, así que supongo que todo el mundo se irá a algún bar.

—Suena bien. —Wilder se levantó con un bostezo—. Bueno, yo me retiro ya. He venido directamente desde Suecia y todavía no me he acostumbrado al cambio de hora. ¿Puedo acompañarte adentro?

—Sí, gracias. —Porque ella era fuerte y segura y era capaz de pasear junto a Rick Wilder sin temor.

—¿Y cuál es el plan para mañana por la noche? —preguntó él.

—A la señora Burstrom no le gusta que hable de sus planes. —Karen subió la escalera por delante de él, sintiéndose algo tímida y esperando que el vestido le cubriera los muslos—. Le gusta el elemento sorpresa, y por supuesto yo respeto sus deseos.

—La señora Burstrom es todo un carácter, ¿eh? Hace con Burstrom lo que quiere.

—Pues como tiene que ser —replicó ella sonriendo.

Cuando llegaron arriba, él señaló:

—¿Qué es aquello, hacia la parte alta del desfiladero?

Una luz encendida se movía y al cabo de un momento se apagó.

—Serán excursionistas acampados, aunque se supone que no deberían estar allí. O igual se han perdido. —Karen alzó el busca, pero antes de que pudiera decir una palabra, se acercó el jefe de seguridad a toda prisa.

—¿Necesita usted algo, señorita Sonnet? —preguntó Ethan, alumbrando a Rick con la linterna.

Rick parpadeó y se protegió los ojos con la mano. Karen se sintió agradecida. Ethan había estado pendiente de ella.

—Yo estoy bien, pero mira. —Señaló la luz, de nuevo encendida y ahora un poco más cerca del spa—. Más vale que envíes a alguien a echar un vistazo.

Ethan se quedó mirando el cañón.

—Malditos excursionistas —masculló—. Voy a llamar al sheriff, que ya se encargará él del asunto. —Antes de abrir el móvil, miró a Karen a los ojos—. ¿Aquí está todo bien?

—Sí, de verdad, todo va bien. Gracias, Ethan.

—Estupendo. Buenas noches, señor Wilder.

Mientras se alejaban, el jefe de seguridad seguía mirando el desfiladero y hablaba vehementemente con la oficina del sheriff. Rick volvió la cabeza.

—La verdad es que tenéis muchísima seguridad. Cada vez que me he quedado a solas me he topado con un guardia.

—¿Ah, sí? —dijo ella, disimulando una sonrisa.

—¿Es que tenéis por aquí muchos intrusos?

—No, solo alguna alma perdida de vez en cuando. Pero

esta zona es todavía salvaje y a veces se nos mete un puma en el recinto.

—¡Vaya! Eso no se me había ocurrido. —Rick miró en torno a los árboles como esperando un ataque en cualquier momento.

—Pero estamos totalmente seguros. Nosotros les damos más miedo...

—... que el miedo que ellos nos dan —terminó él—. Sí, ya, eso mismo me decía mi padre de las serpientes, pero yo todavía odio a esos bichos.

—Yo también. —Karen caminaba con las manos a la espalda, no porque esperase que intentara nada con ella, pero era un hombre grande y daba la sensación de que no había sitio para los dos en el sendero.

—Me estabas diciendo lo que había programado para mañana —comentó Rick cuando ya se veía el hotel.

—Pues no.

—Vamos, mujer —intentó convencerla él—. No diré nada. Es la última noche, así que me imagino que será una fiesta por todo lo alto. ¿Qué tienes planeado?

Era tan encantador que un hombre se interesara por lo que ella hacía...

—Pues al mediodía habrá un buffet, por la tarde un baile y por la noche otro buffet. Luego, al día siguiente se marcha todo el mundo, seguirá una semana con clientes habituales, y luego vuelta a empezar.

—¿Va a haber un baile? Así que hay salón de baile. ¿Con música en vivo?

—Son de aquí, se llaman los Good Red Rock, y tocan temas de las últimas seis décadas.

—Me encanta bailar.

—¿De verdad? —Karen alzó las cejas, incrédula.

—Pues sí. Las mujeres están dispuestas a todo por un hombre que sepa bailar.

Karen tenía ganas de reírse como una tonta.

—¿A todo?

—De verdad.

—Así que en realidad no es que te guste bailar, lo que te gusta es lo que consigues con eso.

Karen advirtió sorprendida que estaba coqueteando. Ligeramente. Con un tipo que más o menos le había recordado a Warlord. A lo mejor era una señal de que se estaba recuperando por fin de los horrores sufridos en el Himalaya.

—Pues... bueno, sí. ¿Te parece pecado?

Parecía tan divertido que Karen no se detuvo a sopesar sus palabras buscando un significado oculto.

—No, más bien me parece que eres muy listo.

—Así que mi malvado plan está funcionando. ¿Querrás bailar conmigo mañana?

—Sí... Pero solo por el placer del baile. No va a haber nada entre nosotros.

—Muy bien. De todas formas, para mañana ya te habré encandilado lo suficiente para cualquier cosa.

—Tú sigue soñando.

—Eso hago. —Rick le dedicó una sonrisa franca, y Karen se relajó. Desde luego, si fuera Warlord no expondría la cara tan claramente. Si fuera Warlord, ella no se sentiría tan animada.

—Dicen que cuando un hombre baila con una mujer se desvelan todos sus secretos.

—En ese caso más vale que me invente algo deprisa para ser más interesante.

—¿No te parece que eres interesante?

—Sí, sí que pienso que lo soy —contestó él, deteniéndose de pronto.

Karen también se detuvo y él le dio un golpecito en la nariz como si fuera su hermano mayor.

—Pero es que soy un friki de los ordenadores y para mí los números binarios son interesantes.

Karen se echó a reír. Le gustó la sensación de sus manos en la cara. Rick le frotó el pómulo con los pulgares.

—¿Y cómo es que un friki de los ordenadores sabe bailar?

—Mis padres son inmigrantes. El baile es obligatorio.
Karen habló sin pensar:
—Entonces me lo voy a pasar bien en tus brazos.
Y él contestó con voz queda:
—Sería para mí el mejor regalo.

18

Karen se vestía para el gran baile de los Burstrom, muy satisfecha de sí misma. Durante los últimos tres días todos y cada uno de los eventos habían salido a la perfección. Los Burstrom se habían deshecho en alabanzas sobre ella ante el director del hotel, hasta el punto de que habían llegado a darle la impresión de que tenían intenciones de ofrecerle un puesto en su compañía.

Karen veía una jugosa bonificación en sus manos en un futuro inmediato.

La mujer que contemplaba en el espejo también la complacía. El vestido negro hasta las rodillas era sencillo, con un cuello asimétrico y un corte de quince centímetros en la parte posterior de la ceñida falda. La manga corta exhibía sus brazos torneados. Se había recogido el pelo de manera que algunos mechones rubios quedaban sueltos en torno a una cara muy bien maquillada. Era cierto que siempre se arreglaba lo mejor posible para esa clase de eventos, pero en esta ocasión estaba resplandeciente.

Y no era de extrañar: Rick se había pasado todo el día cortejándola, no descarada ni ostentosamente, pero con sutiles atenciones que la hacían sentirse muy especial. Por primera vez desde que huyera del Himalaya, podía reírse y charlar con un hombre sin tener miedo de que eso implicara luego ser su prisionera y su esclava sexual. Pero por más cómoda que se sintiera con Rick, seguía sin bajar la guardia. Era un hombre peligroso, tal vez no como Warlord, pero aun así había que mantener una cierta cautela. Cualquier hombre dueño y director de su propia empresa internacional tenía que ser peligroso a su manera, aunque no era probable que esa manera implicara armas de fuego, mercenarios, iconos y pactos con el diablo.

Fue a sacar del joyero sus pendientes de ámbar y se encontró acariciando las pulseras de esclava con un dedo. Bueno, ya no eran pulseras de esclava, claro. Se las habían quitado de las muñecas cortándolas toscamente y las había arrastrado por toda Europa en el fondo de su bolsa durante diez meses, hasta que un día, en Amsterdam, se encontró ante un taller de joyería, donde un hombre batía con un martillo una hoja de oro, y entonces, de forma inmediata, supo lo que quería hacer.

Le llevó las pulseras rotas y le preguntó dulcemente si le permitía golpearlas con el martillo. Al principio el hombre se sorprendió bastante y estuvieron discutiendo con su mal inglés y el escaso holandés de Karen, hasta que por fin el joyero admitió que el oro casi puro podía ser moldeado, incluso por una aficionada como ella. De manera que en aquel escaparate Karen había aplanado a golpes las dos pulseras, y cada martillazo le provocó una sonrisa. Con saña vengativa había eliminado las marcas que la proclamaban como esclava y luego, con algo más de cuidado, fue trabajando las piezas dándoles una estructura vagamente amorfa. A renglón seguido suavizó los bordes, dejó que el joyero rehiciera las pulseras y se las probó.

Eran fabulosas, pesadas y de aspecto gloriosamente bárbaro. Luego se las quitó y no se las había vuelto a poner. Ahora le complacía contemplar aquella suave superficie de oro. Con cierto recelo las sacó del joyero y se las probó. Se puso luego los zapatos de satén negro con los arcos blancos y se miró en el espejo de cuerpo entero.

El vestido era elegante, los zapatos sexy y las pulseras,

holgadas y frescas contra su piel, resultaban espectaculares. Su aspecto era justo lo contrario del de una esclava.

Sin permitirse ni un solo pensamiento de advertencia se echó sobre los hombros el chal turquesa y se marchó, dejando encendida una lámpara. Esa noche dejaría atrás de una vez por todas su pasado.

La sala de baile era muy lujosa, decorada con flores y colgaduras de seda. Las puertas de cristal que daban al patio estaban abiertas para dejar entrar el aire seco del desierto. Había reunidas unas sesenta personas, todas de tiros largos: vestidos de lentejuelas y de chiffón rojo, trajes de diseño y esmóquines formales. Corrían el champán y el tequila, y los Good Red Rock tocaban mientras todos y cada uno de los presentes salían a la pista.

Los texanos desde luego sabían divertirse.

Pero Karen estaba trabajando y no dejaba de vigilar a los camareros que circulaban con bandejas de champán y canapés. Atendió también a un cliente empapado que se había apoyado en una mesa decorativa y había tirado un jarrón de flores. Hubo que llamar al personal de limpieza para que recogieran los trozos de cerámica y las flores rotas y secaran el agua derramada. A continuación tuvo que coger con alfileres el dobladillo del vestido de la señora Burstrom porque su marido se lo había pisado mientras bailaban.

Y todo el tiempo observaba de reojo a Rick Wilder, que charlaba, sonreía y bailaba con una mujer detrás de otra. Cuando la sala se fue caldeando, Rick se quitó la chaqueta y la corbata. La impecable camisa blanca marcaba sus anchos hombros y su vientre plano, y cuando se remangó, a Karen se le secó la boca al ver la musculosa fuerza de sus brazos morenos. Desde luego estaba tremendo.

Pero aparentemente él jamás miraba en su dirección. Cuando tenía a una mujer en los brazos, no tenía ojos para ninguna otra. Y no le había mentido la noche anterior: cualquiera de esas mujeres habría estado dispuesta a todo por él.

Cuando la fiesta ya estaba avanzada y Karen se encontraba sola detrás de un ficus, Rick por fin se le acercó. La miró con aprobación de arriba abajo y se fijó en las pulseras.

—Estás magnífica.

Magnífica. Eso le había gustado.

—¿Me harías el honor? —preguntó él, tendiendo la mano.

Elegancia clásica en un cuerpo de impresión... y un hombre que la había observado astutamente para saber cuándo había terminado con sus obligaciones. Aunque tenía sus sospechas, todavía no había podido relacionarlo con Warlord, y a pesar de todo, saber que la había estado observando sin que ella se diera cuenta...

Al verla vacilar, sus ojos verdes y dorados chispearon con un gesto divertido. Y fue cuando Karen se dio cuenta de que necesitaba tomar una decisión y aferrarse a ella. O era Warlord, o no lo era. La noche anterior ya había decidido que no lo era, y no había sucedido nada que la hiciera cambiar de opinión, de manera que, sobreponiéndose a su reticencia, le tomó la mano y salió a bailar.

La banda estaba tocando un swing, y él vaciló un poco cuando empezaron a seguir el ritmo. Una vacilación nada propia de Warlord, desde luego. Pero a pesar del primer mal paso, Rick bailaba bien y seguía con facilidad el animado ritmo, hasta que Karen jadeó de cansancio... y de placer.

Y eso sí la recordó a Warlord.

«Te prometo que antes de que termine contigo, cada vez que pienses en el placer pensarás en mí.»

Y pensaba en él. Por más estúpido que fuera, pensaba en él.

Cuando el tema terminó, Rick le preguntó:

—¿Has disfrutado en mis brazos?

—Mucho. —Karen apartó la vista de su mirada burlona un momento, pero luego lo miró a los ojos.

Él pareció escrutarla: la cara, el vestido, los zapatos.

—Estás preciosa —murmuró.

Karen estaba coqueteando, flirteando con cada gesto, y él respondía.

—Ahora viene una lenta —advirtió, tendiéndole de nuevo la mano.

—Bien. —«Trágate esa, Warlord. Voy a bailar dos veces con el mismo hombre. Y encima está como un tren.»

Dejó que la estrechara mientras ella alzaba los brazos hasta sus hombros, tan anchos y reconfortantes, y los dos se movieron al ritmo de la música.

Aquel no era Warlord. Lo habría reconocido por el contacto, habría sabido que era él si la abrazara así, con los cuerpos oscilando juntos con un ritmo que los iba llevando poco a poco hacia la intimidad.

¿O no?

Pero no, no se imaginaba a Warlord bailando jamás en la vida. Bailar era una actividad civilizada, y...

Tenía que dejar de pensar en él de una vez por todas. Rick Wilder no era Warlord, así que tal vez Rick Wilder sería la cura que necesitaba.

Karen se apartó un poco y sonrió mirándolo a los ojos.

—¿De dónde eres, Rick?

—Me crié en un pueblecito en la cordillera de Cascade. Mis padres eran inmigrantes y cultivan viñas de vino, y tenemos una tienda de fruta. Todo de lo más orgánico. Los gusanos no se atreven a invadir nuestros manzanos, porque mi padre los maldeciría.

—Tus padres parecen encantadores. ¿Tienes hermanos?

—Dos hermanos y una hermana. —Rick se movía al ritmo de la música aparentemente sin pensar, llevándola con seguridad—. ¿Y tú? ¿Cómo es tu familia?

—A mí me crió mi padrastro, pero no tenemos relación.

—Una verdadera lástima. —Rick ladeó la cabeza—. ¿O no lo es?

—Pues no lo sé. Durante toda mi vida ha sido un cabrón, pero ahora llevo como dos años sin hablarle y lo echo de menos. —Karen parpadeó sorprendida. Ni siquiera sabía por qué había dicho aquello. Ni siquiera sabía que lo pensaba—. Creo que debe de sentirse solo.

—Te entiendo perfectamente. Mi padre era muy estricto, a la vieja usanza, y yo siempre fui la oveja negra. —Rick hablaba de sí mismo con facilidad, como si no tuviera secretos que ocultar—. Cuando era adolescente, odiaba que estuviera siempre diciéndome que tenía que hacer las cosas bien, pero ahora he hecho las cosas mal las veces suficientes para darme cuenta de que lo que me padre quería es que fuera una buena persona. Cuando haces las cosas mal muchas veces, acabas siendo malvado.

—¿Malvado? —se sobresaltó Karen—. ¿No es una palabra muy fuerte?

—Así lo diría mi padre. Para él no hay grises, solo blanco o negro.

Karen supuso que los inmigrantes tenían una manera diferente de ver las cosas.

—De hecho, cuando salga de aquí iré a verlos.

—¿Reunión familiar?

—No saben que voy, va a ser una sorpresa. —Rick sonrió, pero no con su habitual franqueza y facilidad. Era una sonrisa algo retorcida, algo afligida. Seguramente ella ponía la misma cara al hablar de Jackson Sonnet.

»Deberías venir conmigo —sugirió él impulsivamente.

O al menos Karen supuso que habría sido un impulso.

—¿Qué? ¿Por qué?

Rick suspiró.

—Porque mi padre me va a dar la tabarra a base de bien. Vamos, ya lo estoy oyendo: «Adrik, tienes casi treinta y nueve años, ¿y todavía no tienes novia? Deberías estar casado, ya deberías tener hijos».

Karen se echó a reír. Él la miró sombrío.

—Sí, claro, es graciosísimo.

—Tú quieres agarrarte a un clavo ardiendo.

—Ay, pero es que tú eres un clavo precioso.

Y los dos sonrieron en perfecta armonía.

—¿Así que Adrik es tu nombre auténtico?

—Un nombre de la madre patria.

—¿Quieres acompañarme a mi casa? —preguntó ella por impulso.

—Nada me gustaría más. —Rick le cogió la mano para sacarla de la pista de baile.

—¿Ahora? —se sorprendió ella.

Él se detuvo junto a las puertas.

—Mi querida coordinadora de eventos, los invitados se dirigen al buffet de medianoche y la señora Burstrom nos mira con regocijo, y si me quedo aquí mucho tiempo más, no voy a servir para nada que no sea roncar.

—¿Y tú qué crees que quiero que hagas en mi casa?

—Pues beber vino mientras nos quejamos de nuestros padres.

—En ese caso... —Karen le tomó la mano y lo llevó afuera.

Rick le ponía las cosas fáciles. No había ninguna presión. Karen sabía que estaba haciendo lo correcto, utilizándolo para apartar a Warlord de su mente.

En cuanto salieron del patio, Rick se agachó para darle un beso en la mejilla... y luego deslizó los labios por su mentón y hasta el cuello. La gente los había visto. Varias mujeres se fijaron en ellos, y los suspiros que se oyeron casi acabaron con Karen. Pero el beso había sido tan dulce, tan delicado, que no pudo evitar soltar una risita y pasar los dedos por el pelo oscuro de Rick.

—¿Sabes que me acabas de convertir en la envidia de todas y cada una de las mujeres presentes?

Él le rodeó la cintura con el brazo para llevarla por el sendero hasta su casa.

—No. Me acabo de convertir yo en la envidia de todos los hombres.

En algún remoto rincón de su mente, Karen advirtió que Rick decía exactamente lo apropiado, cosa no muy habitual en los hombres. En ese aspecto no podía negarle su mérito. Y además sabía dónde estaba su casa. Karen se frenó en seco.

—¿Cómo sabías dónde vivo?

Rick se mostró indignado.

—¿Tú crees que después del encuentro con el de seguridad anoche y de ver esas luces en el cañón iba a dejar que te marcharas a tu casa sin asegurarme de que llegabas bien?

Era un cielo. Un verdadero cielo. El señor Burstrom les había hecho un signo de aprobación cuando se marcharon del baile, y la señora Burstrom se había puesto casi melodramática. Karen le dio un fugaz beso en los labios. Él le besó la frente y apoyó la mejilla contra su cabeza. Ella se pegó más a él y avanzaron así juntos por el sendero.

Cuando llegaron, Karen abrió la puerta con llave. Toda la situación era de lo más normal, una cita normal entre personas normales que podrían o no irse juntas a la cama, y Karen se negaba a pensar en Warlord ni en pulseras de esclava ni en hombres condenados por un antiguo pacto con el diablo.

La lámpara que había dejado anteriormente seguía encendida. El susurro de la brisa llenaba la estancia de olor a mezquite, gracias a una ventana que había dejado ligeramente abierta.

—¿Te apetece una copa? —preguntó ella.
—No. Lo que me apetece... eres tú.

Desde el día en que había dejado a Warlord sin mirar atrás no había sentido ningún deseo por los hombres. Pero ahora sí deseaba a Rick. No entendía qué combinación de cuerpo y alma lo hacía tan atractivo, pero no tenía miedo. En él no había nada que hablara de posesividad, de la necesidad delirante de tenerla cautiva. Parecía un hombre capaz de aprovechar una ocasión, disfrutar en la medida de lo posible y seguir su camino.

Y eso era justamente lo que ella deseaba.

No era un hombre hecho de tierra, aire, fuego y magia, sino un tipo perfectamente normal que bailaba con una mujer con la esperanza de llegar a algo más. Y aunque a Karen nunca la habían convencido los ligues de una noche en la universidad (los pocos casos en los que decidió experimentar la convencieron de que el sexo sin compromiso no era más que un pasatiempo, y que su tiempo estaba mejor empleado leyendo, haciendo ejercicio o incluso estudiando). Pero en ese momento, el sexo sin compromiso era justo lo que necesitaba.

Rick se apoyó contra la pared y la atrajo hacia sí. Karen notó su erección y alzó la boca hacia la suya, pensando que querría ir directo al grano. Pero él le besó los párpados y le pasó la lengua en torno a la oreja hasta que ella se estremeció de placer. Le acarició la mejilla, el mentón, siguiendo con cálidos labios las líneas que trazaban sus dedos. Y con cada caricia, Karen se encendía, hasta que le dieron ganas de lanzar un grito triunfal.

Warlord no la había marcado como suya. Podía sentir placer sin pensar en él. Eso era lo que necesitaba para apartarlo de una vez por todas de su mente: el abrazo apasionado de un hombre normal.

Y entonces Rick la besó ardiente, profundamente, y Karen notó que el mundo giraba en torno a ella y la tierra temblaba bajo sus pies. Cuando él se apartó, miró aquellos engañosos ojos verdes con vetas doradas, alzó la mano y le pegó una bofetada con todas sus fuerzas.

—¡Warlord, asqueroso hijo de puta!

19

Era él. Era Warlord. Karen lo supo en cuanto la besó.

—¿Cómo te atreves? ¿Cómo te atreves a jugar así conmigo?

Warlord no apartaba de ella sus engañosos ojos claros.

—Vete de aquí. —Karen se apartó bruscamente de sus brazos—. Lárgate y no vuelvas en la vida. —Fue a coger el busca para llamar al jefe de seguridad, pero él, que no había perdido sus reflejos, se lo arrancó de las manos y lo tiró sobre la butaca. El aparato rebotó hasta descansar en un cojín.

Ciega de rabia y desesperación se volvió para golpearlo otra vez, pero él la agarró y le dio la vuelta. Le pegó la espalda a la pared, le agarró las piernas y se las puso en torno a su propia cintura, con la misma seguridad con la que se había movido por la pista de baile. Con la misma seguridad con la que había acallado sus sospechas y le había hecho pensar que era un hombre normal digno de confianza cuando en realidad era la criatura más intensa y salvaje que jamás había llevado un traje de ejecutivo.

Ella le dio un empujón.

—¡Déjame en el suelo! Esto no es el Himalaya y yo no soy una cobarde muerta de miedo, incapaz de levantarme y marcharme.

—No eres justa contigo misma —replicó él, sin molestarse ya en disimular su tono. Su forma de hablar, aquel ronroneo en la voz, era típico de Warlord—. Tú nunca has sido cobarde, Karen. Eras una criatura de fuego y pasión, y me mostraste la luz cuando yo ya estaba demasiado sumido en las tinieblas.

—Menuda sarta de gilipolleces. —Karen estaba tan furiosa que el corazón le martilleaba en la garganta y le ardían las mejillas. Apretó los músculos de sus hombros—. Tú has venido para hacerme quedar como una idiota.

—He venido a salvarte.

—¿De qué? ¿De mí misma? ¿A salvarme de mi insensato deseo de vivir en Estados Unidos, ponerme vestidos y tacones y tener un trabajo femenino?

—Me parece que me confundes con tu padre —replicó él con tono ácido—. Aunque has dicho que era tu padrastro, ¿verdad?

—¿Qué sabes tú de mi padrastro? —preguntó Karen, con voz trémula de furia.

—Solo lo que he podido averiguar después de investigar durante horas en internet. —Sonaba a la vez sarcástico y entendido—. Y añade a eso el hecho de que cuando volviste de Nepal estuviste en tu casa una hora, te marchaste y no volviste nunca.

A Karen le disgustó profundamente que hubiera invadido así su vida privada, que hubiera estado curioseando y hubiera reunido suficiente información para averiguar la clase de relación que mantenía con Jackson Sonnet.

—Ahora me doy cuenta de que también debería haber investigado yo a tu familia, a ver qué averiguaba.

—Mi familia es bastante anodina.

Warlord deslizó los dedos por el cuello hasta el escote. Ella se aprovechó de su distracción para lanzarle un cabezazo a la nariz, pero él la esquivó.

—¿Por qué te resistes? Esto es lo que quieres.

—¿Y eso de dónde coño lo sacas?

—¿Pensabas que podías llevar mis pulseras sin atenerte a las consecuencias?

—¡Tus pulseras! —Karen alzó las manos para ponérselas

delante de los ojos—. Pero ¿tú las has visto bien? ¿Has visto lo que he hecho con ellas?

—Las has convertido en un adorno, un ornamento que asegura que jamás olvidarás al hombre que te las dio.

Karen se quedó de piedra. Recordaba la sensación de golpear el oro con el martillo una y otra vez hasta que le dolió el brazo y vio que el metal había quedado dañado, las odiadas pulseras de esclava transformadas en un mero adorno.

—Tú estás loco.

—No, es que te conozco mejor que tú misma. Y te conozco porque me acogiste dentro de ti y toqué la parte más profunda de tu ser. Por mucho que te disguste la idea, te has pasado los dos últimos años esperando que volviera a buscarte.

—Lo esperaba con miedo.

—No, cariño. —Warlord apoyó la frente contra la suya—. Más bien con expectación.

Karen lo miró a los ojos, esos ojos verdes con motas doradas. El corazón le martilleaba en el pecho y apenas podía respirar. De rabia, eso sí. Desde luego no de expectación.

—Si te hubiera reconocido... Pero ¿cómo lo has hecho? ¿Cómo te has cambiado el color de los ojos? ¿Es que antes llevabas lentillas negras?

Warlord lanzó una carcajada.

—Eso no te lo crees ni tú.

Era cierto.

—Tenía los ojos negros porque había caído tan hondo en el abismo del mal que mi alma era negra.

—Ya, claro —se burló ella—. Y los ojos son el espejo del alma y todo eso. —Pero la verdad era que se le habían puesto los pelos de punta. La niña sacrificada... el icono... la leyenda de la familia sometida a un pacto con el diablo... Y Warlord la tenía entre sus brazos.

—Pues sí, son el espejo del alma. Mira los tuyos, puros y profundos, como un lago helado.

—Déjate de rollos. No me creo nada.

—Bien, porque no quiero hablar de eso ahora.

—Pues es de lo único que estoy dispuesta a hablar contigo.

—Entonces solo queda una cosa que los dos queremos.

Karen notó la tensión de su cuerpo y no le fue difícil adivinar a qué se refería.

—¡De eso nada!

Pero era demasiado tarde. Warlord la besó. Ella quiso darle un mordisco, pero primero... primero quería saborearlo. Su sabor era increíblemente dulce y penetrante. Tanto si lo deseaba como si no, Warlord sabía a recuerdos, a pasión... a placer. Un placer que la lanzó al espacio, hacia él.

La brisa que entraba por la ventana junto a la cama le alzó un mechón de pelo y lo enroscó en torno a su barbilla como en un abrazo.

Warlord se quitó los zapatos, se bajó los pantalones y frotó su pene desnudo contra su entrepierna, contra la resbaladiza seda de sus bragas. Y aquella fricción fue como una chispa sobre la yesca, y Karen estalló en llamas. Echó la cabeza atrás, dándose un golpe contra la pared. Un golpe que hizo que recuperara algo de sensatez en su nublado cerebro.

¿Cómo podía no haberse dado cuenta? ¿Cómo no había reconocido su olor? Un olor a cuero, a agua fría, aire fresco, y aquel peculiar aroma que era solo suyo: el olor de lo salvaje. Con Warlord podría hacerse una colonia que atrajera a las mujeres como moscas a la miel.

—¡Maldito seas! —Karen se debatía en sus brazos como una mariposa clavada a la pared—. Aquí tengo amigos. No van a permitir que te salgas con la tuya.

—Tus amigos han visto cómo me llevabas a tu casa. ¿Qué crees, que estarán ahí fuera esperando oírte gritar de éxtasis?

Karen tomó aire, dispuesta a lanzar un chillido... Y él la besó. Esta vez la besó de verdad, aprovechándose de su vulnerabilidad, saboreándola, encendido de pasión. Era el hombre que ella recordaba: intenso, fiero, tan vivo que el deseo brotaba de su cuerpo para entrar en ella. En toda la historia del mundo ningún hombre había deseado jamás a una mujer como Warlord la deseaba a ella. La abrazaba como si fuera lo más valioso. Con una mano soportaba su peso, con la otra le acariciaba la cintura, los pechos, el cuello, como un coleccionista que adorara cada una de sus piezas.

Y ella se dejaba bañar en su adoración, respondía a la pura excitación de estar otra vez cerca de él. Dobló los dedos de los pies y un zapato de satén negro cayó al suelo. Su respiración se aceleraba, sus músculos se tensaban, y Karen supo vagamente que estaba poniendo demasiado de manifiesto el ansia que tanto tiempo la había invadido. Pero las sensaciones la devoraban, alzándose como una ola gigantesca para llenar sus rincones solitarios y desolados, los ocultos recovecos de su alma que languidecían de soledad, de deseo. Con él entre sus piernas, pegado a ella, florecía de nuevo.

Cuando él por fin apartó la boca, Karen resolló con los ojos cerrados, intentando recuperar en algo la compostura antes de enfrentarse a su mirada. Porque él lo sabía, siempre había sabido que ella no se le podría resistir. Se burlaría de ella. Por supuesto.

Y de pronto todo cambió.

Como si ya no fuera siquiera consciente de ella, Warlord apagó el fuego que había entre los dos y se irguió tieso, inmóvil, gélido. Le soltó las piernas y le agarró la cintura. Y ella abrió los ojos y vio que él se volvía hacia la cama despacio, muy despacio, en un estado de absoluta alerta. Era un depredador listo para la lucha. Olfateó el aire, miró a un lado y a otro intentando ver lo que había oculto, y en las profundidades de sus ojos resplandeció una llama roja.

Algo pasaba. Allí había algo raro.

Karen miró hacia la ventana. La había dejado entreabierta, sujeta por una barra, y ahora estaba abierta del todo. Oyó entonces un sonido como un siseo, y Warlord la soltó en un instante. Karen aterrizó de golpe en el suelo y se tambaleó sobre un solo tacón. Y él se volvió al tiempo que sus ojos cambiaban. Todo en él cambió.

Donde antes estaba Warlord ahora había una pantera negra que gruñía enseñando los dientes de cara a la cama.

20

Karen retrocedió con un grito hasta pegarse a la pared. Warlord... ¿Warlord era una pantera? ¿O la pantera era Warlord? Un animal enorme, negro, ágil, amenazador... Pero no la amenazaba a ella.

Dos años atrás, en Nepal, había sido testigo de algo sobrenatural cuando tocó el antiguo cadáver de aquella niña, el sacrificio de los aldeanos al diablo, y la niña abrió los ojos, aquellos inolvidables ojos aguamarina tan parecidos a los de Karen. Y había esperado no volver a ver jamás algo tan espeluznante, no volver a estar nunca tan cerca de ese otro mundo donde la fantasía se hacía real y el mal reinaba durante mil largos años.

Pero Warlord había vuelto, y ahora una cobra real salía de su escondrijo debajo de su cama. Tenía la piel reluciente de vivos colores: negro, rojo y oro. La criatura medía tres metros y era tan gruesa como su muslo. La capucha estaba del todo abierta y los segmentos brillaban como diamantes de muerte. Con sus inteligentes ojos negros seguía los movimientos de la pantera. De Warlord. Pero Karen sabía con aterradora certeza que la cobra también era consciente de ella, y que se deleitaba ante la idea de asesinarla.

¿Cómo se había metido aquella cosa en su casa? ¿Y por qué era tan grande? ¿Cómo podía tener aquella inteligencia y aquellas malévolas intenciones? Solo cabía una respuesta: la serpiente era como Warlord, un hombre que se convertía en una criatura del infierno para acechar y cobrarse vidas humanas con astuta eficacia.

Warlord mencionó que había caído en el corazón del mal. Y ahora la había arrastrado a ella también.

Karen se pegó más a la pared, arañándola con las uñas.

Y de pronto supo la verdad: el pacto con el diablo. Warlord le había contado la leyenda el día en que tocó el icono y se quemó con él. El pacto con el diablo... Aquel era el resultado.

Por incongruente que pareciera, la pantera llevaba todavía la camisa de Warlord, abierta en el cuello y remangada. No se movía ni un músculo en su cuerpo esbelto.

La serpiente oscilaba hipnóticamente. Hasta que de pronto escupió y las gotas plateadas de veneno alcanzaron la cara de la pantera, que lanzó un chillido de agonía entre los chisporroteos de su piel quemada. El veneno cayó al suelo, denso como el mercurio e igualmente mortal. La pantera retrocedió tambaleándose, luego dio un salto, retorciéndose en el aire, y con las garras traseras rajó de parte a parte la capucha de la serpiente. Aterrizó entonces en la cama y salió de un salto por la ventana.

En una noche de horrores, aquello fue lo más horrible de todo.

La serpiente se irguió, oscilando frenética de un lado a otro, buscando al felino, tirando con sus movimientos los altavoces y todo el estante de los DVD y lanzando el reloj por los aires. Su sangre salpicaba el suelo y las paredes.

Karen iba avanzando pegada a la pared, con la vista clavada en el mortal reptil, desesperada por no llamar su atención, y todavía más desesperada por no interponerse en su camino.

Poco a poco la agitación de la serpiente se fue calmando. Fijó la mirada en Karen y pareció casi sonreír, agitando la lengua con burlona expectación. Por lo visto creía que Warlord las había abandonado a las dos, así que no era tan lista como Karen temía.

Pero ¿dónde estaba Warlord? ¿Le habría alcanzado el veneno en los ojos? ¿Se habría quedado ciego? ¿Tendría ella que salvarse por sus propios medios? Lo intentaría, por supuesto. Pero cuando la criatura se alzó con su agilidad de reptil, Karen se dio cuenta de que su gigantesca cabeza le llegaba a la altura del cuello. Se lanzó desesperada hacia la puerta, pero la cobra le bloqueó el paso, obligándola a retroceder.

Sus colmillos relucían. En sus ojos brillaba una llama roja. Su cuerpo se deslizaba hacia ella en enormes olas.

Karen quería gritar, pero no tenía aliento, quería salir corriendo, pero no tenía adónde ir. Echó un pie atrás, tanteando a sus espaldas, queriendo evitar cualquier obstáculo que la hiciera tropezar, y todo el tiempo pensando a toda velocidad. Si pudiera subir de un salto a la cama y tirarse por la ventana, tal vez se hiciera daño pero estaría libre. Podría salir corriendo, gritar, los de seguridad llegarían y...

Cuando andaba hacia atrás tropezó con algo pesado y rígido, algo que rodó bajo sus pies. Intentó recuperar el equilibrio, pero resbaló y cayó de culo. Y entonces vio el zapato de Warlord. Era lo que la había hecho caer. La cobra se alzó en ese momento sobre ella, con los ojos negros y eufóricos, los colmillos desnudos, blancos, relucientes y listos para atacar.

Karen le lanzó el pesado zapato, apuntando al largo cuerpo de la criatura alzado en el aire. La serpiente se desplomó, desequilibrada, pero volvió a alzarse al instante, furiosa por aquel ataque.

Karen iba a morir...

En ese momento la pantera volvió a entrar por la ventana, rebotó en el colchón y se lanzó hacia la serpiente, estrellándole la cabeza contra el suelo. El gran felino alzó a la cobra por los aires en sus poderosas fauces y le partió el espinazo con un audible chasquido. La espantosa criatura se quedó retorciéndose en el suelo entre espasmos de agonía y chorros de sangre.

La gran pantera jadeaba con la boca escarlata y las cicatrices del veneno en la mejilla y los párpados.

Rick. La pantera era Rick, y Rick era Warlord, y la más extraña pesadilla de Karen se había hecho real. Retrocedió hacia la ventana, sabiendo que la huida era inútil, sabiendo que a pesar de todo tenía que intentar escapar de aquella pesadilla donde cobras gigantes escupían veneno y el hombre que conocía tan bien... no era realmente un hombre.

Los espasmos de la cobra eran cada vez más frenéticos, un enervante *crescendo* de estertores de muerte. Y al mismo tiempo la pantera se transformaba entre gruñidos. Karen no podía apartar la vista, tan horrorizada como fascinada. El pelaje oscuro iba dejando paso a la piel, los hombros y el pecho llenaron la camisa, los huesos de las piernas se enderezaron, la cara desarrolló un mentón fuerte, una nariz prominente y un ojo verde claro que cobró vida mientras el otro permanecía hinchado y cerrado, con la piel quemada y rezumando líquido. Rick, o Warlord, o comoquiera que se llamara, era casi humano una vez más. Casi.

Karen no hacía más que murmurar:

—No, no, no... —Como si el cántico pudiera de alguna forma devolverla a la realidad.

Detrás de él la serpiente se irguió de nuevo y enseñó los colmillos fijando sus ojos en Warlord.

—¡No! —gritó ella horrorizada.

Pero era demasiado tarde.

La serpiente enterró los colmillos en el muslo de Warlord con un brillo de triunfo en los ojos. Aunque solo le duró un instante.

Warlord terminó la transformación, agarró a la cobra del cuello y la estrelló contra la pared, rompiéndole el cráneo. La serpiente cayó muerta por fin.

Y Warlord fue totalmente humano.

Demasiado tarde.

Karen se lanzó hacia él.

—¿Estás bien?

Pero él la apartó con una mano.

—¡No te acerques!

—Voy a pedir un antídoto —dijo ella, yendo hacia el teléfono.

—No serviría de nada con este veneno. Tienes que irte ahora mismo.

—¡Pero podrías morir!

—Lo dudo mucho.

Warlord se agarraba la pierna con las dos manos. Tenía un ojo tan hinchado que no podía abrirlo. La piel del otro ojo estaba roja, en carne viva y cubierta de churretes, como si se hubiera intentado arrancar violentamente el veneno.

—Buscan el icono.

Nada de lo que pudiera haber oído habría concentrado tanto su atención.

—¿Qué icono?

—El de la Madonna, el que encontraste en Nepal. —Al ver que ella seguía haciéndose la tonta, explicó impaciente—: Lo tienes en tu bolsa con la fotografía de tu madre.

—¿Y tú cómo sabes lo que...? —¡Había registrado su habitación!

Era Warlord, desde luego. Y Warlord era una pantera.

Karen había guardado ese icono en secreto, jamás le había hablado a nadie de la niña sacrificada, de sus ojos y de cómo la había mirado... Y solo un hombre había visto ese icono.

Warlord.

—Les has dicho tú que yo lo tenía.

—No.

—Ya —replicó ella furiosa—. Porque eres el no va más del honor y la decencia. ¿Y cómo sabes que eso es lo que buscan?

—Los he vigilado, los he oído. Y vine aquí para avisarte.

—Pues te has tomado tu tiempo para avisarme —le espetó ella, recordando los últimos días.

—No sé cómo te han encontrado tan deprisa. —Warlord alzó los brazos un momento—. Pero tú no tienes que repetir mis errores. Escúchame. Vístete.

Karen miró su vestido arrugado.

—Muy bien.

Se dirigió al armario, se quitó el vestido y lo tiró al suelo.

—Mi avión está esperando en el aeropuerto —prosiguió él—. Tú sabes volar, ¿no?

—Si lo sabes todo de mí, también sabrás eso. —Karen sacó la ropa de trabajo, la que llevaba cuando se dedicaba a construir hoteles.

—Tu licencia de piloto está al día.

Realmente lo sabía todo de ella.

—Voy a llamar para que lo tengan todo listo. He tramitado un plan de vuelo para California.

—¿Y qué hay en California? —Karen se vistió tan deprisa que se puso la camiseta negra al revés.

—Mi hermano. Es el propietario de Vinos Wilder. Un tipo listo y poderoso que puede protegerte. Cuando llegues al aeropuerto busca el avión. Y asegúrate de que no llevas equipaje extra en forma de otro Varinski.

Karen salió con unos tejanos, un grueso cinturón, una camiseta puesta al revés, las botas de montaña, una cazadora ligera y, bajo las mangas largas, las pulseras de oro. No podía soportar la idea de dejarlas atrás.

—¿Qué es un Varinski?

Warlord señaló la cobra con la cabeza.

—Eso es un Varinski.

Karen se estremeció y echó la colcha de la cama sobre el largo y retorcido cuerpo de la criatura.

—Voy a llamar a mi hermano. Cuando aterrices en el aeropuerto de Napa County él se encargará de todo.

—Sí, vamos, que ahora voy a confiar en tu hermano.

—Tendrás que confiar en alguien algún día, Karen Sonnet. —Warlord estaba cubierto de sudor y se estremecía con una mueca de dolor—. No te queda otra. Y ahora vete.

Karen sabía marcharse sin mirar atrás. Ya lo había dejado en otra ocasión. Y también había dejado a su padre. Ahora agarró su bolsa y su mochila, abrió la puerta de par en par, salió y la cerró quedamente a su espalda.

21

Warlord vio a Karen desaparecer de su vida.

Bien hecho. Se alegraba de que se hubiera tomado en serio la amenaza de los Varinski. Se alegraba de que todavía estuviera dispuesta a todo para proteger el icono. Él se merecía aquello, morir solo, medio ciego y retorcido de dolor. Pero después de todo lo que había pasado, no quería morir allí en el suelo de su casa. Karen necesitaba que sobreviviera.

Y él necesitaba saber que ella había sobrevivido. Karen era su luz en el mundo y tenía que seguir adelante. Respiró hondo y despacio queriendo sobreponerse al dolor que le atravesaba cada nervio del cuerpo.

Durante el año que pasó en el infierno había aprendido a controlar su dolor. De hecho había aprendido mucho. Había aprendido a sobrevivir a la oscuridad eterna y al calor abrasador, a la falta de aire, a las palizas constantes. Y lo más importante, había aprendido a tener paciencia, a planear. Había aprendido disciplina.

Autodisciplina. Algo que su padre le había intentado enseñar en vano, y ahora por fin Warlord sabía lo que era. Excepto en lo referente a Karen.

Había planificado bien toda la operación: acercarse a ella, aliviar sus miedos, seducirla, demostrarle que era otro hombre y luego con tacto explicarle el peligro que la acechaba y sacarla de allí para llevarla con sus padres.

Pero un solo detalle había acabado con todo.

Karen. Karen, con su distancia profesional, con su vestido negro y el pelo recogido y el cuello al descubierto. Karen, dispuesta a acostarse con Rick Wilder llevando puestas las pulseras de Warlord. Karen y su momento de pura pasión, su beso ardiente... y su bofetada.

Era la única mujer que había logrado golpearlo. Y lo había hecho dos veces.

No era que estuviera muy satisfecho de ello, pero desde luego decía mucho del poder que obraba sobre él.

La cobra, la puta cobra le había escupido veneno, lo había mordido y lo había condenado a muerte. El pacto de los Varinski con el diablo se hacía pedazos, y estaban dispuestos a cualquier cosa por impedirlo: sabotaje, tortura o asesinato. Warlord estaba perdiendo la vida, y solo podía pensar en Karen y en lo mucho que deseaba haber podido amarla una vez más. De manera que, aunque fuera un gilipollas, haría todo lo que estuviera en su mano por sobrevivir. Tenía que luchar, tenía que intentarlo. No pensaba sencillamente dejarse morir.

Miró los pantalones de su traje, arrugados en el suelo a unos dos metros. Los pantalones que se había quitado al pensar, equivocadamente, que esa noche iba a tener suerte. Manteniendo controlada la respiración y la tensión sanguínea baja, poco a poco fue arrastrándose hasta tocar una pernera. Por fin acercó los pantalones y los tanteó hasta sacar del bolsillo la navaja que llevaba.

Al presionar un botón, la hoja corta y afilada destelló a la luz. Su salvadora, si es que algo podía salvarlo. Se retorció intentando ver las marcas del mordisco de la serpiente. No las veía. Los colmillos se habían hundido en la parte superior trasera del muslo. De todas formas intentaría cortarse para sacar el veneno, junto con una buena cantidad de sangre. Al fin y al cabo, no tenía nada que perder. Flexionó las muñecas, dispuesto a cortarse a ciegas, y de pronto se abrió la puerta y entró Karen.

Estaba preciosa. La deseaba. De manera que dijo lo único que tenía sentido:

—Lárgate.

—A mí no me digas lo que tengo que hacer. —Karen alzó las dos bolsas bien alto, las dejó caer al suelo y cerró de golpe la puerta de una patada—. Dame esa puñetera navaja.

—Tienes que marcharte.

Karen tendió la mano con los ojos chispeando de indignación.

—Me marcharé cuando puedas venir conmigo. Bueno, qué, ¿terminamos con esto antes de que aparezca de pronto otro de tus amiguitos o vas a seguir lloriqueando ahí en el suelo?

Estaba furiosa consigo misma por haber vuelto. Pero su regreso encendió el corazón de Warlord y reforzó su decisión. Viviría.

—Si lo dices así... —Le tendió la navaja, esperando que no aprovechara la oportunidad para darle una puñalada en el corazón.

Ella lo hizo ponerse boca abajo.

—Va a doler un poco.

—Ya me duele. —Warlord notaba el veneno disolviendo las células, comiéndose los músculos de la pierna.

Con dos seguros movimientos Karen hendió la piel y le llegó al músculo, haciendo que se retorciera de dolor. La sangre salió a borbotones y le corrió por la pierna.

—¿Te he hecho daño?

—Sí.

—Bien. —Karen encendió la lámpara de la mesilla—. ¿Te acuerdas de cómo era el veneno?

—Denso, plateado, en gotas como de mercurio. —Cuando le alcanzó la mejilla y el ojo le quemó como el ácido, corroyendo la piel y... bueno. Lo del ojo no tenía solución. No serviría de nada pensar ahora en eso. Pero había conseguido sacudirse de encima el veneno y una vez fuera se había frotado la cara contra el parterre de flores. Si algo podía salvarle la vista era eso, pero todavía notaba algunas moléculas devorándole la piel.

—El veneno está aquí, pegado a las hebras del músculo. Ponte de lado —indicó Karen, dándole un empujón.

—¿Por qué haces esto?

—Porque estoy harta de vivir preocupada pensando cuándo vas a volver a aparecer.

—¿Así que me vas a curar para que no vuelva a sorprenderte?

—Además necesito ayuda para sobrevivir esta noche, y para eso lo más útil que tengo eres tú.

—No estando así.

—Que te calles.

Con la punta de la navaja quitó una gota de veneno y luego la otra. Las gotas rodaban por el suelo como mercurio.

—Esto no tiene buena pinta —masculló.

—¿Por qué?

—Han dejado una capa plateada en el músculo. Espera. —Corrió al baño y él la oyó rebuscar entre los cajones.

Karen le había devuelto la esperanza, casi.

Volvió con una botella de agua oxigenada, rollos de gasa y esparadrapo y una botella de Listerine.

Warlord no quería ni saber qué pensaba hacer con el Listerine.

—No tengo botiquín de antídotos, ni un vaso de succión, así que vamos a probar con esto.

Se arrodilló a su lado, lo hizo tumbar boca abajo y le echó el agua oxigenada en la herida. El dolor era insoportable.

—Nada. La capa plateada no se marcha. Vamos a intentarlo otra vez.

Y mientras tanto seguía hablándole, intentando mantenerlo concentrado. Warlord lo sabía y se lo agradecía, pero la veía cada vez más frenética y por fin él tuvo que resollar:

—Yo así no te sirvo de nada. Vete ya. Recuerda: el avión, mi hermano...

—Sé perfectamente cómo marcharme. —Parecía indignada ante la sugerencia de que no lo sabía.

«Gracias a Dios.» Si la enfurecía lo suficiente, se largaría y tal vez se salvaría ella, el icono y a su familia.

Pero en lugar de eso, en el acto más valiente que Warlord había visto en su vida, y el más estúpido, Karen le puso la rodilla en la espalda, pegó la boca a la herida y succionó el veneno.

22

Karen escupió el veneno en el suelo y Warlord la apartó de un empujón.

—Pero ¿tú estás loca? —ella le oyó gritar, como a lo lejos.

El veneno la había asaltado, penetrando en sus sentidos como si fuera ácido.

Y entonces percibió el gusto de su sangre y...

El Varinski llevaba un casco, un chaleco de kevlar, un cuchillo en una vaina al cinto y los nudillos recubiertos de acero. El peso de dos pernos tiraba de los lóbulos de las dos orejas. Tenía unos brazos enormes y musculosos, y la cara de un Neanderthal: mentón ancho, frente amplia y abultada. Se había partido un pómulo que ahora tenía deformado, torcido hacia el ojo. Se abría paso en la batalla apartando a los hombres de Warlord como si fueran palillos de dientes. Era gigantesco, indiferente al dolor, rápido como el rayo. Y tenía la mirada clavada en Warlord.

Una lucha a muerte. Warlord lo merecía y se apresuró a encontrarse con él.

Chocaron en una explosión de crueldad.

Warlord atacaba con uñas y dientes, pero aquel no era un demonio cualquiera. Este sentía un placer especial matando. No se molestaba en usar el cuchillo o la pistola, sino que descargaba los golpes con los puños de metal, arrancando con cada uno trozos de carne.

Warlord se defendía con el cuchillo, desgarrando el cuello del Varinski, sus piernas, su rostro, pero el diablo no parecía siquiera darse cuenta. Se movía muy deprisa y usaba tanto los puños como las manos abiertas, con una técnica que solo dominaría un maestro de las artes marciales.

Warlord respiraba con dificultad. Estaba perdiendo. Por primera vez desde que era pequeño con sus hermanos, estaba perdiendo una pelea. Barajó deprisa sus opciones: si se transformaba, si se convertía en pantera, tal vez podría escapar, pero sus hombres estaban en desventaja, heridos, muertos o prisioneros.

No. Se quedaría con ellos. Los sacaría de allí.

El Varinski giraba en torno a él, hasta que de pronto un grito desde el campo de batalla le hizo volver la cabeza. Warlord aprovechó la ocasión y se lanzó hacia el vientre de su enemigo... Pero un fuerte puñetazo le alcanzó el pecho. Perdió el conocimiento y se despertó volando por los aires. Volvió a desmayarse al caer por el precipicio y estrellarse contra las rocas.

El gusto antiséptico del Listerine llenó la boca de Karen. Se atragantó y escupió y apartó de un manotazo la mano de Warlord y la botella.

—¡Qué hijo de puta!

Warlord la tenía en el regazo y le sacudía los hombros.

—¿Estás bien? ¿Tú sabes lo potente que es ese veneno? ¿Tú estás loca?

—Sí. Sí. Sí. —Karen se levantó de golpe y corrió al baño entre náuseas para echar todo lo que tenía en el estómago. Se quedó agachada sobre el váter un momento, intentando pensar a pesar de las vueltas que le daba la cabeza, tratando de comprender lo que le estaba pasando.

Por fin se incorporó, se apoyó en el lavabo y miró en el espejo sus ojos atormentados.

Había probado su sangre... y había sido transportada. Ya había sucedido antes, en la tienda en el Himalaya, pero solo fue un instante. Esta vez había visto, olido y sentido el sueño, la visión. Había vivido dentro de la piel de Warlord, y lo sucedido había sido su pesadilla. Caía por un precipicio y se estrellaba contra las rocas. Y sufría espantosas heridas internas. Debería haber... no, él debería haber muerto, tras una agonía lenta y dolorosa.

Pero había sobrevivido.

Karen se estremeció.

Warlord había sobrevivido, pero había sufrido. Ahora lo sabía. Warlord había padecido de mil maneras espantosas. Y a pesar de todo había resistido para salvarle ahora la vida, y si ella no reaccionaba, si no se olvidaba por el momento de su conmoción y se enfrentaba de inmediato a la situación, Warlord moriría allí mismo. E incluso Warlord merecía algo mejor.

Aquella cobra no era la única criatura de su especie. Tenían que escapar de allí.

Se echó agua fría en la cara, se lavó los dientes y salió.

Warlord se había levantado, había conseguido ponerse los pantalones y ahora forcejeaba con los botones.

—Primero déjame ver esa mordedura otra vez.

—No hace falta. —Tenía la piel gris y sus pupilas eran dos puntitos ínfimos.

—Ya lo veremos. —Karen insistió con algo más de suavidad—: Déjame echar un vistazo. De momento hay que vendarla. Estás goteando sangre en el suelo —indicó, señalando un charco a sus pies.

—Está bien, pero no vuelvas a tocarla —accedió él, bajándose los pantalones.

Karen limpió la herida con la gasa.

—Ya no veo nada del veneno. —Karen le puso otra gasa y alzó la vista. Warlord se aferraba al poste de la cama con los nudillos blancos—. Tendrás que luchar contra lo que te haya entrado en el organismo.

Tenía la mejilla cubierta de ampollas rojas, un ojo hinchado y cerrado y una pátina de sudor le cubría la frente. Pero la mano con la que le acarició la mejilla era de pulso firme, como si fuera ella la que necesitara consuelo.

—No te preocupes, que no voy a morirme antes de ponerte a salvo en el avión.

—No quería decir... —Pero Karen le había dicho que iba a salvarlo porque era el único que podía ayudarla a escapar. ¿Se lo habría creído Warlord? ¿Se lo creía ella?

Ahora lo ayudó con la cremallera y el cinturón, lo empujó a una butaca y le apuntó la cara con la lámpara antes de proceder a limpiar con cuidado las heridas.

—Con este ojo no hay problema. ¿Puedes abrir el otro?

—No. Pero el veneno no me ha alcanzado dentro directamente. Tengo alguna posibilidad de conservar la visión.

Se le veía muy sereno, dueño por completo de sí mismo.

—Ya he llamado por teléfono y están preparando el avión. Tenemos que llegar al aeródromo y dirigirnos hacia las montañas.

—Voy a pedir un taxi. —Pero antes de coger el teléfono vaciló. En los hoteles había operadores y las conversaciones telefónicas no siempre eran privadas, de manera que optó por llamar a Dika por el busca.

Mientras ayudaba a Warlord a ponerse los calcetines y los zapatos, llamaron quedamente a la puerta. Karen pegó el ojo a la mirilla antes de abrir. Era la doncella, que sonreía y movía la cabeza en gesto afirmativo.

—Señorita Karen, le traigo el vino que me había pedido. —Y alzó la botella bien a la vista de Karen y de cualquiera que los estuviera observando.

En cuanto entró en la casa y advirtió el desastre, los DVD tirados, la cola de la serpiente saliendo de debajo de la colcha y el hombre en la butaca, su sonrisa desapareció.

—¿Qué ha pasado?

—Nos han atacado.

Dika señaló con la barbilla a Warlord.

—¿Es este el hombre que le daba miedo?

—Sí, pero me ha salvado la vida.

—Una vez más —terció Warlord.

—La última vez ya te lo cobraste —le espetó Karen.

—Así que a cambio ahora le salva la vida usted, ¿no? —Dika lo miró de arriba abajo—. Un demonio muy guapo, ya lo veo.

—Tú me dijiste que confiara en mi instinto, y en este caso mi instinto me dice que lo saquemos de aquí sin que lo vea nadie. Y deprisa.

Karen casi esperaba oír las burlas de Dika, pero la dulce y sonriente doncella había desaparecido, dejando en su lugar a una mujer dura, decidida e inteligente.

—Muy bien. Deme cinco minutos. Vuelvo enseguida.

Karen sacó dos botellas de agua de la nevera y fue a tenderle una, pero él se estremeció de pronto en una violenta sacudida con tal arrebato de fiebre que Karen notó el calor a distancia. Y por primera vez se dio cuenta de su ineptitud ante la situación: solo conocía los primeros auxilios más básicos, no era capaz de luchar contra demonios que se convertían en animales. Le puso la botella en el cuello, esperando enfriarlo un poco.

—Soy una mujer sensata y normal y lo que se me da bien es preparar un buffet y organizar arreglos florales de última hora. ¿Cómo voy a ayudarte?

—Sensata, sí —repuso él, bebiendo un trago de agua—. Pero normal, ni de lejos. Eres capaz de construir un hotel, de dar una paliza a un tipo, de sobrevivir a una marcha por el Himalaya. Ahora mismo no se me ocurre nadie a quien prefiera tener a mi lado.

Karen no quería recibir un cumplido, pero le llegó al corazón de todas formas.

—Bébetela toda, a ver si limpia un poco el veneno.

Warlord sonreía y a Karen le recordaba a alguien. A alguien que le gustaba.

Ah, sí. Le recordaba a Rick Wilder.

—Tengo un equipo de supervivencia en el avión —comentó él—. Con lo que llevas tú en la mochila estaremos bien.

—Pero ¿es que has registrado todas mis pertenencias? —Karen bebió también, consciente de que había ingerido unas fatales gotas del veneno, junto con unas aterradoras gotas de su sangre.

—Justo después de oíros hablar en el patio —replicó él.

Karen apartó la botella con tal brusquedad que se salpicó de agua.

—¿A Dika y a mí? ¿Nos oíste? —¿Habría oído todo lo que dijo sobre él, sobre ella, sobre sus miedos?

A pesar de lo enfermo que estaba, Warlord sonreía.

—Dika fue una gran ayuda. De no haberte convencido para que te quedaras, yo habría tenido que tomar serias medidas.

—Maldito seas. Debería largarme ahora mismo y dejarte aquí abandonado a los buitres.

Él le dio un beso en la muñeca.

—Ya es tarde para eso. Aunque muriera de esto, cosa muy posible, de alguna manera volvería a por ti.

—Serás un fantasma...

Karen paseaba de una ventana a otra, abriendo las cortinas para mirar afuera. Pero ¿qué le pasaba? ¿Por qué demonios aquella declaración la halagaba tanto? ¿Por qué, de todos los hombres del mundo, había tenido que atarse a Warlord?

Dika corría hacia la casa de Karen empujando su carrito. Un año antes, cuando Karen entró a trabajar en el Aqua Horizon Spa, Dika había llegado con una misión: proteger a Karen para que se cumpliera la profecía. Ahora los Varinski habían atacado de súbito y tenía que sacar de allí a Karen y a Wilder. Llamó a la puerta y anunció con su perfecta voz de doncella:

—Vengo a limpiar el vino, señorita Karen.

—Pasa, Dika. Te lo agradezco. —Karen sonaba tan educada como Dika. Sabía perfectamente que había que mantener la fachada de normalidad.

Dika cerró la puerta nada más entrar, abrió un lado del carro y ordenó a Wilder:

—Métase ahí.

Wilder se levantó despacio, moviéndose como si le dolieran las articulaciones. Al verlo, Karen estalló soltando tacos y juramentos de todo tipo. Vale. No le gustaba nada Warlord, pero no podía soportar verlo sufrir.

Le rodeó la cintura con el brazo y lo ayudó a meterse en el carro. Dika puso encima de él las bolsas de Karen y se marcharon con su pasajero oculto. Karen ayudaba a empujar, porque Warlord pesaba una tonelada y las ruedas se hundían en la grava de los caminos. Iban charlando las dos, haciéndose pasar por dos amigas que trabajaban juntas en el hotel. Pero Dika tenía los pelos de punta. Los Varinski estaban ahí fuera, al acecho...

Consiguieron llegar al aparcamiento sin incidentes. Karen observó la iluminada entrada del hotel y luego la furgoneta de la lavandería. Se miró las manos, abriendo y cerrando los puños una y otra vez. Se enfrentaba al peligro y tenía miedo.

Dika no podía ayudarla con sus temores, pero sí a dar el siguiente paso. Dos hombres salieron de la furgoneta y metieron el carro en ella.

—Son mi gente, los romaní, mi tribu. Los llevarán al aeródromo. —Dika puso la mano en la cabeza de Karen—. Que las bendiciones, la suerte y la fuerza la acompañen.

Karen le dio un abrazo, se metió en la furgoneta y se despidió con la mano mientras se alejaban en la oscuridad. Dika volvió a la seguridad del iluminado vestíbulo, pero tenía la sensación de que la vigilaban. Se sacó el cuchillo que llevaba oculto en la manga y miró atrás, aguzando el oído. Sus pasos se hicieron más cortos y rápidos. Casi había llegado a la puerta cuando alguien salió de pronto de los matorrales. O más bien algo.

Tenía las orejas puntiagudas y el cuello y las mejillas cubiertas de pelo, pero la nariz, los ojos y el cuerpo eran definitivamente humanos. Era lo que los romaní más temían: la nueva maldición Varinski, un ser a caballo entre el hombre y la bestia.

—No deberías haber hecho eso —dijo la criatura despacio, como si le costara pronunciar las palabras.

La única posibilidad que tenía Dika de sobrevivir era entrar en el hotel, de manera que intentó pasar de largo.

—Perdona, por favor.

Pero él se le puso delante, medio sonriendo.

—He dicho que no deberías haberlo hecho.

—Tengo que entrar.

—Vamos a atraparlos igualmente. Y ahora te tengo a ti. —Y se arrojó contra ella enseñando los colmillos.

Dika le cortó la cara de una rápida cuchillada y el animal aulló de dolor. Ella aprovechó para salir disparada hacia la entrada, y nada más abrirse las puertas automáticas lanzó un chillido con toda la fuerza de los pulmones. El jefe de botones alzó la vista horrorizado. El recepcionista se dispuso a salir de detrás del mostrador...

Pero entonces la bestia la atrapó entre sus fauces y le desgarró el cuello con los colmillos. Y mientras ella gritaba, la despedazó en la inmaculada entrada del Aqua Horizon Spa.

23

Mientras la furgoneta circulaba a toda velocidad y el amanecer teñía el cielo de un azul clarísimo, Karen abrió el carro y ayudó a salir a Warlord, que se movía con exasperante lentitud.

—Es el veneno. —El techo era bajo y tenía que agacharse para no golpearse la cabeza—. Me siento como si tuviera cien años. ¿Tú notas algún efecto? —preguntó, mirándola fijamente.

—Me hormiguean las yemas de los dedos como si las tuviera congeladas.

Warlord le cogió las manos para examinarle la piel y le apretó los dedos.

—Vas muy bien.

—No me llegó mucho veneno.

—Me has salvado la vida.

Warlord tenía mucha fiebre, probablemente había perdido un ojo, apenas podía moverse y estaba preocupado por ella. La estaba conmoviendo.

—Pues ya estamos en paz —replicó Karen—. Ninguno de los dos tenemos ya ninguna obligación.

—Yo te salvé la vida y ahora tú me la salvas a mí —dijo él sonriendo—. Pero yo te tuve atada, así que para estar en paz de verdad deberías atarme.

—Y lo haré. —Karen se soltó las manos bruscamente—. Y te tiraré por un barranco.

—Qué poco caritativa. —Warlord se estremeció súbitamente de frío—. Puede que no te haga falta.

—Ya lo sé —murmuró ella, rebuscando en el carro hasta encontrar unas toallas limpias. Le echó dos de ellas sobre los hombros para mantenerlo en calor, y con otra le enjugó el sudor de la frente.

De pronto el conductor aceleró de golpe y Karen se estrelló contra la puerta trasera del furgón.

—Varinski —declaró Warlord sin moverse, agarrado con una mano al techo y mirando por la ventana de atrás.

Karen también se acercó a mirar. Los seguía un Hummer H2 negro con las ventanas ahumadas que iba acortando la distancia. El aeródromo privado estaba a diez minutos del hotel.

—No lo conseguiremos —murmuró Karen.

El copiloto de pronto abrió la puerta, a ciento veinte kilómetros por hora, se asomó y dejó caer algo en la carretera. Era una pequeña bola que salió rodando, se abrió y esparció una serie de estrellas de acero por el asfalto. El Hummer pasó por encima de ellas y las ruedas reventaron, echándolo de la carretera.

Karen respiró de alivio y fue a volverse hacia Warlord cuando se abrieron las puertas del Hummer y un lobo salió de un brinco. Y luego otro. Y otro. Un halcón peregrino salió volando detrás, y a continuación, una enorme pantera, con una impresionante y lenta exhibición de fuerza y agilidad. Su pelaje resplandecía al sol y su cuerpo parecía fluir mientras corría.

A Karen se le cayó el alma a los pies. Conocía bien la espantosa naturaleza de aquellas bestias que procedían del corazón del mal y sabía que estaban dispuestas a asesinarla, a acabar con cualquiera que se interpusiera en su camino.

—¿Quiénes son esas cosas?

—Varinski —respondió uno de los hombres que iban sentados delante.

Karen miró a Warlord. Era uno de ellos.

Los lobos se iban quedando atrás, incapaces de mantener la velocidad de la furgoneta, pero a pesar de todo seguían corriendo, sabiendo que acabarían por llegar. La pantera iba delante, sin aparente esfuerzo. Sus ojos verdes parecían brillar con luz propia.

—¿Cuánto queda? —preguntó Warlord.

—Ya casi hemos llegado.

Warlord se olvidó del dolor y la fiebre e hizo acopio de fuerzas. Flexionó las rodillas y los brazos y volvió a mirar por la ventana.

—Lobos. Muy mala opción. La máxima velocidad es sesenta kilómetros por hora. ¿Qué más tienen?

—Un halcón peregrino.

—Que puede alcanzar más de ciento cincuenta kilómetros por hora. Estos Varinski no son todos idiotas. Alguien en esta facción de la organización tiene dos dedos de frente. ¿Quién será? —Warlord observó a la pantera—. Innokenti. Por supuesto. ¿Cómo no iba a ser una pantera? —Warlord respiró un momento antes de anunciar—: El halcón nos alcanzará antes de que podamos subir al avión.

En la pista de despegue aguardaba un Cessna Citation X, listo para ponerse en marcha.

—¿Es tuyo? —preguntó Karen impresionada. Era el jet pequeño más rápido del mundo.

—¿Puedes pilotarlo?

—Por supuesto

Warlord asintió con la cabeza.

—El halcón irá a por mí. Tú coge tus cosas y sube al avión.

—Estas criaturas son como tú, una mezcla de hombre y animal. —Karen tenía que haber superado la sorpresa a esas alturas, pero no era así.

—Solo que ellos son los malos y yo el bueno —replicó él con absoluta tranquilidad.

La furgoneta dobló una curva derrapando y entró en el aeródromo, arrojándola en brazos de Warlord. Él la abrazó con fuerza hasta que atravesaron la entrada.

—Si no consigo llegar al avión para cuando estés lista para salir, cierra la puerta y despega igualmente.

Era lo que debería hacer. Karen conocía la geografía mejor que la mayoría de la gente, tenía dinero, contaba con el avión. Tal vez Warlord no tuviera fe en ella, pero Karen sabía que era capaz de huir de él y de sus sobrenaturales enemigos, esconderse de ellos y mantener el icono a salvo, y sabía que si elegía esa opción jamás tendría que enfrentarse a su pasión por... por aquella bestia.

Pero la misma terca estupidez que la había hecho volver a la casa para salvar la vida de Warlord, todavía la tenía entre sus garras.

—No.

—Quieren el icono.

—Pues no puede ser, así que más vale que ganes esta pelea.

La sangre acudió a las mejillas de Warlord, que intentó visiblemente sacudirse el veneno de encima. La miraba con aquella determinación tan propia de él. ¿Cómo podía haberla engañado ni por un instante?

—Tienes razón —cedió por fin.

En cuanto el conductor frenó de golpe, Warlord agarró la manecilla de la puerta, y antes de que el vehículo se detuviera del todo salió de un salto.

—Ten listo el avión en cuanto yo termine —gritó, y aterrizó sobre el asfalto con la agilidad de... una pantera.

Karen vio algo que se lanzaba contra él desde arriba. La furgoneta dio un coletazo, se detuvo y los dos hombres se volvieron para gritar:

—¡Fuera! ¡Sal! ¡Vete al avión!

Karen cogió su mochila y su bolsa y echó a correr, mientras la furgoneta se ponía de nuevo en marcha y se alejaba a toda prisa.

El pequeño y hermoso jet azul y blanco aguardaba. Karen corrió hacia las ruedas y apartó las cuñas, dejándolas libres. La escalera parecía invitarla a que la utilizara. Subió los escalones de tres en tres y en cuanto llegó arriba se volvió bruscamente.

Más abajo Warlord luchaba contra un hombre más delgado que manejaba un cuchillo con mortal precisión. Y más allá de la verja de la entrada los lobos aguardaban con los ojos reluciendo rojos, fijos en Warlord.

—Muy bien —masculló Karen. Ella también tenía sus armas.

Tiró las bolsas en el asiento del pasajero y corrió a la cabina. Nunca había pilotado un avión así, pero su padre la había entrenado bien y no tardó más que un momento en familiarizarse con los instrumentos. Luego, con una sombría sonrisa, comenzó a prepararse para el despegue.

«Batería, lista. Bomba de combustible, lista. Primer motor encendido, revoluciones subiendo. Contacto, encendido. Paso de hélice y mezcla, a fondo.» Karen notó la vibración del motor y oyó un gemido a su espalda.

«Interruptor de motor izquierdo, listo para activarse...» En cuanto Warlord estuviera a bordo.

Mientras iba repasando la lista, la torre se puso en contacto:

—¿Qué demonios está pasando ahí abajo?

Karen agarró el micro.

—Están peleándose a navajazos —declaró, con una nota de pánico en la voz—. ¡Llamen a la policía del aeródromo!

No era que la policía fuera a servir de gran cosa, pero proporcionarían una distracción, y toda ayuda era poca.

Los motores rugían tras ella. Karen movió el avión unos centímetros, para tomarle el pulso. Los dos hombres luchaban ahora en el suelo y era evidente que Warlord iba perdiendo fuerzas. Los lobos habían atravesado la verja, toda su atención estaba fija en la pelea. La policía corría hacia ellos pistola en mano.

Karen apretó el acelerador y entre el rugido de los motores se dirigió hacia los lobos.

Las criaturas no se lo esperaban. Al alzar la cabeza vieron su rostro iluminado tras el parabrisas y siguieron corriendo, como jugando con ella porque pensaban que una mujer no iría realmente a atropellarlos. Una idea arrogante y totalmente estúpida.

Karen giró bruscamente y logró aplastar a uno de los lobos, convirtiéndolo en pulpa. Los aullidos de furia y de angustia llegaron a sus oídos incluso sobre el estruendo de los motores. Volvió a girar el avión para salir en persecución de otra bestia. Tal vez fuera una criatura sobrenatural capaz de transformarse de hombre en lobo, pero Karen estaba segura de que podía hacerle una buena abolladura en el ego con las ruedas de su avión.

El lobo se desvió hacia el borde de hierba de la pista y ella se dirigió hacia Warlord y el otro, el Varinski halcón. Y logró su objetivo. El halcón perdió la concentración, mirándola de reojo. Warlord hizo acopio de fuerzas y con un rápido movimiento de las manos le partió el cuello.

—¡Sí!

Karen aminoró la velocidad y giró, acercando la escalera a Warlord. Oyó la carrera de pasos y lo vio lanzarse de cabeza en la cabina.

—¡Cierra la puerta!

«Motor izquierdo, encendido. Acelerador izquierdo, activado.»

Warlord la miró y todas las fuerzas parecieron abandonarle. Se había quedado pálido.

—¡Deprisa! —Porque los lobos habían desaparecido de su vista y Karen sabía que al menos uno de ellos intentaría alcanzarlos, de manera que cogió el micrófono y transmitió:

—Llamando a torre, noviembre ocho-siete-ocho-siete-seis, esperando permiso de despegue.

Warlord se levantó, miró en torno a él y se puso más blanco que la muerte.

—Hay una pistola en el bolsillo de mi mochila —indicó ella.

Warlord la sacó y disparó en un rápido movimiento. Se oyó un gañido.

—Lo has matado —gritó Karen.

—Hace falta algo más que eso para matar a un Varinski. —Warlord retiró la escalera y cerró el avión. Mientras aceleraban por la pista de despegue, entró tambaleándose en la cabina y se dejó caer en el asiento del copiloto.

El Cessna casi había alcanzado la velocidad de despegue cuando un hombre salió a la pista. Karen lo reconoció. No debería haberlo hecho, pero lo hizo. Lo había visto en una de sus visiones: una cara de Neanderthal, mentón ancho y frente amplia y abultada. Se había partido un pómulo que tenía deformado hacia el ojo. Se abría paso entre la batalla apartando a los hombres de Warlord como si fueran palillos de dientes. Era gigantesco, indiferente al dolor, rápido como el rayo...

No. ¡No! Karen no podía entrar ahora en uno de esos trances. Tenía que concentrarse.

El Neanderthal estaba de pie con sus enormes manazas en las caderas, los ojos clavados en los de Karen, ordenándole en silencio que se detuviera. Pero el pequeño Cessna aceleró como un bólido. Karen vio la marca en anemómetro que señalaba la velocidad de un solo motor. La aguja la pasó a toda prisa. De inmediato Karen tiró del volante hacia atrás.

«En el aire, flaps arriba, gas a tope, giro hacia el punto de destino.»

Justo antes de que pudiera golpearlo, el Neanderthal se apartó.

—¿Qué era eso? —susurró Karen.
—Mi idea del infierno.

24

Por fin dejaron atrás el desierto rojo y sus peligros para entrar en el cielo azul.

—Pero ¿qué está haciendo? —chilló la torre de control—. ¡No tenía permiso de despegue! ¡Vuelva a la pista inmediatamente! Hemos abierto un expediente.

Warlord pulsó un interruptor y el altavoz quedó en silencio. Alzó el dedo corazón con el puño cerrado y lo blandió con una floritura. Luego señaló hacia delante.

—¿Eso qué significa? —preguntó Karen.

—Que les den —dijo él sonriendo—. Según las normas de vuelo.

Karen sonrió también.

—¿Adónde vamos?

—Enfila el morro hacia el noroeste. Tres-tres-cero.

Una vez alcanzada una altitud segura, Karen conectó el piloto automático y se volvió hacia Warlord. Tenía un aspecto espantoso. Un largo corte en el pecho rezumaba sangre, manchando su camisa de doscientos dólares. Cerraba los ojos con fuerza, como si intentara mantener a raya malignas visiones. Se había llevado un puño al corazón y el otro al vientre. Tenía las piernas tensas como si estuviera librando una sombría batalla.

Pero Karen no tenía tiempo para compadecerse.

—¿Y ahora qué hacemos? Tú estás fatal y, para ser sincera, yo tampoco es que me encuentre muy bien.

Él la miró con un ojo.

—Es el veneno. Hasta el más mínimo resto es tóxico para alguien como tú.

—No estoy muerta, solo me encuentro mal.

—También te tragaste unas gotas de mi sangre, y eso combatirá el veneno.

—¿Por qué? ¿Qué tiene tu sangre de especial? —Aparte de que le hacía ver lo que él había visto, oír cosas que él había oído, sumirse en su mente y sus recuerdos.

Él hizo una mueca sin contestar.

—Es porque eres uno de ellos. —Y Karen se enfureció de nuevo—. Tú eres un... Varinski.

Warlord abrió el ojo sano para mirarla con fiereza.

—No. Yo soy un Wilder. Mi nombre es Adrik Wilder. Recuérdalo.

—¿Por qué?

—Porque si muero quiero que alguien se acuerde de mi nombre.

—No te vas a morir. —No después de todo lo que habían pasado, Karen no pensaba permitirlo.

—¿Ah, no? —Warlord lanzó un gruñido y se movió como si le dolieran las articulaciones—. Ve a la cabina. Saca mi ropa del compartimiento superior.

Cuando Karen volvió Warlord estaba desnudo, acurrucado en el asiento con el traje arrugado en el suelo a su lado. Parecía más alto y delgado que en el Himalaya, pero los músculos seguían igual de marcados. Tenía los hombros cubiertos de cicatrices, y en el pecho y un brazo un colorido tatuaje de dos rayos en colores rojo y dorado.

A pesar de las esperanzas de Karen mientras estuvieron separados, sus genitales seguían intactos.

—¿Cuándo has tenido tiempo para hacerte un tatuaje? —preguntó ella, tocándoselo suavemente.

—No es un tatuaje. Es la marca que les sale a todos los niños Wilder en la pubertad, la que demuestra que forma parte del pacto con el diablo. —Warlord guiñó el ojo—. Un añadido estupendo, junto con los gallos en la voz, el vello corporal y las erecciones inoportunas.

—Pero tú no lo tenías antes.

—Sí, pero a medida que me fui haciendo malvado, la mancha se encogió y se tornó negra.

—Como tus ojos.

—Sí, como mis ojos. Y lo mismo que ha pasado con mis ojos, al regresar a la luz el color ha vuelto. —Wilder se estremeció, con la piel de gallina.

Karen fue a ayudarle a ponerse la camiseta, pero cuando él se inclinó, le vio la espalda. La tenía cubierta de cicatrices, desde las nalgas hasta los hombros, algunas muy profundas.

—¿Qué te ha pasado? —preguntó indignada.

—Da igual. —Wilder se puso la camiseta.

—¡Cómo que da igual! —Karen le puso la camisa negra de franela y la chaqueta de camuflaje—. Eso no puede dar igual. ¡Te han dado latigazos!

—No importa.

Karen se arrodilló a sus pies para ponerle unos calzoncillos largos y unos pantalones de combate.

—Fue ese Varinski, ¿verdad? El tipo que te derrotó en la batalla.

—¿Cómo sabes eso?

Así que era verdad. Karen había visto su mente, sus recuerdos. Cada vez que probaba su sangre la conexión entre sus mentes se hacía más fuerte. Pero Warlord no lo sabía y Karen no quería explicarle lo que ella misma no comprendía.

—Da igual —le imitó.

—Eres exasperante —replicó él. Se terminó de poner los pantalones y se sacó un papel del bolsillo—. Dentro de una hora llama a este número. Se pondrá Jasha. Dale estas coordenadas y dile que Adrik lo necesita.

—¿Quién es Jasha?

—Mi hermano.

—¿Por qué no lo llamas tú?

—Porque hay bastantes posibilidades de que me odie.

—Sí, suele pasarte con la gente.

Warlord le puso la mano en el cuello, se inclinó y la besó con furia.

—Pero contigo no.

—Sí, te odio —dijo ella automáticamente.

O por lo menos lo había odiado durante dos años, y con razón. Pero por mucho que lo hubiera intentado, no había logrado olvidarlo. Ahora, teniendo su cara tan cerca, viéndolo arder de fiebre, con las pupilas encogidas y estremeciéndose de dolor, supo lo que Warlord había arriesgado para rescatarla.

Tal vez todavía lo odiara, no lo sabía. Pero la muerte bombeaba ahora por sus venas, por las de ambos, y Karen no pensaba permitir que venciera.

Warlord se arrellanó en el asiento, con una mueca de dolor.

—Pero tanto si me odia como si no, lo más probable es que Jasha venga. Si te cree.

—Estoy deseando hacer esa llamada, vamos.

—Yo ya había comunicado el plan de vuelo a la administración. Vamos a cambiarlo.

Karen recordó al tipo de la pista de despegue.

—Buena idea.

—Desciende todo lo que puedas y gira hacia el norte, por encima de la Gran Cuenca.

Karen desconectó el piloto automático para hacer lo que le pedía.

—Nos dirigimos a la sierra Nevada, al sur de Yosemite.

—¿Y luego?

Warlord hizo una mueca sombría.

—Luego ya está.

—¿Qué quieres decir? —Karen sabía que no le iba a gustar nada la respuesta.

—Vamos a estrellarnos contra el Monte Acantilado.

25

—No. ¡No! —Karen le agarró el brazo—. Pero ¿te has vuelto loco?

—Vamos a saltar en tándem para no separarnos —insistió él, dándole un papel. Eran instrucciones para llegar al punto donde se encontrarían con Jasha... si decidía acudir.

—¿Te da miedo? —preguntó él con aparente preocupación.

—¡No, no me da miedo! ¿Por qué iba a darme miedo?

—Te da miedo caer al abismo.

—¡No me da miedo saltar! —¿Acaso la tenía por una cobarde?—. Pero mira en torno a ti. Esto es un Cessna Citation X, una preciosidad. ¡Estrellarlo sería un crimen! —Karen frunció el ceño—. Y seguramente también será un delito.

Warlord la miró como podría observar una mariposa rara.

—He sido mercenario, he robado y asesinado. ¿Te parece que iba a preocuparme que sea delito estrellar mi propio avión?

—Supongo que no. Pero el Cessna...

—¿Tú lo viste?

Karen supo de inmediato de quién hablaba. El tipo del sueño, el que se había quedado en la pista de despegue contemplando sin la más mínima señal de miedo el avión que se precipitaba sobre él.

—Esa bestia es Innokenti Varinski. ¿Te acuerdas del pacto con el diablo? Fue obra de un antepasado suyo. Sus antepasados son sicarios. Encuentran siempre a su presa, huya a donde huya. Y ahora van a por ti.

—¡Pero...! —Karen tocó los elegantes mandos del avión.

—Ya lo sé. —Warlord acarició el asiento de cuero—. Vamos a estrellarlo en un punto remoto de las altas sierras. Es invierno y el equipo de rescate no lo va a tener fácil para encontrarnos.

—Seguirán la señal del localizador de emergencia.

Warlord la miró y Karen lo supo:

—Has quitado el transmisor de localización de emergencia.

—Lo he desactivado. Cuando consigan por fin localizar el lugar del accidente, parecerá que nuestros cuerpos han quedado incinerados en la explosión. Los Varinski sospecharán, pero es nuestra única oportunidad de despistarlos un poco, de ganar un poco de tiempo para escapar.

Las preguntas y las protestas se acumulaban en la mente de Karen.

—Si los Varinski son sicarios, ¿quién les paga para que me localicen?

—Nadie. Van a por ti por propia voluntad.

—¿Por qué? ¿Por qué yo?

—Porque tienes el icono.

—¿Y qué? ¿Tan valioso es?

—No es por su valor, sino por su poder. Si se une a los otros tres iconos de la familia Varinski, el pacto con el diablo quedará roto y ellos serán como cualquier hombre. —Warlord se puso los calcetines.

—¿Y tú cómo sabes eso?

—Cuando cogí el icono, cuando me quemó, me atormentó saber que estaba ligado al diablo, que, me gustara o no, era igual que Innokenti, un enemigo del cielo. Y no era digno de la mujer que me obsesionaba en mis sueños.

Karen sacudió la cabeza. No quería esa responsabilidad.

—Sí. Tú me mantuviste vivo en la oscuridad y de alguna

manera tenías en tu poder uno de los iconos Varinski. No podía ser una coincidencia. Esos iconos han estado escondidos durante miles de años. De manera que después... un año después de que te marcharas, tomé una decisión. Tenía que averiguar lo que estaba pasando. Así que fui a la antigua casa Varinski en Ucrania. —Warlord se echó a reír—. Aquello era de chiste, un enorme caserón antiguo con habitaciones añadidas por todas partes, ventanas rotas tapadas con trapos, coches en el jardín cubiertos de maleza. Allí viven por lo menos cien Varinski. Habían matado a su líder el año anterior y ahora peleaban entre ellos para ver quién se hacía cargo del negocio familiar.

—¿Y quién contrataría a esos asesinos?

—Por lo general dictadores y líderes militares, pero en realidad cualquiera que pueda pagar su precio. Y no olvides que los Varinski llevan haciendo esto mil años. Tienen una reputación que les permite cobrar lo que les dé la gana.

—¿Es un buen negocio? —preguntó Karen incrédula.

—¿La guerra es un buen negocio? ¿El asesinato es un buen negocio?

Buena respuesta.

—Así que los Varinski están forrados.

—Digamos que tienen una buena razón para luchar como fieras para mantener su situación. —Warlord trasteaba intentando atarse las botas, como si tuviera los dedos entumecidos.

Karen volvió a conectar el piloto automático y se arrodilló a sus pies para ayudarlo.

—¿Así que conseguiste entrar en la mansión a hurtadillas?

—No, entré por la puerta como si fuera mi casa.

Lo cierto era que tenía valor.

—Por lo visto tengo el mismo aspecto que cualquier miembro de la familia, así que nadie me prestó atención. Estuve rondando por ahí, oyendo sus conversaciones, y descubrí que alguien había hecho una profecía.

—¿Quién, un médium? —Karen no sabía si creérselo o burlarse.

—Más o menos. El tío Ivan es un viejo Varinski, y está ciego. Es el primer Varinski que se ha quedado ciego.

—¿Ningún Varinski se ha quedado ciego en mil años?

—El pacto con el diablo les garantizaba buena salud y una larga vida, pero ahora se ponen enfermos, lo cual indica que el pacto se está disolviendo. Por lo que pude averiguar, el tío Ivan tiene los ojos nublados de blanco y se dedica todo el santo día a beber y básicamente a soltar incoherencias. Pero muy de vez en cuando habla con la voz de Satán. —Warlord se estremeció—. Había avisado a su líder de que más le valía encontrar los iconos, y cuando Boris fracasó, el tío Ivan hizo que los Varinski lo mataran.

Aquello no tenía ningún sentido. Era como una película de leyendas y bestias mitológicas en la que los monstruos y los héroes parecían más reales que nada en el mundo real. Karen tenía miedo.

—¿Y tú? —preguntó—. ¿Tú también serás un hombre normal y no podrás convertirte en felino o...?

—Supongo. —Su ojo bueno lanzaba una mirada febril, voraz, angustiada.

Warlord había dicho que Karen brillaba con luz propia. Ella no lo creía, pero intentó mostrarse un poco optimista.

—Si los Varinski están sumidos en ese caos, tienes una buena oportunidad de vencer.

—Sí, excepto que...

—¿Qué?

—Hay un niño, un tal Vadim. Apesta a... a pura maldad. Y te juro que era el único que sabía que yo era un intruso. Es muy joven, así que al principio no pudo hacerse con el poder. Pero los que se oponen a él van muriéndose, y no por causas naturales, y Vadim está ganando cada vez más terreno. Desde que estuve allí he hablado con otros mercenarios, he estado pendiente de los rumores, he seguido su progreso en internet, y ahora está al mando. Si consigue detener a mi familia, a los Wilder, el diablo será dueño de todas las almas Varinski durante otros mil años.

Ahora sobrevolaban la zona oeste de Nevada. Hacia el este se extendían las llanuras secas y marrones de la gran cuenca. Hacia el oeste se alzaban las montañas nevadas y blancas contra el cielo gris.

Karen miró en torno al lujoso Cessna, miró hacia la sierra Nevada. No quería abandonar aquel avión.

—Tienes un hermano —intentó convencerlo—, y querías mandarme con él. ¿Por qué no vamos juntos?

—Porque no está muy contento conmigo, y todavía lo estará menos cuando le lleve la guerra a su puerta.

—La guerra es de tu familia. —Karen terminó de atarle las botas y se sentó sobre sus talones.

—Innokenti lucha por los Varinski, sí, pero va detrás de mí. Yo lo dejé en ridículo. Él me venció en la batalla, me tuvo prisionero, y durante todo ese tiempo pensaba que yo no era más que un hombre normal y corriente.

—¿Y qué?

—¿Te das cuenta de lo que darían los Varinski por echarle el guante al hijo del actual Konstantine? ¿Del Konstantine Wilder americano? No, claro que no te das cuenta. Si me atraparan, a mí o a alguno de mis hermanos, o, Dios no lo quiera, a mi hermana, la guerra habría terminado. —Warlord esbozó una desagradable sonrisa—. Innokenti me tuvo en su poder sin saber quién era. No se dio cuenta de que con enterrarme a trescientos metros bajo tierra no bastaría para mantenerme prisionero. No se dio cuenta de que yo podía incitar una revuelta que convertiría a los Varinski en el hazmerreír de los asesinos y los mercenarios del mundo.

—O sea, que es algo personal entre vosotros dos.

El escozor de sus dedos se extendía ahora por su brazo. Los dedos de los pies le dolían.

—Y tú estás en el centro. Lo siento.

Warlord parecía sincero.

—No es que me guste mucho eso, pero lo que sí me gusta... —De pronto Karen se interrumpió.

—¿Qué?

—Nada.

«Me gusta que te niegues a permitir que la ira de los Varinski caiga sobre tu familia.»

—Nos tiraremos juntos en paracaídas, nos las apañaremos para sobrevivir y cabe la posibilidad de que esta maniobra engañe por completo a Innokenti.

—¿De verdad? ¿Una buena posibilidad?

—Decentemente buena. La mejor a la que podemos aspirar de momento. Si se cree que ha cumplido su misión, que estamos muertos, estaremos a salvo.

—Vale. Las altas sierras en invierno. —Karen pensó en los picos helados, los metros de nieve, las avalanchas, los riscos donde los incautos resbalaban y se estrellaban contra las rocas más abajo—. Estupendo.

Warlord le cogió la mano.

—No vas a despeñarte.

Cuando Karen era su prisionera odiaba que él conociera su debilidad, pero ahora que tenían el peligro en los talones y que lo veía marcado por el pasado y amenazado por el futuro, sus palabras le dieron fuerzas.

—Ya lo sé, de verdad. Creo que es solo el miedo natural a caer, combinado con... —Karen casi oía la voz de Jackson Sonnet: «Por Dios bendito, Karen, no seas tan melodramática»—. Bueno, eso, el miedo natural a caer.

—Combinado con la muerte de tu madre —concluyó Warlord.

—Veo que has investigado a fondo. —La situación no podía ser más incómoda. Warlord sabía lo de su madre. La tenía bien estudiada. Ahora Karen se centró lo más posible en los controles del avión.

—No fue difícil encontrar esa información. —Entonces Warlord la sorprendió poniéndole el brazo sobre los hombros—. Lo siento, Karen. No me imagino el dolor de perder a una madre tan pronto.

Oyéndole hablar de su madre, mientras la abrazaba, a Karen se le hizo un nudo en la garganta... por una persona que había muerto hacía veintiséis años. Se enjugó furtivamente una lágrima de la mejilla.

—La verdad es que nunca lo he superado del todo. Debería, pero no he podido.

—También he investigado un poco a tu padre. No parece el tío más sensible del mundo, desde luego. A lo mejor es que nunca tuviste la ocasión de superarlo.

Karen se volvió hacia él. No debería creerse todo aquello. El hombre que la había tenido prisionera, que le había puesto unas pulseras de esclava, que se había pasado dos semanas enteras obligándola contra su voluntad a practicar el sexo más ardiente, ahora ponía en entredicho a Jackson Sonnet, acusándolo de falta de sensibilidad.

Pero Warlord estaba tan cerca que sus caras casi se tocaban, y aquel sentimiento que la embargaba no era lujuria, no tenía nada que ver con el sexo. Era un alma herida reconociendo a otra.

—¿Cuándo viste por última vez a tu madre? —preguntó con voz queda.

—Hace diecisiete años —susurró él.

—¿La echas de menos alguna vez?

—Todos los días. Y cuando vuelva a verla, me pondré de rodillas y le suplicaré que me perdone por marcharme y no hacerle saber que seguía vivo.

—¿Y ella qué hará?

—Pues seguramente darme una buena colleja y luego un abrazo. Y luego darme de comer. Y espero que en la etapa de la comida nos quedemos un buen rato, porque cocina de maravilla.

Karen sonrió. Warlord hablaba con tanto afecto, con tanta esperanza...

—¿Y tu padre?

Warlord apartó el brazo.

—Mi padre y yo siempre estuvimos enfrentados.

—¿Por qué?

—Es complicado. A mí me encanta ser una bestia. Me

gusta acechar a mi presa, me gusta luchar con uñas y dientes y saber que venceré —repuse Warlord con fiereza—. Pero mi padre se llama Konstantine porque era el líder de los Varinski. Hasta que conoció a mi madre y se enamoró. Se casaron y, por lo que cuentan, tanto los Varinski como la tribu romaní de ella se oponían al enlace. De manera que emigraron a Estados Unidos, se cambiaron el apellido por Wilder, nos tuvieron a los tres hermanos y luego, diez años después, el milagro de una niña, la primera que nacía en mil años. —Warlord casi sonreía.

Karen estaba fascinada viéndole perdido en sus sentimentales recuerdos. Pero Warlord se recobró al instante.

—El caso es que como líder de los Varinski mi padre hizo algunas cosas inenarrables antes de casarse con mi madre, y era estricto como no te lo puedes creer. Cada vez que me veía decía... decía que estaba cayendo por el largo camino al infierno. ¿Y sabes qué? Que tenía razón, ahora lo sé. La boca del infierno casi me devoró, e incluso ahora me llama.

A Karen le daba miedo cuando hablaba así.

—¿Qué quieres decir? —susurró.

—No tenía que haberme convertido nunca en pantera. Jamás debí entrar en las sombras. Pero cuando lo hago me siento tan fuerte y tan seguro que debe de ser como tomar cocaína. Te da una ilusión de poder tan adictiva que ya no podía parar. Pero tengo que dejarlo si no quiero ser... como ellos.

—Como los Varinski.

—Sí, como los Varinski. Así que ya ves, tenemos que salvar el icono por un montón de razones.

Karen acarició furtivamente la pulsera de oro en su muñeca y luego cuadró los hombros.

—Voy a tirar ese icono.

—¿Sí?

Pero no podía, por supuesto. No podía traicionar a la niña con los hermosos ojos aguamarina, aquellos ojos que tanto se parecían a los suyos. Karen apartó la cara.

—No, claro que no.

Warlord tenía la piel tensa, como si estuviera hinchándose, y apoyó la cabeza contra el respaldo como si le pesara demasiado.

—Porque ese icono solo puede poseerlo una mujer. Y esa mujer eres tú.

—Porque yo lo encontré.

Warlord la miró.

—¿Tú sabes por qué lo encontraste? Porque según la maldita visión del tío Ivan, solo una mujer puede encontrar y tener ese icono. Y esa mujer es la mujer que amo.

26

—Menuda sarta de tonterías —le espetó Karen furiosa—. Si piensas que lo que sientes por mí es amor, es que no sabes lo que es el amor.

Warlord cerró el ojo bueno, pensativo.

—Te entiendo. Crees que si te quisiera jamás te habría tenido prisionera.

—Ni habrías venido a buscarme al hotel mintiéndome sobre tu identidad.

Estaba furiosa. Y preciosa. Si Warlord no estuviera tan enfermo, la bestia que había en él se alzaría para poseerla y Karen tendría motivos para odiarle una vez más. Pero el veneno de la serpiente le corroía el hígado y le desgarraba la piel. Solo concentrándose en ella y en la conversación podía evitar aullar de dolor.

—Diré en mi propia defensa que tenía que mentir, o habrías salido corriendo. Casi sales corriendo igualmente, de hecho.

—¿Quieres decir cuando te vi por primera vez y pensé que eras... quien eres? —Karen le apuntó con el dedo—. Y esa es otra. Escuchaste la conversación entre Dika y yo —le acusó, pasando de un agravio a otro—. Salir corriendo habría sido una buena idea, un buen plan.

—Te habría seguido.

—La última vez no me seguiste.

—En el Himalaya, quieres decir. No pude. —Le alzó el mentón a Karen para obligarla a mirarlo—. Me crees, ¿verdad?

—Sí, porque no soportas dejarme vencer.

Cuando veía sus estallidos y enfurruñamientos, a Warlord le daban ganas de echarse a reír. Pero ante su coraje y su valor lo que deseaba era protegerla. Y viendo su cuerpo, solo la deseaba.

—En Nepal fui a por ti como un niño egoísta. Pero el día en que te perdí comencé mi largo camino hacia el infierno. —Warlord alzó la cara al sol. Durante el último año todo el sol le sabía a poco.

—Cuando salí al otro lado había aprendido unas cuantas lecciones. Sabía lo que quería y sobre todo lo que no quería. De manera que en el hotel intenté cortejarte, y la verdad es que no lo hice del todo mal, ¿eh? Estabas dispuesta a acostarte conmigo, hasta...¡Maldita sea! No debería haberte besado.

—¿Tú crees que no habría acabado reconociéndote en algún momento? —Karen parecía de muy mal humor.

—Si te hubiera quitado la ropa y hubiera metido la cabeza entre tus piernas, habrías estado demasiado ida para que te importara. —Warlord no estaba tan enfermo como pensaba, porque solo pensar en ello tuvo los efectos de un poderoso afrodisíaco—. Al menos hasta por la mañana.

Karen pasó del mal humor a la ira.

—Tú por lo visto no sabes qué es la modestia.

—Cariño, he estado con muchas mujeres antes de ti, y fue por una razón: para saber cómo hacerte feliz.

—Vaya, qué amable. Te sacrificaste en aras del amor solo por agradarme, sabiendo que en algún momento del futuro me conocerías. Qué considerado. Y supongo que desde entonces también has estado con un montón de mujeres, para no perder la práctica, digo.

El breve fogonazo de excitación se disipó, dejándolo helado.

—No. Desde entonces no ha habido ninguna mujer.

Karen se lo quedó mirando con la boca medio abierta. Pero él no le dio tiempo a recuperarse. Se levantó y echó a andar trastabillando.

—Me voy a poner el paracaídas. Prepárate para saltar, no tenemos mucho tiempo. —Abrió el compartimiento superior, sabiendo perfectamente que ella se volvería para mirarlo—. He estado con muchas mujeres, pero aparte de ti, solo he amado a una.

Aquello devolvió a Karen el poder de la palabra.

—¿Y quién es esa maravilla?

—Emma Seymour, una niña en realidad. Nos conocimos en un concurso de grupos musicales. Ella era del instituto rival.

—¿El instituto? —se sorprendió Karen.

—Sí. Soy de lo más americano. Fui al instituto en Washington.

—¿De verdad eres de Washington?

—Puedo matar y robar, pero no miento. —Warlord sacó el paracaídas y el equipo de supervivencia que tenía guardado sabiendo que llegaría el día en que lo necesitaría—. Recuerdo muy bien la cara de Emma. Sus ojos castaños, el pelo largo y oscuro, su cutis perfecto. —Lo cual en aquel tiempo le parecía una maravilla, siendo él como era un adolescente lleno de acné—. Ella no quería que le contara a nadie lo nuestro, así que no dije nada. Cuando hablábamos por teléfono siempre era susurrando, para que nadie nos oyera. Nos veíamos en Burlington dos veces a la semana para tomar un café, y hablábamos de los libros que nos gustaban y del ordenador que yo estaba construyendo y de adónde quería ir ella a la universidad. Nunca hablábamos de nuestras familias. Llevábamos todo aquello en secreto, lo cual era en cierto modo emocionante, en plan Romeo y Julieta. —Warlord se volvió hacia la cabina, para ver cómo se estaba tomando Karen todo aquello.

Se había quedado boquiabierta de nuevo.

—¿Te acostaste con ella? —preguntó por fin.

—Fue mi primera vez. —Hablar de ello lo ayudaba a sentirse algo mejor—. Lo hicimos debajo de las gradas cuando terminó el partido de fútbol y todos se habían marchado, y me acuerdo de que yo estaba tan asustado que temblaba.

—Qué tierno.

—A mí no me lo pareció. Yo de verdad esperaba que ella no se diera cuenta, porque no era su primera vez.

—¿Era de un curso superior? —Karen parecía a la vez divertida y fascinada.

—Sí. —Warlord se puso el jersey y casi no pudo evitar gruñir de dolor—. Era una diosa.

—¿Sobre todo porque te hizo sentir como un dios? —dijo Karen, ahora entre risitas.

—Cuando yo hacía alguna tontería, ella no le daba demasiada importancia. Me hizo olvidar la preocupación de correrme demasiado pronto. Se lo montó muy bien conmigo. —Warlord se interrumpió de pronto—. Por eso maté a su padre.

La risa de Karen se cortó de sopetón.

—Después de... acostarnos, cuando volví a mi casa mi madre estaba levantada. —Hasta el recuerdo lo hacía retorcerse—. Si hay una persona a la que un chico no quiere ver después de hacer el amor por primera vez es a su madre. Pero evidentemente ella no se dio cuenta de nada, porque me dijo que Emma estaba al teléfono y que le pidiera que no llamara tan tarde. Luego me dio un beso y se fue a la cama.

—¿Fue esa la última vez que la viste?

—Sí. —Warlord asintió con la cabeza—. Sí.

—¿Y qué quería Emma? —preguntó Karen, mirándolo preocupada.

—Al principio pensé que se había quedado embarazada, pero entonces me di cuenta de que lo habíamos hecho solo dos horas antes y era demasiado pronto para saberlo, y además habíamos utilizado un condón. Emma me preguntó si todavía la quería, y yo le contesté que muchísimo, y entonces me dijo que no quería que pensara que era una puta, y yo le pregunté si todavía me respetaba. —Diecisiete años después todavía recordaba la conversación como si acabara de suceder—. Total, que decidí ir a su casa, pero ella me dijo que no, que su padre me mataría. Y no sé, pero su forma de decirlo me preocupó, porque parecía que de verdad tenía miedo. Así que le pedí que dejara abierta la ventana, colgué y salí disparado.

—¿Vivía cerca?

—No, la verdad es que no. Por carretera su casa quedaba a unos sesenta kilómetros, pero una pantera no va por la carretera. Tomé el camino más recto posible, montaña arriba, montaña abajo, por el arroyo... Vivía en una casa pequeña, una antigua granja, y aquello estaba hecho una ruina, con el revestimiento exterior podrido, los escalones del porche rotos, al tejado le faltaban tejas... —Warlord dejó la mochila ya cargada en un asiento—. La ventana estaba abierta y yo percibí su olor.

—Su olor. —Karen miró las finas nubes que surcaban el cielo—. ¿Como en Nepal, cuando me olías a mí? Porque eres una pantera, ¿no?

—Sí. Pero junto con el olor de Emma detecté también un ligero rastro a sangre. Había tenido la regla la semana anterior y yo sabía que no era sangre menstrual. Estaba herida.

—¿Había sido su padre?

—Yo de momento no sabía lo que había pasado. Ese comportamiento era para mí totalmente desconocido: mi padre adoraba a mi hermana y a mi madre, y yo nunca había visto nada igual. —El recuerdo del dolor de Emma todavía lo ponía enfermo, y tan furioso que sus ojos echaban chispas—. Le había pegado tan fuerte que le había partido la nariz y el labio y lo tenía muy hinchado. Y se agarraba el brazo izquierdo. Parecía que tenía la muñeca rota. Yo quería llevarla al hospital, pero ella se negó. Decía que no tenían dinero y que su padre no la dejaría salir de casa. Por lo visto una profesora nos había visto juntos, había llamado a su padre, y cuando Emma llegó a casa, él ya la estaba esperando.

—¿Y la...?

—¿Si la violó? No, esa vez no, pero a juzgar por el comportamiento de Emma... —Warlord tenía ganas de dar un puñetazo—. Le dije que era culpa mía que estuviera así, y que yo me encargaría de todo.

—¿Y ella qué hizo?

—Llorar y suplicar. Su padre era granjero, un tiarrón, y yo todavía era un chico flaco. Creía que su padre me mataría de una paliza. —Warlord inspeccionó el paracaídas para asegurarse de que se abriría bien, luego volvió a guardarlo y se lo puso a la espalda.

—¿Y qué pasó?

—Me puse a hacer mucho ruido y él entró en el dormitorio, y entonces lo desafié a una pelea y se echó a reír, porque era uno de esos tíos que no pelean con nadie que pueda devolverle el golpe. Así que me burlé de él, lo puse furioso y salté por la ventana. Le dije que nos encontraríamos al final del camino particular, que estaba al lado de la carretera, fuera de la vista de la casa. Total, que el tipo salió detrás de mí. Y sí que era grande. Tenía unos puños como jamones. Cuando salí de entre las sombras lo único que él veía era a un chaval. Se puso muy chulo, pensando que iba a matarme con una sola mano.

—Le esperaba una buena sorpresa.

—Cuando me tiré contra él, me transformé y él dio un grito al ver la pantera. No tuvo la más mínima oportunidad.

—Emma tampoco.

—Eso es justo lo que yo pensé. —Warlord se puso el casco—. Lo maté, lo hice pedazos y me llevé el cuerpo para esconderlo en las montañas. Dios sabe si lo encontrarían algún día. Y luego me marché. Me fui a Seattle, me metí de polizón en un carguero filipino y no volví la vista atrás.

—¿Y tu familia? —preguntó Karen con voz trémula.

Karen era demasiado sensible, demasiado blanda para él, pero Warlord no pensaba renunciar a ella.

—Mi padre siempre decía que si no tenía cuidado, si no aprendía a dominarme, acabaría matando a alguien y luego volvería a matar. Supongo que he cumplido mi destino.

—Te convertiste en Warlord.

—Ser mercenario era un buen trabajo para alguien como yo, y muy lucrativo. —La historia había terminado. Había satisfecho su necesidad de contar a Karen la verdad, y ahora el veneno parecía atacarlo con más saña. Se sentó en el suelo y luego se tumbó en el pasillo, intentando relajarse—. He hecho muchas cosas de las que me arrepiento, pero por muchas cosas que hayan pasado, por mucho que haya hecho, sea cual sea el camino al que me han conducido mis crímenes, cuando me acuerdo de la pobre Emma, no me arrepiento. Si pudiera, lo haría otra vez.

Cuando sonó el teléfono en el dormitorio, Jasha Wilder abrazó con más fuerza a la mujer que tenía entre los brazos.
—No contestes.
Su secretaria intentó zafarse.
—No podemos, Jasha, cariño, seguramente llaman de la bodega. Ya llegamos tarde. Anda, vamos, para. Ya sabes que no puedo pensar cuando haces eso.
—Por eso lo hago.
Pero cuando ella cogió el auricular, Jasha se apartó y se quedó tumbado boca arriba maldiciendo a quienquiera que hubiera interrumpido un magnífico interludio. Ella se arrellanó contra las almohadas, cubriéndose los senos con las sábanas antes de contestar.
—Ann Smith.
—Ann Wilder —masculló él. Cuando la contrató como secretaria de administración, era una chica callada, modesta y tímida. Ahora era su mujer y a esa lista de cualidades había que añadir la cabezonería. Se había negado con verdadera terquedad a cambiar su apellido por el de él, cosa que le molestaba muchísimo.
Seguramente se había negado justo por eso.
—Ann Wilder —repitió Jasha.
Ella no le hizo ni caso.
—¿Puedo preguntar de qué asunto se trata?

Jasha oyó la réplica a lo lejos. Ann se incorporó casi de un brinco, poniéndose más tiesa que un palo, y su voz adquirió un tono que le hizo incorporarse a él también.

—Hay una palabra que determinará el curso de esta llamada. Le dejaré hablar con el señor Wilder o le colgaré el teléfono. ¿Cuál es esa palabra? —Al cabo de un momento, Ann añadió—: Un momento, por favor. —Puso la llamada en espera y se volvió hacia Jasha con las mejillas arreboladas—. Es una tal Karen Sonnet. Dice que está en un avión con Adrik. Cuando le pedí una palabra, me dijo «icono».

Jasha cogió el auricular y Ann se levantó, se puso la bata y fue a por el ordenador portátil, donde buscó «Karen Sonnet» y encontró toda una pantalla de enlaces.

—Jasha Wilder. Más vale que esto sea importante.

—No tengo la más mínima intención de enzarzarme en una charla intrascendente. No sé cuáles son tus problemas familiares y no me importa. —Esa tal Karen no se molestaba en disimular su irritación—. Pero Warlord ha insistido en que te llamara y te diera estas coordenadas...

—¿Warlord? —Jasha no sabía si sonreír o gemir.

Ann enarcó las cejas y al ver que Jasha asentía escribió «Warlord» en el buscador.

—Rick —dijo Karen—. Rick Wilder. O Adrik, o lo que sea.

Ann escribió en el portátil «Adrik Wilder».

—En fin, que lo que te pide es que vengas a ayudarnos porque nos persiguen los Varinski y Warlord cree que necesitamos ayuda.

—¿Por qué no ha llamado él?

—Porque está inconsciente en el fondo del avión.

—Vaya, qué oportuno. Karen Sonnet o como te llames —le espetó Jasha con tono furioso—, no sé qué mierda de broma es esta, pero mi hermano Adrik desapareció de nuestras vidas cuando tenía diecisiete años. Hace dos años recibimos una carta de Nepal que nos comunicaba que estaba muerto, y nos enviaron sus restos. Unos restos que nosotros enterramos.

—¿Se os ocurrió mirar los informes dentales? —Para ser

alguien que estaba pidiendo ayuda, esa tal Karen se mostraba muy sarcástica.

—No quedaba lo suficiente para poder compararlos.

—Pues deberíais haber hecho pruebas de ADN. —Karen suspiró irritada—. Mira, vamos a estrellar el avión en un punto remoto de las altas sierras e iremos a pie a estas coordenadas. Puedes apuntarlas o no, pero tal como yo tengo entendido hay una profecía sobre tu familia, tus primos quieren mi icono y la serpiente gigante que mordió a Warlord no es ni la mitad de espantosa que la bestia que ahora nos sigue.

Fuera quien fuera, esa Karen sabía muchas cosas. Jasha pidió con un gesto a Ann que le acercara bolígrafo y papel.

—Dame las coordenadas. Puede que vaya.

Ann le dio el papel y escribió en el portátil «Rick Wilder».

—Y puede que si no te ves con fuerzas debas enviar ayuda —le espetó Karen, antes de darle las coordenadas.

—Ya te llamaré cuando haya tomado una decisión.

—No, no vas a llamar a este teléfono. Se va a estrellar con el avión.

Jasha oyó unos pitidos.

—Tengo que irme —dijo Karen—. Vamos a saltar en tres minutos.

—¿No habías dicho que Warlord estaba inconsciente?

—Pues sí, solo recobra la consciencia a ratos. Si el aire frío no lo despierta, pienso tirarlo igualmente.

—¿Y si no recobra el sentido?

—Le estará bien empleado.

Tal vez sí que era Adrik.

—Aunque a veces no está tan mal, ¿sabes? —Pero como si Karen no quisiera ceder y mostrarse blanda, volvió a asumir su tono irritado—. No te preocupes, vamos a saltar en tándem. Ya aterrizaré yo. Y luego que Dios nos ayude, si no nos ayudas tú.

Y la llamada se cortó.

Jasha se quedó mirando el auricular, furioso y estupefacto. Era el presidente y director ejecutivo de Vinos Wilder. Estaba casado con la mejor mujer del mundo. Era el primogénito de los Wilder. Era un guerrero. Era un lobo. ¡Nadie podía hablarle así!

—¿Se cree que soy tan idiota que voy a dejarlo todo para salir corriendo a meterme en lo que evidentemente es una trampa de los Varinski? ¡Pero qué sangre fría la de esa mujer!

—Hace ya dos años que tu madre tuvo esa visión —le recordó Ann distraída, mientras seguía navegando por internet—. Dos años desde que encontré el primer icono y Tasya encontró el segundo. Tu padre está cada vez más enfermo. Si no encontramos esos dos iconos pronto, se morirá, el pacto perdurará para siempre y...

—¡Ya lo sé! ¡Ya lo sé! —Jasha odiaba sentirse tan impotente—. Se pasará la eternidad en el infierno.

—Y tu madre estará en su propio infierno sin él. —Ann le dio unos golpecitos en el brazo y le pasó el portátil.

Allí, en una página de noticias de tecnología, se anunciaba un nuevo videojuego destinado a arrasar en el mercado. Bajo el titular, WARLORD, venía una fotografía de su creador, Rick Wilder, y a pesar de los diecisiete años que habían pasado, a Jasha no le costó reconocer a su hermano Adrik.

—El hijo de puta —murmuró, con lágrimas en los ojos.

Anna lo abrazó.

—Ya lo sé.

—Diecisiete años sin decir ni una palabra. A mi madre le rompió el corazón, y la noticia de su muerte casi mató a mi padre.

—Ya lo sé.

—¡Joder, si hasta hemos enterrado sus restos!

—Ya lo sé.

—Debería dejar que ese cabrón se congelara en las montañas.

—Pues sí. ¿Te saco un billete a Yosemite?

—Sí. —Jasha le dio un beso y se levantó de un salto de la cama—. Voy a llamar a Rurik para decirle que tenemos que sacar de un lío a nuestro hermanito... otra vez.

27

El piloto automático mantenía el rumbo y la altitud sobre las gigantescas cumbres de la sierra Nevada. Un par de veces se acercaron tanto a alguna montaña que Karen dio un brinco en el asiento del piloto. Esperaba sombría que Warlord no se hubiera equivocado en los cálculos, porque si había el más mínimo error el precioso Cessna Citation X jamás se estrellaría contra el monte Acantilado, sino más bien contra cualquier otra montaña, seguramente demasiado pronto, matándolos a los dos.

Terminó sus preparativos, dio con la mano un beso de disculpa al cuadro de mandos y volvió a la cabina. Warlord estaba tumbado en el pasillo, pero equipado para saltar. Karen le tocó la frente y le buscó el pulso en el cuello. Seguía vivo, gracias a Dios. Temía que hubiera muerto y no sabía por qué, porque de todos los hombres en este mundo que merecían morir, él había sido el primero.

Karen se puso el jersey, el traje para saltar, unas gafas y un casco. Se colocó la mochila por delante y el arnés para saltar en tándem. No podía creerse que fueran a abandonar aquel hermoso avión, aunque lo cierto era que tampoco conseguía indignarse demasiado por ello, sobre todo después de oír la historia del primer amor de Warlord. «Si pudiera volvería a hacerlo.»

Había atraído a un hombre hacia su muerte. Lo había matado con garras y dientes. Era verdad que el padre de Emma se lo merecía, y que si lo hubieran denunciado antes o después habría salido libre y habría vuelto a pegar a su hija. O la habría matado.

Así pues, ¿qué era lo correcto?

Karen pasó por encima del cuerpo de Warlord. Tenía la mochila atestada, con las raquetas de nieve atadas por fuera.

—Estabas preparado para esto, ¿verdad?

En la parte trasera activó la apertura de emergencia de la puerta, que salió disparada y desapareció bajo el ala del avión, dejando entrar un tornado de viento en la cabina.

Karen de pronto se volvió. Warlord estaba detrás de ella, atándose la mochila a la cintura. En ese momento sonó la primera alarma. El ordenador del avión había reconocido que volaba a muy poca altitud y se aproximaba a un obstáculo.

—¿Va a venir Jasha? —preguntó Warlord gritando por encima del viento.

—No lo sé. Seguramente le dije lo que no tenía que decirle. —Karen miró hacia la montaña, cada vez más cerca.

Otra alarma. Y otra.

—En mi familia nunca puede decirse lo correcto. He quemado demasiados puentes.

Warlord ató a Karen a su propio arnés.

—Jasha me dijo que habían enterrado tus restos. ¿Estás listo?

—Vámonos.

Las alarmas sonaban ya constantemente y el aire helado les azotaba la cara. Por fin saltaron en caída libre a menos de mil pies sobre el suelo. Karen contó hasta tres y gritó:

—¡Ahora!

Warlord tiró de la cuerda y el paracaídas detuvo su caída convirtiéndola en un suave y tranquilo descenso. Suave, tranquilo y gélido. Warlord maniobró para estar de frente al impacto, envolviéndola entre sus brazos cuando el elegante Cessna se estrelló contra el abrupto y rocoso pico del monte Acantilado en una bola de fuego que se desintegró al instante.

La onda expansiva los empujó sobre las copas de los árboles y por una pendiente. Estando los dos atados y con todo el peso que llevaban, descendían demasiado deprisa y no había ningún claro sobre el que aterrizar.

—¡Cruza las piernas! —oyó Karen, justo cuando empezaban a tocar el bosque helado.

Dio un respingo al golpear una rama con la bota.

Estaban sobre los árboles. Las ramas los abofeteaban por su impertinencia, salpicando nieve, y el aire estaba cargado de olor a pino. Se dirigían hacia el árbol más grande que Karen había visto en su vida. Warlord tensó los brazos en torno a su cintura y ella intentó protegerse la cabeza.

Y de pronto el paracaídas quedó enganchado en algo y los frenó tan bruscamente que los dejó sin aliento. Al cabo de un instante, con un ensordecedor crujido, la rama que los sostenía se partió y salieron despedidos hacia el suelo. Karen aterrizó de bruces en un banco de nieve, con Warlord sobre su espalda. El impacto rompió la capa de hielo y la nieve le llenó los ojos y la boca, espabilándola de inmediato. Aplastada bajo peso de Warlord y el equipaje, manoteó desesperada intentando respirar.

Por fin Warlord se apartó y la sacó de la nieve, y mientras ella se quitaba el casco y escupía, desenganchó los dos arneses, se puso en pie, se quitó también el casco y se echó a reír.

Karen no se lo podía creer.

—Pero ¿a ti qué te pasa? —le espetó, quitándose un puñado de nieve del escote—. Hemos estado a punto de matarnos, varias veces además, seguimos corriendo un serio peligro, y tú te partes de risa.

—Pero no nos hemos matado. ¡Y menudo viaje! —Warlord se echó a reír de nuevo mientras se quitaba el arnés del paracaídas—. ¿No te ha parecido espectacular?

—Pues no.

—¡Venga ya, Karen! —Warlord la abrazó—. Ha ganado la gravedad. Hemos aterrizado. Eso es un buen augurio.

—Tú estás loco.

—Bueno, uno de los dos debe estarlo. Y mira —añadió, señalándose la cara—. El frío me ha bajado la hinchazón. Puedo abrir el ojo un poco, y veo.

Tenía razón. Su piel todavía tenía un aspecto horroroso allí donde había caído el veneno, roja y llena de cicatrices, pero el párpado estaba mejor, y el ojo se veía limpio.

—Entonces supongo que la nieve sirve de algo —admitió ella, aliviada.

Warlord la observó retorcerse, quitándose nieve de sitios donde no debería haber nieve.

—¿Necesitas ayuda para sacar todo eso?

—No.

—De verdad, yo estaría encantado de ayudarte.

Por muy enfermo que se sintiera, sonreía. Coqueteaba. Estaba contento de hallarse en tierra, feliz por no haber perdido el ojo, y de alguna manera convencido, con esa certeza idiota de los hombres, de que si pudiera poner sus cálidas manos sobre el cuerpo helado de ella, Karen caería en sus brazos en un arranque de pasión.

—Tú no tienes remedio.

—Eso dicen. —Y, encogiéndose de hombros, Warlord cedió, de momento.

Se puso las raquetas de nieve y la ayudó a ella a ponerse las suyas. Luego miró la rama rota sobre sus cabezas.

—Si los Varinski vienen a buscarnos, esto nos traicionará.

—Estamos a más de dos mil metros de altura, a veinte grados bajo cero, y la tormenta acaba de empezar. —Karen tendió la mano y un copo de nieve cayó sobre su guante—. Los Varinski son un problema menor ahora mismo.

—Es cierto. La nieve cubrirá los restos del avión y nuestras huellas.

—Si no encontramos algún refugio, la nieve nos enterrará vivos.

Warlord recogió el paracaídas.

—Pues venga, ahora que puedo andar vamos a buscar algún sitio para montar el campamento.

—¿Y luego qué?

—Luego sobreviviremos o moriremos juntos. —Warlord le dio un beso en la mejilla helada—. Si tengo que morir, prefiero que sea contigo.

Ella sacó de su bolsa un gorro y una bufanda.

—Pues habrá que sobrevivir. Tengo asuntos que tratar con los Varinski. —Karen le clavó una significativa mirada—. Y contigo.

28

Warlord se tambaleó y cayó sobre una rodilla con la cara desencajada de dolor. Karen se detuvo jadeando.

—Tenemos que montar el campamento.

—No nos hemos alejado bastante. —Warlord se levantó, pero volvió a caerse—. Ya no estamos lejos del punto de encuentro.

La adrenalina del salto los había mantenido en pie, pero después de andar más de un kilómetro por el bosque nevado, con la tormenta de nieve arreciando cada vez más, habían ido perdiendo fuerzas. El rostro de Warlord era un reflejo del de Karen, cada vez más pálido, con los ojos opacos y la frente perlada de sudor, y en él se leía el espantoso dolor y la parálisis provocada por el veneno.

—Da igual, es que no podemos seguir andando.

—Tenemos que poder. Estamos demasiado cerca del punto donde aterrizamos. Los Varinski podrían encontrarnos sin esfuerzo.

—Vale, pues ve tú delante y me cuentas qué tal.

Karen miró en torno a ella buscando el mejor sitio para montar el campamento, y cuando se volvió de nuevo, Warlord se había desplomado de bruces en la nieve. Lo puso boca arriba y le tomó el pulso. Tenía tanta fiebre que era un milagro que no se derritiera.

—Pero ¿qué esperabas? —preguntó—. Hace cinco horas

te mordió una puñetera cobra mágica. Hace cuatro horas luchaste con Superhalcón y hace una hora estrellamos tu avión. ¿Tú qué te crees, que eres Superman?

Pues sí, estaba claro. Le sorprendería que no tuviera un juego de sábanas de Superman. En ciertos aspectos era como un niño. En otros... bueno, no era el momento de pensar en su pasado ni en sus transformaciones en pantera, o lo abandonaría allí mismo.

—Por lo menos el frío te ha bajado la hinchazón de la cara. —Karen le miró los ojos—. Y creo que no vas a perder visión. —Luego le dio unos golpecitos en el hombro—. Buen trabajo.

Eligió un lugar plano entre las rocas, donde los gigantescos cedros los protegerían de la nieve. Alzó la cabeza y solo vio billones de copos de nieve. No quería quedar enterrada viva.

Encontró en la mochila de Warlord cuatro raciones liofilizadas, cuerda, mosquetones, una pala plegable, dos pistolas semiautomáticas, munición... Jackson Sonnet daría su aprobación: Warlord estaba preparado.

Cavó una zanja poco profunda, arrancó el paracaídas de las manos heladas de Warlord y lo extendió sobre la nieve. Luego sacó de la mochila una tienda de dos plazas. Gracias a Jackson Sonnet, Karen había aprendido a montar una tienda en la oscuridad a temperaturas bajo cero y con viento fuerte, y menos mal, porque esta tuvo que montarla además sumida en una bruma de dolor y desesperación. No contaba con mucho tiempo. Cada vez tenía los brazos y las piernas más entumecidos.

Extendió en el angosto espacio de la tienda los sacos de dormir, adecuados para una temperatura de cuarenta grados bajo cero, los unió para formar un saco grande y metió las mochilas en una esquina. Luego salió de nuevo a la tormenta, arrastró a Warlord hasta la entrada y lo introdujo haciéndolo rodar. Cerró la tienda, le quitó la ropa, lo despertó sacudiéndolo para que bebiera un poco de agua, bebió ella también y lo metió en el saco de dormir.

Solo entonces se sentó jadeando, intentando recordar por qué se había esforzado tanto en salvarle la vida. Se trataba de Warlord, el mercenario que la había hecho su esclava y que la había forzado a reconocer su indefensión ante su propia sexualidad. Y era también Rick Wilder, el cabrón que se había hecho pasar por un inocente empresario para volver a acostarse con ella. Y cuando ella le salvó la vida, todavía insistía en que tenían que estar juntos. Si lo hubiera dejado morir en la nieve... Karen se estremeció.

Vale, eso no podía hacerlo porque... Rebuscó en su bolsa hasta encontrar el icono y se quedó mirando la imagen de la virgen, destrozada por el sacrificio de su hijo. La Madonna la miraba recordándole en silencio lo precaria que era la vida, y sus lágrimas pintadas parecían relucir. No, no podía sacrificar a Warlord ni siquiera por lo que había hecho, ni siquiera por lo que podía hacer.

Sabía mucho sobre la caída de Warlord. Ella misma la había visto, y en un rincón de su mente se representaba una y otra vez la misma escena: la batalla con los Varinski y la derrota de Warlord.

¿Dónde había estado los últimos dos años? ¿En un hospital, en la cárcel, en un ataúd? Desde luego, todo era posible. Cuando Varinski le golpeó, Warlord salió despedido por los aires y se estrelló contra las rocas. Cualquiera hubiera muerto, pero Warlord estaba allí, y hasta esa noche parecía fuerte y sano. ¿Cómo era eso posible?

Su ronca voz de pronto la enervó:

—Karen, ven a la cama. Necesitamos darnos calor.

Karen despertó sobresaltada. Warlord estaba inconsciente. El icono estaba en su bolsa. Estaba delirando. Si no se metía ya en el saco, jamás lo haría.

La tormenta hacía gemir y crujir los árboles, y dentro de la tienda su aliento formaba nubes de vapor. Le costó un esfuerzo quitarse la ropa hasta quedarse en camiseta, y luego con un suspiro se metió en el saco de dormir junto a Warlord. Debería haberse quitado las pulseras de oro, pero en ese momento, aunque no podía comprender o admitir la razón, le daban un cierto consuelo. Tal vez porque conectaban el presente y el pasado, y Karen necesitaba conectar de alguna manera con una época en la que Warlord estaba sano. Ahora ardía de fiebre.

Le puso una mano en el pecho y otra en la frente.

—Por favor, Dios mío, tenemos que sobrevivir a esto.

Y, como si hubiera pronunciado la oración perfecta, se hundió en la mente y en el corazón de Warlord.

Warlord se despertó aterrado e intentó ponerse en pie. Tenía las piernas rotas, las costillas partidas, y estaba ciego. Apenas podía respirar ni pensar con claridad. Presa del pánico gritó:

—*¡Eh!*

—*Que se calle. ¡Que se calle!*

Warlord se encogió, intentando apartarse de la linterna que le daba directamente en la cara.

—*Déjalo en paz. Está muy mal.*

Warlord reconoció la voz.

—*¿Magnus?*

—*Shh.* —*La voz de Magnus era muy rara, ronca y angustiada*—. *Hay que guardar silencio.*

—*Si no se calla* —*dijo la linterna*— *acabo con él.*

«No es muy probable. No eres un Varinski.» Pero Warlord obedeció a Magnus. Su segundo al mando parecía frenético y Warlord no sabía dónde estaba, por qué le dolía todo ni lo que había pasado. La linterna se apartó de nuevo dejándolos en la oscuridad más absoluta.

—*¿Dónde estamos?* —*preguntó Warlord.*

—*En Siberia, en la mina de oro más profunda del mundo.* —*Magnus le tanteó el brazo y le agarró el hombro*—. *No puedo creer que estés vivo. ¿Cómo sobreviviste a esa caída? Cuando ese monstruo te alcanzó, parecía que te hubieran disparado desde un cañón.*

Una cara apareció en la mente de Warlord, iluminada

como una delirante máscara de Halloween, con la frente y el mentón de un Neanderthal. Warlord se encogió involuntariamente.

—¿Quién era?

—Se llama Innokenti Varinski. Es el nuevo mercenario de los ejércitos de la frontera, donde nosotros reinábamos antes. —Magnus lanzó un gemido.

—¿Sabías que tenías un primo así?

—No.

En todos los años que Warlord llevaba de mercenario jamás había conocido a un Varinski. Y tampoco quería volver a encontrarse con ninguno.

—¿A quién han capturado? ¿A quién han matado? ¿Quién está herido?

—Hay muchos heridos. Bobbie Berkley está aquí con nosotros y no va a sobrevivir. Pero solo hemos perdido ocho hombres. —Magnus añadió con amargura—: Les somos útiles.

Warlord no tuvo que preguntar para qué. Ya lo sabía.

—Somos los nuevos esclavos.

—Mineros del oro.

Todos sus hombres odiaban estar encerrados, pero sobre todo Magnus. Eran hombres acostumbrados a marcarse su propio camino, y ahora estaban condenados a cavar hasta morir. Warlord se sentía enfermo de culpa.

—¿A qué profundidad estamos?

—Solo a doscientos metros. Nos están cuidando hasta que nos recuperemos...

—¿Hasta que nos recuperemos? ¿A ti qué te ha pasado?

—He perdido un ojo. Y no puedo erguirme para usar una barrena.

Todo era por su culpa.

—¿Y qué va a pasar cuando nos recuperemos?

—Que nos mandarán abajo.

—¿Abajo? —Warlord se movió despacio, dolorosamente—. ¡Pero si ya estamos a doscientos metros! ¿Qué profundidad tiene esto?

Warlord sanaba deprisa, más deprisa que cualquier hombre normal. Sus huesos ya se estaban soldando, pero había sufrido muchos daños. Tenía que ponerse en pie. ¿Cuándo podría levantarse?

—Quinientos metros. Dicen que no se permiten helicópteros por la zona porque las corrientes subterráneas los absorben. Cuanto más bajas, más cerca estás del infierno y más calor hace. Dicen que ahí abajo el aire es venenoso y los hombres caen como moscas, y que ni siquiera hay gusanos para comerse los cadáveres.

Todo aquello era por su culpa. Por su culpa. Por su culpa. Había desatendido su deber para estar con Karen, para tocarla, abrazarla, para oír su voz y hacer el amor con ella. Sus hombres confiaban en él, le seguían, y él los había conducido directamente a la esclavitud. Les había fallado.

Ya sabía el daño que había causado su lujuria descontrolada, pero a pesar de todo tenía que preguntarlo:

—¿Karen consiguió escapar?

—¿Tu mujer? —No había ni un ápice de reproche en la voz de Magnus—. No he oído que la hayan capturado, y no hay razón para que no lograra huir. Los malditos Varinski estaban demasiado ocupados haciéndonos picadillo para molestarse por una mujer.

Warlord cerró los ojos con alivio. Karen se encontraba a salvo.

Luego alzó la cabeza.

—Escúchame, Magnus. Yo me recuperaré muy deprisa, y ya sabes lo que soy. Voy a sacaros de aquí, te juro que...

Karen se esforzó por apartarse del horror de aquella visión, pero la tenía bien atrapada.

Warlord pasó allí abajo cuatro días. Lo sabía porque una vez al día les metían comida y agua en la celda. Bobbie Berkley había muerto en el suelo junto a ellos, y los guardias lo dejaron allí veinticuatro horas antes de llevarse el cadáver. El calor, la oscuridad, la sensación de estar atrapado en el vientre de la tierra con millones de toneladas de roca alrededor como si fuera una tumba... Allí nada cambiaba. Allí abajo nunca cambiaba nada.

Magnus se agitó gimiendo en sueños. En una ocasión en que los guardias iluminaron la celda un instante, Warlord había visto sus heridas. No solo había perdido un ojo, sino la mitad de la cara.

Y todo por su culpa.

Entonces oyó a los guardias a la puerta y se encogió ante la súbita luz.

—Este ya está bien. Mandadlo abajo. —*Warlord reconoció la voz. Era Innokenti Varinski.*

Su cuerpo se cubrió de un sudor frío. El Neanderthal lo cogió del cuello como si fuera un cachorro.

—Ya veo que te acuerdas de mí.

—Me acuerdo.

—Soy Innokenti Varinski, tu amo. —*Al ver que Warlord no decía nada, Innokenti lo sacudió*—. Dilo.

—Eres Innokenti Varinski. Eres mi amo.

Warlord se dijo que obedecía porque era la actitud más inteligente. Pero más que nada obedecía porque tenía miedo. Miedo de aquella bestia que lo había derrotado en la batalla, que lo había herido como jamás había sido herido antes, y que obtendría un gran placer ante la posibilidad de volver a hacerlo.

Innokenti lo olfateó como si fuera un trozo de pan mohoso.

—Hueles muy raro... para ser un hombre.

—Necesito una ducha. —*Warlord no necesitaba que aquel gigantesco imitador de Sauron le dijera que eran parientes de sangre. Mientras sus habilidades permanecieran en secreto, sus hombres tendrían una oportunidad.*

—¿Quieres que te preparemos un baño? ¿Te ponemos pétalos de rosa en el agua? —*Innokenti sonrió mostrando unos dientes negros y mellados.*

—¿Desde cuándo los Varinski se pudren como los hombres normales?

Era una buena pregunta, tal vez algo grosera, pero una

buena pregunta, puesto que el pacto con el diablo les garantizaba una vida larga y sana, sin los problemas que acuciaban a los simples mortales. Pero era evidente que había metido el dedo en la llaga.

Varinski borró su sonrisa y estrelló la frente contra la cara de Warlord hasta hacer manar un borbotón de sangre de la nariz y la boca.

—Gusano insolente. Ahora voy a enseñarte yo lo que es pudrirse.

Lo lanzó contra la pared, cogió la porra de acero del guardia y le golpeó en la espalda, arrancándole un grito. Descargó cinco golpes y luego tiró la porra al otro extremo de la celda, alcanzando a un guardia que cayó con un chillido al suelo.

—Encadenadlo y ponedlo a trabajar. —Luego alzó a Warlord con las manos y añadió—: Soy Innokenti Varinski. Cuando mueras, recuérdame y maldice mi nombre.

—Innokenti —murmuró Karen—. Innokenti. —Entonces cambió la escena y...

Días y meses sin fin, sin luz, sin suficiente comida ni agua.

Warlord no tenía aliento para maldecir a Innokenti Varinski. No tenía fuerzas ni voluntad. Las profundidades de la mina le robaban toda la energía, el trabajo destrozaba su cuerpo, la constante pérdida de sus hombres, uno detrás de otro, le había roto la voluntad.

Todo había sido por su culpa. Por su culpa. Por su culpa.

Una vez al mes Innokenti le daba una paliza con la barra de acero. Al principio Warlord no supo por qué lo había elegido. ¿Se habría dado cuenta de que estaba emparentado con la odiada rama renegada de los Varinski, la familia Wilder? Pero al final supo cuál era el origen de su frustración: ningún hombre habría sobrevivido a una sola de sus palizas, y sin embargo todos los meses, cuando Innokenti volvía, se encontraba a Warlord trabajando de nuevo. Y entonces procedía una vez más a pegarle con la barra de acero, y algún día conseguiría matarlo, porque solo otro demonio podía matar a un hombre protegido por el pacto con el diablo.

Pero todavía no. Todavía no.

Si Warlord no hubiera faltado a su deber con sus hombres para pasar todo su tiempo con Karen, todavía serían libres. Pero el recuerdo de Karen era lo único que lo mantenía vivo. Cuando los guardias le pegaban con la barra de acero y Warlord ya no podía imaginar lo que era sentir el sol y el aire fresco en la piel, pensaba en ella.

Karen, una fugaz visión en el tren de Katmandú.

Karen, en su tienda en mitad de la noche.

Karen, agarrada a él en la moto mientras huían de la avalancha de rocas.

Karen, bailando en la pradera, besando el suelo, desnuda bajo la cascada.

Karen, atada a la cama de bronce y retorciéndose de placer.

A veces la sentía tan cerca que percibía su olor, tocaba su piel, oía su voz hablándole con dulzura.. Entonces sabía que estaba alucinando. Karen jamás le hablaría con dulzura.

Al cabo de un año solo quedaba la mitad de sus hombres. Morían al dinamitar la roca, morían en los desprendimientos, y lo peor, morían uno a uno de hambre, de las palizas... y porque ya no tenían ninguna esperanza. Nada de lo que les decía les servía, ya no confiaban en él.

Hasta Magnus se había rendido.

Tenía que sacarlos de allí, ya no podían esperar más, ni ellos ni él. Porque él también se había rendido. No se dio cuenta de lo hundido que estaba hasta que uno de los guardias le dio un golpe con una barra de acero y le dijo:

—Eh, chavalote, ¿a que no sabes quién viene mañana? Tu mejor amigo, Innokenti Varinski. ¿Y sabes lo que va a hacer? Va a dejarte medio muerto de una paliza. Ya puedes ir preparándote para gritar, gusano.

Warlord cayó de rodillas y se echó a llorar. Lloró de miedo, lloró pidiendo la liberación de la muerte, lloró y suplicó al guardia que lo matara, aun sabiendo que era imposible.

El guardia se echó a reír y le clavó la barra otra vez.

—¿Te parece que estoy loco? Si te mato, me mata él a mí. No, gusano, mejor me espero a oírte cantar ópera mañana.

Warlord estuvo llorando durante todo el turno de ese guardia y el siguiente. Ninguno de sus hombres quiso mirarlo. Magnus no le dirigía la palabra. Los había decepcionado a todos... y aun así seguía llorando.

Y entonces, con el cambio de guardia se presentó la oportunidad. Warlord no la reconoció hasta que la voz de Karen resonó en su mente: «¡Presta atención!».

Dos guardias, en lugar de los cuatro habituales, y los dos estaban borrachos. La compañía minera había dado una fiesta en la superficie. Un guardia perdió la conciencia y no llegó a oír el estruendo de la barrena cuando le taladró el pecho. El otro cayó bajo el rápido golpe de la cadena de Warlord.

—¿Veis, chicos? —dijo Magnus—. Al fin lo ha conseguido. —Pero su voz era débil, y cuando intentó coger las armas se desplomó.

Warlord alzó a su amigo y lo metió en el ascensor. Magnus había encogido allí en la mina. Los huesos casi se le salían de la piel y a la luz sus labios se veían morados.

Treinta y ocho hombres se apiñaron en el ascensor.

—Yo voy por la escalera hasta el siguiente nivel. Dadme un par de minutos y luego seguidme. Mientras yo acabo con los guardias, vosotros coged sus armas. —Warlord se inclinó para pulsar el botón—. Necesitamos armas para salir de aquí.

—¿Y tú quién coño eres para decirnos qué hacer? —le espetó Logan Rogers.

—Es el tipo que nos ha sacado de aquí —respondió Magnus.

—Es también el tipo que nos metió aquí —replicó Logan.

—¿Tú tienes un plan mejor? —terció Warlord.

Logan guardó silencio.

—Pues entonces cierra el pico. —Warlord miró a sus mercenarios, a lo que quedaba de su banda—. Liberad a los otros prisioneros, pero no los dejéis entrar en el ascensor, porque no aguantará el peso. Cuando acabemos con los guardias, los mineros tendrán su oportunidad.

Los hombres asintieron solemnes.

—*Horst, antes de que los hijos de puta de arriba se den cuenta de lo que pasa aquí abajo, más vale que empieces a pensar en la forma de manejar los controles.*

—*¿Cómo vas a acabar con los guardias tú solo?* —*preguntó Horst con su marcado acento sueco.*

Warlord se miró las cadenas de las muñecas. Estaba tan flaco que parecía una víctima del hambre. ¿Sería capaz la pantera de librarse de las esposas? Si no... bueno, en aquella oscuridad jamás verían una pantera, ni siquiera una pantera encadenada.

Warlord sonrió por primera vez en un año.

—*No tienen la más mínima oportunidad.*

Y así fue. Fue subiendo un nivel tras otro, silencioso, invisible, atacando sin avisar. Sus hombres iban llegando tras él para recoger las armas, hasta que hubo porras, látigos y pistolas para todos.

A ciento cincuenta metros, cuando por fin alguien en la superficie advirtió que pasaba algo y quiso cortar la corriente, el ascensor siguió subiendo. Horst había hecho su trabajo. Pero Warlord se iba quedando atrás. Estaba débil, demasiado débil para subir corriendo tantas escaleras. No lo conseguiría. Cuando sus hombres llegaran arriba no podrían sencillamente salir corriendo del ascensor. Una sola metralleta acabaría con todos ellos. Tenía que detenerlos antes de que llegaran.

Y entonces oyó el tiroteo.

29

Karen se despertó resollando, forcejeando en un intento por incorporarse en el saco de dormir. Warlord la abrazaba, repitiendo una y otra vez:

—No pasa nada, no pasa nada...

—Sí que pasa. No puedo respirar. No puedo... Estaba oscuro. No había aire. Hacía mucho calor. Me daban palizas. —Las lágrimas se le saltaban por las comisuras de los ojos.

—El veneno te ha hecho enfermar. —Warlord le echó un poco de agua en la boca y en la frente—. Pero ya estás mejor. Puedes respirar. Respira.

Karen miró frenética en torno a la tienda casi a oscuras. El peso de la nieve hundía el nailon alrededor de ellos y ocultaba el sol.

—¿Lo ves? Estamos en las montañas, juntos. Esto es el presente. Ese momento y ese lugar es el pasado.

—Pero yo lo vi. —Y a pesar de todo, en ese momento estaba allí con él.

Warlord la abrazó.

—Estuviste allí. Te vi, pero pensé que me había vuelto loco.

—Me despertaba en mitad de la noche y estaba muy oscuro, y sabía que tú estabas vivo en algún lugar... —A Karen le dolían los huesos y los músculos como si le hubieran dado una paliza—. ¡Dios mío! ¿Cómo pudiste soportarlo? Tanto tiempo sin esperanza...

—Cuando estás atravesando el infierno, hay que seguir andando —repuso él—. Un año en la oscuridad te da mucho tiempo para pensar, y eso hice. Repasé mi vida unas mil veces.

—Ya lo sé. —Karen había estado en su mente cada minuto.

Warlord le ofreció la cantimplora para que bebiera.

—Al principio, cuando recordaba el pasado, me sentía desafiante. Estaba orgulloso de lo que había hecho, de crear mi propio camino, de ignorar las advertencias de mi padre y ser libre —le explicó, mientras le iba dando trocitos de galleta de avena y pasas que Karen masticaba despacio—. Pero en el repaso número trescientos empecé a acordarme de mis hermanos, pensé en lo que sería saber qué hacían, a quién amaban. Me acordé de mi madre, del beso que me dio la última vez que nos vimos. Me acordé hasta de mi padre y de cada palabra que me dijo y me repitió una y otra vez cuando era pequeño. «No te transformes, Adrik» —lo imitó Warlord, con una voz profunda de marcado acento ruso—. «Cada vez que te entregas a la pantera te pones en manos del diablo, Adrik.» Me acordé de lo mucho que odiaba sus consejos. En aquel entonces aquello me parecía una tontería y me juré que cuando fuera mayor haría lo que me diera la gana.

—Y eso hiciste.

—Eso hice. Y al final, allí en la oscuridad tuve que enfrentarme al hecho de que mi padre tenía razón. —Warlord entornó los ojos—. Joder, eso sí que me sentó mal. Pero también pensé que daba igual. Tenía que sacar a mis hombres de allí como fuera, y si eso significaba ponerme en manos del diablo, pues lo haría. Cuando por fin se presentó la ocasión, me convertí en una pantera negra, silenciosa como una sombra, y cada vez que mataba a un guardia sabía que había salvado a cien prisioneros. Pero cada vez que mataba a un guardia, me manchaba las manos con la sangre de otro hombre.

Karen sabía dónde estaba. Podía respirar perfectamente. Y a pesar de todo sufría... por él.

—A medida que mis hombres se acercaban a la superficie, estaban cada vez más alterados, y yo sabía por qué. Casi podía oler el aire fresco y estaba deseando sentir el sol en la cara. —Los ojos verdes de Warlord brillaban recordando su expectación—. No podía dominarlos. Iban por delante de mí, y cuando oí los disparos quise liarme a gritos con ellos por haber sido tan idiotas.

Karen atendía cada una de sus palabras.

—¿Y qué pasó?

—Que cinco plantas antes de llegar a la superficie cayeron en una emboscada.

—Cosa que no habría pasado si te hubieran dejado ir a ti antes.

—Te aseguro que me preocupé de decírselo luego. Para cuando llegué yo habían acabado con los guardias, pero habían caído cuatro de mis hombres y aquello era un verdadero caos. Me imaginé que arriba estarían preparados para lanzar el ataque final, pero también sabía cómo bebían los guardias. Tenían que haber perdido reflejos, tenían que estar desorganizados. Y lo más importante, estaban acostumbrados a tratar con prisioneros muertos de hambre y sin voluntad de lucha. Así que montamos una bomba en el ascensor. Te recuerdo que aquello era una mina y utilizábamos explosivos todos los días. Mis hombres mandaron el ascensor hacia arriba mientras yo subía por las escaleras despejando el camino. Ellos venían detrás, y llegamos todos a la superficie a tiempo de ver la explosión. Tomé el control de la mina con treinta y ocho mercenarios bastante cabreados —declaró Warlord con orgullo—, y no paramos hasta secuestrar un avión que iba hacia Afganistán.

—¿Y qué pasó con Innokenti? —preguntó Karen estremeciéndose.

—Supongo que llegaría poco después. —Warlord la tumbó y la tapó bien con el saco—. Y la verdad es que no me gustaría nada estar en el lugar de los guardias que sobrevivieron.

—¿Y Magnus? ¿Sigue vivo?

—Pues sí, y vive bastante bien para ser un ex mercenario con un ojo, ocho dedos y veintinueve dientes. Es el consultor del juego *Warlord*.

—¿Le gustan los videojuegos?

—Los odia. Siempre le pareció una tontería eso de sentarse delante de una pantalla dándole a los pulgares, así que cuando le hablé de la posibilidad de convertir toda nuestra experiencia en un juego, sugirió crearlo de manera que la acción tuviera lugar en una sala alrededor del jugador. En *Warlord* el jugador va con las armas pegadas al cuerpo y unos sensores en las manos, los pies y la cabeza, y tiene que defenderse de los peligros que le salen al paso. —Warlord se entusiasmaba hablando del juego—. Cuanto más alto sea el nivel, más difíciles las batallas y más enemigos. En realidad es un sistema de entrenamiento para mercenarios.

—¿Un videojuego en una sala? —Karen esbozó una sonrisa indulgente—. ¿Y eso dónde se jugará?

—En salas recreativas, en galerías de Paintball... Burstrom anda metido en muchísimos asuntos y está comprando propiedades para montar casas de juego. Pero además, Burstrom y yo le vemos a esto potencial para que se utilice como entrenamiento para todo tipo de lucha y autodefensa. Las escuelas de karate lo comprarán. Ya hemos empezado a trabajar para modificar el juego y adaptarlo al boxeo. Las ventas preliminares han supuesto un beneficio de más de setenta millones de dólares.

—Setenta millones de dólares. —La sonrisa indulgente se evaporó—. ¡No me lo puedo creer!

—Bueno, mi parte es solo el diez por ciento.

—¿Solo? Eso son siete millones.

—Y eso es solo el principio. Los pronósticos para el año que viene son de cinco veces más.

—¡Vaya! —Karen jamás habría imaginado que Warlord fuera un mago de las finanzas.

—Como pasa con todas las empresas, siempre cabe la posibilidad de que los pronósticos se equivoquen —advirtió Warlord.

Pero Karen no creía que eso fuera a pasar, no a un empresario tan convincente como él.

—Además —prosiguió Warlord—, el dinero que hice como mercenario lo tenía en un banco suizo, y con la ayuda de mi asesor financiero...

—¿Tenías un asesor financiero?

—Habría sido una estupidez no tenerlo. En fin, que con su ayuda mi patrimonio alcanza los treinta millones, y esa cantidad está totalmente separada del dinero empleado para el desarrollo del juego *Warlord*.

Karen se había quedado estupefacta. Se acordó de cómo vivía Warlord, en una tienda con el botín de cientos de incursiones. ¿Y tenía treinta millones? ¿Y seguía ganando dinero a espuertas?

—¿Por qué me cuentas todo esto?

—Quiero que sepas que si me haces el honor de casarte conmigo, siempre cuidaré de ti.

Menos mal que estaba estirada, porque si no se habría caído al suelo de narices.

—Mis pecados son incontables, pero tu recuerdo fue lo único que me mantuvo vivo el año infernal que pasé en cautividad. —Warlord se inclinó sobre ella para apartarle el pelo de la cara, le acarició la mejilla con el dorso de los dedos y sonrió mirando su expresión aturdida—. Tenemos una conexión tú y yo. Más de una. —Le agarró las muñecas para tocar las pulseras de oro—. Y, mira, llevas mi marca de propiedad.

—¡Las llevo para mostrar que me escapé de ti!

—Las llevas como una alianza de boda.

Karen dio un respingo. No le faltaba razón.

—Puedes entrar en mi mente —prosiguió él con tono persuasivo—. Cásate conmigo.

Karen se quedó totalmente inmóvil, intentando asimilar sus palabras. Sabía cuál era la verdad, pero le daba demasiado miedo aceptarla.

—Busca en tu mente, ¿qué te dice?

Ella supo de inmediato la respuesta, pero insistió tercamente:

—Nada.

Sin embargo, Warlord no iba a permitir que le mintiera. Se inclinó hacia ella, pegó la frente a la suya, y mirándola a los ojos le puso la mano sobre el corazón.

Era oscuro, hacía frío. Y Karen quería a su mamá.

Pero su mamá no acudía.

Los criados la miraban y murmuraban. Su abuelo llegó, se la quedó mirando y frunció el ceño meneando la cabeza. Pero casi siempre estaba sola en aquella casa fría y oscura, asustada, oyendo susurros, palabras a media voz...

«Pobre niña. Se ha quedado sin madre. Se tiró por un barranco detrás de su amante muerto.»

A Karen se le saltaron las lágrimas.

«Mamá, mamá.»

«Pobre niña. Dan Nighthorse está muerto, la madre se despeñó por el barranco. ¿Te imaginas lo que es eso? Se quedó allí desangrándose un día entero, con todos los órganos destrozados, y cuando la rescataron gritaba enloquecida.»

Karen oyó llegar a su padre. Salió de su cuarto y corrió al balcón, esperando que papá fuera a verla. Desde allí vio a su abuelo agarrar a su padre por el cuello y meterlo en el despacho. «Estaba con ese guía indio. Ha sido su amante durante años. ¿Sabes lo que eso significa...?» La puerta se cerró de golpe tras ellos.

«¿Qué significa eso? Papá, papá.»

«Pobre niña. Solo tiene cinco años. Dan Nighthorse está muerto. Su madre se despeñó por el barranco. ¿Te imaginas lo que es eso? Se quedó allí desangrándose un día entero, con todos los órganos destrozados, y cuando la rescataron gritaba enloquecida. Pobre niña. Su madre ha muerto. Pobre niña. Está sola.»

Sola para siempre.

Karen se despertó llorando. Warlord también tenía lágrimas en los ojos.

—Mi pobre niña. Mi pobre niña. No puedo soportarlo. Pero ya no estás sola. Ya no estás sola.

Karen intentó apartarlo.

—Basta ya. Déjalo.

—Es demasiado tarde para dejarlo. La sangre mía que tragaste te dio fuerza para combatir el veneno y también te dio una ventana a mi mente. ¿Y qué más, Karen?

—Nada —insistió ella.

Warlord la estrechó entre sus brazos, obligándola a poner la oreja contra su pecho, y mientras Karen oía los latidos de su corazón, cayó en otro trance.

El sol la quemaba, el horizonte se extendía infinito. Tenía una oportunidad. Una sola oportunidad de hacer el bien, de conseguir que su padre la viera, que de verdad la mirara, que por fin advirtiera lo mucho que se había esforzado, lo lista que era... Una sola oportunidad.

Karen se acercó al sombrío grupo de trabajadores, dos docenas de hombres en torno a una pila de leña. Estaban furiosos, todos y cada uno de ellos. Estaban trabajando en el hotel de aventura australiana de Jackson Sonnet, no habían llegado siquiera a la mitad de las obras y el director del proyecto había sufrido un infarto. Ahora había venido para sustituirle la hija del jefe, una chica de veintitrés años. Sin decir una palabra habían logrado transmitir a Karen lo que pensaban del asunto.

Una sola oportunidad, y ahora querían arrebatársela.

Karen sonrió, porque la sonrisa siempre desarmaba a los hombres, se metió las manos trémulas en los bolsillos de los tejanos y preguntó:

—¿Quién es aquí el capataz?

Un hombre alto, delgado y de rostro moreno alzó la mano pero no se puso en pie.

Muy bien. Una oportunidad. Y si sabía tratar a aquel hombre, si pudiera conseguir que trabajara para ella... Una oportunidad.

—Alden Taylor. Con experiencia en encofrados, fontanería, electricidad, tabiques y carpintería de acabados. ¿Cuánto tiempo llevas con mi padre?

—Llevo veinticinco años con ese pedazo de cabrón. —Al-

den hablaba con marcado acento australiano, e intentaba escandalizarla insultando así a su padre en su cara.

Pero acababa de picar el anzuelo.

—¿Y tú dirías que el pedazo de cabrón suele tener arranques de bondad?

Alden lanzó una carcajada. Los demás se agitaron divertidos.

—¿Caridad? ¿Generosidad? ¿No? —Karen no se molestó en esperar respuesta—. A mi padre solo le importa una cosa, una cosa nada más: que sus hoteles se terminen de construir y que empiecen a funcionar para obtener beneficios. ¿No es así?

Esta vez Alden intentó contestar, pero ella lo hizo callar con un gesto.

—Eso significa que el pedazo de cabrón me ha tenido trabajando en hoteles todos los veranos desde que tenía catorce años. Puedo hacer todo lo que hacéis vosotros aparte acabados de cemento y diseño de planos, y además puedo hablar con los inversores e impresionarlos con mi título de directora de proyectos. Estoy aquí al mando de esta obra porque soy lo mejor que tiene Jackson. Le da igual que sea su hija, me ofreció el mismo trato que le ofrece a todo el mundo: si consigo terminar el hotel sin salirme del presupuesto, me pagará bien. Si la cago, me pondrá en la calle.

Alden movió los labios como si quisiera sonreír.

—No cambia nunca.

—No estoy de acuerdo, sí que cambia. Cada año se vuelve más cabrón. —Karen estaba nerviosa, hablaba demasiado deprisa, pero todo el mundo le prestaba atención—. La electricidad no se me da muy bien, y mis acabados de carpintería son un asco. Por eso he pedido que seas tú mi ayudante de dirección. —Dio un paso adelante y le ofreció la mano.

Alden la miró, se la estrechó y dejó que tirara de él para ponerse en pie.

—¿Me has ascendido?

—Sí, enhorabuena, y bienvenido a las jornadas de veinticuatro horas. Esta mañana, incluso antes de asumir mi puesto, *mi padre me llamó para decirme que vamos retrasados y me echó una buena bronca. Así que mientras yo inspecciono la obra, tú pones a esta gente a trabajar. Luego ven a buscarme, hablaremos de tu aumento de sueldo y repasaremos los planos para ver dónde podemos recuperar algo de tiempo.* —Karen echó a andar hacia el hotel a medio construir, y volvió la cabeza hacia el perplejo Alden—. *Bueno... si quieres el puesto, claro.*

La voz de Warlord la sacó de su trance.

—¿Y lo aceptó?

—Sí. —Entonces se dio cuenta de lo que acababa de admitir—. No hagas eso.

—Así que tuviste tu oportunidad para quedar bien ante tu padre. ¿Se dio cuenta él siquiera?

—Por favor, no. —Karen no podía permitir que conociera todos sus secretos.

Él le alzó el mentón y le rozó los labios con los suyos una y otra vez hasta que ella cerró los ojos.

—Mi sangre en tu organismo también me dio una ventana a tu mente.

—No.

Su contacto y su beso habían desdibujado el afilado borde de la realidad, pero Karen conocía la verdad. Los últimos días había visto su debilidad, había sido testigo de su dolor. Había vivido en su piel. Había cometido sus pecados. Había matado a otros hombres, había luchado exultante en la batalla, había disfrutado del sexo con miles de mujeres...

Con los ojos de Warlord se había visto a sí misma por primera vez. Se había deleitado en su propia captura, en las horas y días y semanas de incesante placer. Había estado decidida a vencer en la lucha sensual entre ellos.

Había sobrevivido a duras penas a la batalla que acabó con él en las minas. Allí había habitado con él en el infierno, había conocido sus remordimientos al ver morir a sus hombres, había sufrido el dolor de las palizas y el lento hundimiento de su espíritu. Y había visto que por muy opresiva que fuera la oscuridad, por mortal que fuera el trabajo, Warlord jamás se había rendido. No por él, sino por sus hombres. Estaba decidido a ganar su libertad.

Warlord se había redimido. Warlord había demostrado que tenía coraje y honor.

Karen no poseía esa fuerza ni ese honor. Su vida era pequeña, sus miedos exagerados. Jamás habría querido que Warlord fuera testigo de la ansiedad que sufrió con la muerte de su madre, de los días solitarios de su infancia, de la dificultad de su trabajo en la construcción... de la angustia y el gozo de ser la esclava de Warlord.

Pero él lo había visto. En algún momento de los últimos días había estado en su mente y lo había visto todo.

—Cásate conmigo —insistió él.

Ella apartó la cara.

—¿Por qué ibas a querer casarte conmigo?

—Tu imagen, tu olor, tu calor me llegan a los huesos. Tú calientas mi interior duro y helado, y cuando te vi en el vestíbulo del spa, por primera vez en dos años me sentí vivo y sano. —Rápidamente añadió—: Jamás te retendré en contra de tu voluntad.

Ella lo miró de reojo.

—No he dicho que no vaya a intentar convencerte. Tampoco he dicho que vaya a rendirme jamás. Pero no volveré a retenerte en contra de tu voluntad. Ahora sé lo que es eso. Ha sido una dura lección, pero la he aprendido. —Warlord agachó la cabeza—. Por favor, perdóname.

Estaban atrapados en la pequeña tienda, dentro del saco de dormir, con la misma ropa que llevaban desde hacía cinco días, pero él suplicaba su perdón como si se tratara de un cortesano ante su reina.

Karen no quería casarse con él, pero le gustó que se lo pidiera. Y lo disfrutó todavía más porque sabía a ciencia cierta que aunque hablaba muy en serio, Warlord tendría que luchar contra su propia naturaleza posesiva para cumplir su promesa.

—Por favor —insistió él.

Ella le puso la mano en la cabeza, sobre todo porque la seda negra de su pelo la atraía.

—Te perdono.

—¿Te casarás conmigo?

Ese era Warlord. Siempre dispuesto a aprovechar cualquier oportunidad.

—No.

—Seré un buen marido, Karen. Te quiero.

—Pero yo no sé si...

—¿No sabes si me quieres?

—No, no sé si te quiero. —Su padre le había enseñado que no podía fiarse de ningún hombre, y Warlord había confirmado esa lección—. Lo que sí sé es que no me fío de ti. —Pero lo dijo mirándolo con ojos atormentados. ¿Se estaba equivocando?

—Shhh. —Warlord la incorporó y le quitó la camiseta—. Te preocupas demasiado.

Karen debería detenerlo, debería decirle que jamás podría perdonarle el tiempo que pasó cautiva. Sabía que el largo año que había estado en el infierno no había logrado erradicar al diablo que llevaba dentro. De hecho la última semana lo había visto en acción, cuando Warlord intentó seducirla haciéndose pasar por otro.

Él se quitó la ropa, le puso las manos en las caderas y se estrechó contra ella con los ojos cerrados, como si el mero contacto de sus cuerpos le produjera éxtasis. Karen notaba su erección en el vientre. Lo cogió de los brazos y enroscó las piernas en torno a las de él, porque el éxtasis también la envolvía a ella.

Warlord se alzó, deslizó los pulgares por el elástico de sus bragas y se las bajó.

—Quítatelas —susurró—. Quítatelas, por favor.

Y ella, como una idiota, respondió a su súplica. Como recompensa, él se internó en el saco para besarle los hombros, la tierna piel del interior del codo, las palmas de sus manos y sus dedos.

Karen había echado de menos la forma en que él adoraba

su cuerpo, cómo recorría con besos y caricias cada miembro, cada milímetro de piel. Pasara lo que pasase, estaba ligada a Warlord, porque mientras estaba en su mente había descubierto que la quería. La quería con toda la pasión de un hombre que había vivido en el infierno y ahora veía la oportunidad de llegar al cielo.

Por eso le permitió acariciarle el vientre y la zona entre sus piernas. Por eso le tocó las hondas cicatrices de sus hombros. Por eso hizo el amor con él.

Warlord deslizó las manos por todo su cuerpo, aprendiéndose una vez más sus curvas.

Fuera el viento arrancaba la nieve de la tienda capa por capa, dejando que la luz del sol empezara a penetrar en el nailon. Las ramas de los árboles oscilaban entre susurros y el penetrante aroma a pino se mezclaba con el olor de sus cuerpos.

Habían estado a punto de morir por el veneno de la cobra. Habían atravesado juntos el infierno.

Warlord besó con labios suaves y calientes sus pezones, saboreándolos, demostrándole lo dulce que podía ser la vida. Karen lo estrechó contra ella, entrelazando los dedos en su pelo, disfrutando de su aliento en la piel. Luego tiró de él.

—Por favor, te deseo.

—¿Qué quieres? —preguntó él sonriendo, besándola una y otra vez—. Dímelo.

Karen deslizó las manos por su pecho, por su vientre, hasta tomar su pene entre los dedos. Warlord lanzó un siseo y arqueó las espalda cerrando los ojos.

—Cuando termine contigo —dijo ella burlona—, cada vez que pienses en el placer pensarás en mí.

Él abrió los ojos.

—Eso ya lo hago, amor mío. Ya lo hago.

Y se movieron juntos hasta que la nieve cayó de la tienda y el sol se filtró por el nailon y la luz iluminó el rostro esculpido y amado de Warlord.

Después de tres días de interminables nevadas, vientos y ventiscas, el tiempo se despejó por fin y la patrulla aérea y el equipo de rescate salieron a buscar el Cessna Citation X. Tardaron dos días en localizar los restos, y cuando llegaron al lugar, Innokenti y una docena de hombres escogidos iban con el grupo como expertos civiles en rescates.

Los hombres inspeccionaron los restos del accidente buscando alguna señal de supervivientes, moviendo la cabeza sombríos. Estaban convencidos de que todos los pasajeros del avión habían muerto.

Pero Innokenti no lo tenía tan claro. Estaba esperando el informe de su mejor rastreador. A Pyotr no se le escapaba el más mínimo detalle.

Algunos americanos murmuraron sorprendidos cuando un halcón voló en círculos sobre la cabeza de Innokenti antes de desaparecer entre los árboles. Innokenti lo siguió.

Allí estaba Pyotr, dando saltos de excitación.

—Están aquí. He visto pruebas. Una rama rota recientemente en un cedro.

—A lo mejor ha sido el viento.

—Algo se enganchó en ella. La corteza está rota en el medio, y el extremo está pelado de agujas.

—Buen trabajo.

Los otros hombres de su grupo se reunieron con ellos.

—Vamos a por ellos —declaró Innokenti, mirando muy serio sus expresiones ansiosas—. Podéis quedaros con la chica, pero Wilder es mío.

—¿Y los americanos? —preguntó Lev, señalando con la cabeza al equipo de rescate.

Innokenti echó a andar ladera abajo mientras se transformaba.

—Matadlos a todos.

30

Warlord salió de la tienda a la nieve vestido con un sinfín de capas de ropa seca. El día era perfecto: nubes altas y blancas contra un cielo azul, una brisa fresca y una temperatura que oscilaba en torno a los diez grados. O tal vez el día no era tan perfecto, pero él se sentía de maravilla. Mejor que en dos años. No, mejor que en toda su vida. Karen todavía no era suya, pero había ganado bastante terreno.

Claro que primero ella había tenido que ser testigo de su absoluta humillación, lo cual no tenía sentido. Cuando Warlord se dio cuenta de que Karen estaba en su mente, viviendo con él los oscuros días de su cautiverio, habría querido gritar de rabia. En las minas había muerto cada día, y cada vez que Innokenti Varinski le daba una paliza, chillaba de dolor. Y, lo que era peor, la última vez incluso había llorado al enterarse de que Innokenti volvía. Había llorado como un niño de pecho.

Pero a Karen no parecía importarle que se hubiera desmoronado, que gimiera y suplicara. De hecho casi le gustaba más por comportarse como un cobarde.

No entendía a las mujeres. Jamás las entendería. Pero daba gracias a Dios por su existencia, sobre todo por Karen.

Karen salió de la tienda y se estiró sin mirarle. Porque se sentía algo avergonzada por no haber podido disimular su pasión, humillada al saber que Warlord había visto su mente y furiosa por haber sucumbido.

No era que se hubiera rendido del todo a él, pero lo haría. Warlord no tenía ninguna duda. No podía luchar contra él y contra sus propios deseos. Y en cuanto se diera cuenta de eso, él le pondría la alianza en el dedo lo antes posible, y luego se pasaría los siguientes cien años enseñándola a amarlo y demostrándole que podía confiar en él.

—Estás preciosa —dijo, tomándola en sus brazos.

—No, estoy fatal. —Karen siempre se las apañaba para que Warlord pareciera un idiota—. Hace cinco días que no me doy ni una ducha.

—Absolutamente preciosa —repitió él, besándola insistente.

Ella le devolvió el beso y de pronto lo apartó como si se hubiera traicionado. Él fingió no darse cuenta.

—Ojalá tuviera un móvil para llamar a Jasha y ver si está en el punto de encuentro.

—No parecía muy entusiasmado ante la perspectiva —le advirtió ella.

—Jasha es el mayor. Puede que no esté entusiasmado, pero es el hombre más responsable que hayas conocido en...

De pronto un brusco sonido hendió el aire. Warlord empujó a Karen contra un árbol y miró el cielo.

—¿Qué ha sido eso? —preguntó ella.

—Nos vamos ahora mismo.

Warlord sacó las mochilas de la tienda.

—No deberíamos habernos quedado aquí tanto tiempo.

—Eso ha sido un disparo.

—Sí. —Warlord sacó dos Glocks y una munición de cien balas, pensando que si con eso no mataba a los Varinski, no los mataría nunca. Pero, teniendo a Karen con él, cien balas se le antojaba una cantidad patética. Teniendo a Karen con él, habría preferido contar con una metralleta M16, o un tanque. Cualquier cosa para protegerla.

—Tú crees que han sido los Varinski —comentó Karen, ayudándole a cargar las armas—. Pero ¿no podría haber sido un cazador?

Warlord se colocó una pistola en torno al pecho bajo la chaqueta, mientras calculaba los posibles escenarios de ataque y defensa.

—Todo puede ser.

—Es verdad. Pero ya sé que no es probable.

—Tú tiras bien, ¿no?

—Mi padre se aseguró de ello.

Mientras Warlord le colocaba la pistola bajo la chaqueta, sonreía.

—Tu padre tenía sus virtudes.

—Me preparó para la supervivencia, eso seguro. El hijo de puta. —Pero su tono era nostálgico.

Warlord la entendía. Había visto en ella sus emociones encontradas. Karen odiaba a Jackson Sonnet por haberla criado sin afecto ni ternura, pero al mismo tiempo, al faltarle su madre, él había sido su único apoyo, una constante en su vida, y aunque no quisiera admitirlo, Karen entendía lo mucho que tuvo que herirlo en su orgullo la infidelidad de su madre y la traición de su mejor amigo.

—Lo echas de menos —dijo Warlord.

—Sí, supongo que sí —confesó ella.

—Cuando termine todo esto iremos a verlo. —Warlord se guardó un cuchillo en la manga y se colgó las cuerdas del cinto—. Coge el icono —indicó, abriendo la bolsa. Él no podía tocarlo. Todavía tenía las quemaduras de la primera vez.

—¿No vamos a llevarnos todo lo demás? —preguntó ella, mientras rebuscaba entre su ropa.

—Tenemos que avanzar deprisa —contestó él, sacando las raquetas de nieve.

Karen no discutió, no se quejó, no le sermoneó sobre el impacto ecológico que significaría dejar allí sus cosas. Cogió el icono y el marco, del que sacó rápidamente la fotografía de su madre. Se guardó todo en un bolsillo interior con cierre de velcro. Puso el cuchillo en un bolsillo exterior, y colgó el hacha del cinturón.

Warlord se puso las raquetas de nieve y ella lo imitó.

—Estoy lista.

—Desde luego eres única.

Después de echar un vistazo al GPS portátil, se pusieron en marcha. El camino era descendente, pero abrupto. Se mantenían a cubierto siempre que podían, evitando los profundos bancos de nieve, observando el cielo y con el oído avizor.

—¿Adónde vamos? —preguntó Karen.

—A la cita con Jasha.

—¿Y si no está?

—El punto de encuentro es la mejor posición que hay para defendernos. Por eso precisamente lo elegí.

—Pero ¿cómo pudiste prever todo esto?

—Me preparé para cualquier posible eventualidad. —Warlord la miró—. Cuando conozcas a mi padre, lo entenderás.

—¿Voy a conocer a tu padre?

—Querrá conocer a mi novia.

—Todavía no he dicho que sí.

—No pierdo la esperanza. —Warlord sonrió al ver su expresión tozuda.

—¿Está muy lejos el punto de encuentro?

—¿Estás cansada?

El ejercicio eliminaba los últimos efectos del veneno. Warlord se sentía bien, pero la altitud lo hacía respirar con dificultad. Por muy estoica que fuera Karen, seguía siendo totalmente humana y además una mujer.

—Yo estoy bien.

—Puedo llevarte a cuestas —ofreció él.

Karen lo alcanzó.

—Oye, que yo me he criado en las Rocosas, y a su lado estas montañas son colinitas. Así que no me vengas con esas.

—Qué susceptible —exclamó él sonriendo; notaba el calor de su furia en la espalda—. Seguramente estamos a unos treinta kilómetros del lugar del accidente. El pájaro todavía no nos ha encontrado.

—¿El pájaro? ¿Quieres decir el halcón? Pero ¿no lo habías matado?

—Hay más. Cuando persiguen a alguien, siempre llevan al menos un pájaro. Una vez que nos localice seremos su presa, y antes o después llegará la manada para terminar el trabajo. Si conseguimos llegar antes al punto de encuentro, y si Jasha está allí, tendremos una oportunidad. Lo mejor sería que hubiera traído refuerzos.

—¿Cuántos refuerzos? —preguntó ella esperanzada.

—Mi hermano Rurik.

—Ah —se deshinchó ella.

—No subestimes a mis hermanos. Los ha entrenado mi padre. Bueno, nos entrenó a todos. Son luchadores inteligentes e inclementes.

—¿Así que tenemos una oportunidad?

—Claro que sí. Siempre hay una oportunidad. —No era que tuvieran muchas probabilidades de éxito, pero la perspectiva de luchar animó a Warlord. Quería que el icono quedara a salvo con su familia. Quería tener a Karen donde pudiera protegerla. Y sobre todo quería acabar con Innokenti. Había llegado el momento de liberarse del miedo que acechaba cada uno de sus pasos—. Depende de los hombres que haya traído Innokenti. Si son más de ocho, estamos listos.

—Genial —masculló Karen.

—Y recuerda: no puedes matar a un Varinski. Son parte del pacto con el diablo, básicamente demonios del infierno.

—Entonces ¿para qué quiero la pistola?

—Puedes herirlos, puedes protegerte. —Avanzaban deprisa, pero el siguiente tramo era una pendiente de rocas a campo abierto, sin ninguna protección, con apenas algún que otro árbol para ocultarlos de la vista y un gigantesco banco de nieve.

Warlord se detuvo en la parte más alta.

—No podemos rodearlo.

—Pero ahí tenemos una manera genial de avanzar deprisa. —Karen señaló un enorme cedro caído. La corteza estaba suelta, y con unos cuantos golpes de hacha había arrancado un trozo tan alto como ella y la mitad de ancho. Lo puso en la nieve señalando hacia abajo y se quitó las raquetas.

—Un trineo —se sorprendió Warlord ante su ingenio.
—Sube.

Warlord fue a sentarse delante, pero se dio cuenta de que el invento había sido idea de ella, de manera que se colocó detrás.

—¿Cómo se te ha ocurrido? —preguntó, metiéndose bajo el brazo las raquetas de nieve.

—¿Tú nunca has hecho un trineo?

—Pues no. Siempre los comprábamos en alguna tienda.

—Para mi padre los juegos no tenían ningún sentido, así que mis juguetes siempre tenían un fin práctico.

El muy hijo de puta.

—Y eso significaba que tenía que ser ingeniosa —prosiguió ella—. Al final se me daba de miedo encontrar el árbol apropiado y...

Empujaron el trineo. La corteza era muy áspera y al principio se deslizaba despacio, pero a medida que la nieve se agolpaba en ella, fueron ganando cada vez más velocidad. Warlord enseguida se dio cuenta de que no podían gobernar el trineo. Para cuando llegaron al pie de la pendiente casi volaban... hacia la pila de rocas y árboles caídos amontonados por una avalancha. Warlord los miró horrorizado, aterrado, preguntándose qué demonios le habría impulsado a ser un caballero y permitir que Karen se sentara delante. De pronto una astilla le pasó rozando la mejilla, y luego otra, y luego medio trineo. El vehículo entero se desintegró bajo ellos y se vieron frenados de golpe.

Warlord se quedó aturdido, sentado en la nieve, mientras Karen se levantaba sacudiéndose el culo.

—Ya empezaba a dudar de que fuera a romperse a tiempo —comentó ella, ofreciéndole la mano—. Deberíamos salir de aquí.

Él miró el cielo. Un halcón volaba en círculos muy por encima de ellos. Al cabo de un momento apareció otro.

—Nos han encontrado. Vámonos.

Recorrieron los tres kilómetros siguientes a toda prisa. El

viento les azotaba la cara, congelándoles la piel que no llevaban cubierta y dificultándoles el camino. Una de las raquetas de Karen se había roto tras el viaje en trineo, de manera que las tiraron. Cada quince minutos Warlord la obligaba a beber agua y comer un bocado, pero sin aminorar el paso. Y constantemente aguzaba el oído esperando el ruido de unas zarpas corriendo sobre la nieve tras ellos.

—Ya estamos cerca.

Antes de que Karen pudiera contestar se oyó el aullido de un lobo a poco menos de un kilómetro de distancia. Karen se puso blanca.

—Corre en línea recta —ordenó Warlord.

Se quitó el abrigo, el gorro y toda la ropa de abrigo hasta quedar medio desnudo. Debería estar tiritando, pero ardía con el calor de la batalla.

—¿Y tú qué vas a hacer? —preguntó ella.

—Proteger la retaguardia. Cuando llegues a la cima del risco...

—¿Un risco? ¿Esa es tu posición para defendernos? —exclamó ella con tono acusador.

Él le tendió el equipo de rapel.

—Hay una cueva a dos tercios del camino de bajada. Métete ahí.

Y agarrándola bruscamente la besó con todo el amor y la desesperación de su corazón.

—Y hagas lo que hagas, ten cuidado. No soporto pensar en un mundo sin ti.

31

Karen sabía reconocer un beso de despedida.

Warlord la apartó, pero ella lo agarró por la fina camiseta y le besó con fuerza, marcándolo con su sabor.

—Mantente a salvo tú también. Y lucha bien. —Dio entonces media vuelta y echó a correr pendiente abajo, dejando a su amor atrás.

«Menudo momento para tomar esa decisión.»

—Un risco —masculló—. Una idea genial, Warlord. —Claro que desde un punto de vista puramente estratégico sí que era una buena idea.

Karen veía delante de ella la larga extensión de terreno salpicado de gigantescos cedros y el brusco tajo donde acababa el cerro. Si Warlord y ella llegaban abajo antes que Innokenti y sus hombres, podrían acabar con ellos. Pero Warlord no estaba allí, el fondo del barranco quedaba muy lejos, ¿y cómo pensaba él que iba a hacer rapel, cuando la única vez que había hecho rápel fue cuando su padre la obligó a ponerse un arnés y la tiró por las buenas desde lo alto de un muro de entrenamiento? Karen aceleró el paso sin apartar la vista del precipicio. Si se concentraba bien en el recuerdo de Jackson Sonnet gritándole: «¡Salta de una puta vez, Karen!», tal vez estuviera en posición de...

De pronto un hombre salió de detrás de un árbol que había delante de ella.

Un Varinski.

Lo reconoció por su altura, su fuerza, el resplandor rojo en sus ojos...

Karen sacó la pistola en un instante, pero él alzó las manos.

—¡Soy Rurik!

Karen no bajó el arma.

—Rurik Wilder.

—Podría ser. —Porque sí se parecía un poco a Warlord, pero con el pelo castaño.

—¿Te ha hablado de mí? —El resplandor rojo disminuyó un poco, y el tipo que decía ser Rurik intentó parecer inofensivo... con muy poco éxito.

—Sí, me ha hablado de ti.

También iba vestido para luchar, con un mínimo de ropa.

—Jasha va a ayudar a Adrik.

En la colina se oyó un disparo y el chillido de un halcón que caía en espiral. El supuesto hermano de Warlord se tensó y el brillo rojo de sus pupilas se hizo más intenso.

—¿Y por qué no ayudas tú a Adrik? —preguntó Karen con tono gélido.

—Porque Jasha me ha enviado a ayudarte a ti.

—Sí que eres el hermano de Adrik —declaró Karen, guardando la pistola.

—Sí. —Rurik frunció el ceño—. ¿Qué es lo que te ha convencido?

—Piensas que como soy una mujer necesito protección. ¿Por qué no me concedes al menos el beneficio de la duda? Ve a ayudar a tus hermanos.

—Hablas como mi esposa —se sorprendió él.

—Debe de ser una gran mujer.

—Es una forma de describirla —masculló Rurik.

Karen miró pendiente abajo, y cuando volvió la cabeza él ya no estaba.

Corrió los últimos pasos hasta el borde del precipicio, tan deprisa que estuvo a punto de patinar y despeñarse, lo cual habría solucionado el problema de protegerla, porque la caída era de unos veinticinco metros, con enormes rocas en el fondo. Habría solucionado ese problema, sí, pero le habría estropeado el día.

Oyó otro disparo a su espalda, un grito humano y el gutural aullido de un lobo.

Sabía que Warlord y sus hermanos estaban luchando por su vida, y por la de ella. Tenía la boca seca y las manos le temblaban mientras se ponía el arnés y ataba la cuerda a un árbol. ¿No deberían los nuevos temores imperar sobre los viejos y estúpidos miedos?

Con la parte lógica de su mente advirtió que el risco era de granito puro, casi sin puntos de agarre, y que si se caía no tendría forma de salir con vida. Lo cual era ridículo, porque había probado la cuerda. Esperaba conseguir mantener los ojos abiertos el tiempo suficiente para encontrar la cueva. Se acercó paso a paso al borde del precipicio...

—¡Vamos! ¡Vamos! ¡Vamos! —oyó gritar a Warlord. Alzó la vista y lo vio correr hacia ella—. Jasha y Rurik los están conteniendo, pero Innokenti ha dividido al grupo. Han encontrado una vía para bajar. ¡Estamos rodeados! —Se colocó al arnés y ató su cuerda a una roca—. Yo soy tu defensa en la cueva.

De pronto Karen estaba colgando del precipicio, con el cuerpo en forma de L y los pies firmemente plantados en la pared de roca. Se lanzó con un salto, soltó un tramo de cuerda y volvió a lanzarse. El corazón le martilleaba frenético, las manos le sudaban, pero era capaz de seguir bajando. Definitivamente seguiría bajando.

—¡Estoy bien! —gritó—. ¡Date prisa!

Debajo de ellos se oyó un profundo grito de guerra que le puso los pelos de punta. Se le resbaló una mano y quedó paralizada mirando hacia abajo: cinco Varinski habían salido de entre los árboles. Uno tenía la cara de un Neanderthal, el cuerpo como un tanque, y llevaba pernos industriales a modo de pendientes. El monstruo la miró y sonrió.

Innokenti.

Warlord la adelantó por los aires, bajando por la cuerda de cabeza y disparando con fría puntería.

De ninguna manera permitiría que él fuera más valiente que ella. Puede que Jackson Sonnet no fuera de verdad su padre, pero le había insuflado su espíritu competitivo. Karen saltó con todas sus fuerzas.

En la cima se oían disparos, gruñidos parecidos a los de un perro y ruido de batalla. Abajo Innokenti hizo una señal a sus hombres, que se dispersaron. Uno de ellos echó a volar en forma de un águila. Innokenti retrocedió a trompicones cuando le alcanzó en el pecho una bala de Warlord, pero al momento se enderezó de nuevo.

Un chaleco antibalas, pensó Karen, esperando que fuera cierto.

El monstruo tomó posición, alzó la pistola, apuntó y disparó. Y Warlord se desplomó y empezó a caer. Pero se recobró. Y cayó de nuevo. Con el antebrazo cubierto de sangre, luchaba por controlar su caída.

Karen gritó furiosa:

—¡Hijo de puta! ¡Innokenti, hijo de puta! —Saltó hacia Warlord, pero al darse cuenta de la futilidad de su esfuerzo, se impulsó hacia la cueva. Estaba haciendo rápel como una profesional.

Más abajo Innokenti se reía con estruendosas y roncas carcajadas.

Karen notó en la cara el martilleo del granizo. No, no era granizo, sino las balas que llovían sobre la pared de roca, arrancando esquirlas.

—¡Aguanta! —le gritó a Warlord.

Dio un salto con la fuerza suficiente para aterrizar en la cueva, se quitó la chaqueta, soltó la pistola y se acercó al reborde.

Warlord forcejeaba con las cuerdas. Si perdía tensión caería justo en brazos de Innokenti, que en ese momento le apuntaba con la pistola.

El águila se lanzó en picado hacia ella, clavándole sus ojillos crueles, con las garras listas para atacar. Karen miró hacia abajo a Innokenti y tensó el dedo en el gatillo.

Un disparo abatió al pájaro en un revuelo de plumas, arrancándole un chillido de dolor y rabia.

Y en ese momento Jackson Sonnet salió del bosque más abajo con un rifle del 30-06 apoyado en el hombro.

—¡Toma! —gritó—. ¡No voy a permitir que nadie haga daño a mi hija!

32

Karen disparó mientras Innokenti se volvía para lanzar a sus hombres contra Jackson. La bala arrancó un trozo del cuello del Varinski, que cayó con la sangre manando a borbotones de la herida.

La manada de lobos se había lanzado contra Jackson.

—¡Papá!

Jackson disparó a uno de ellos y golpeó a otro con la culata del rifle, y mientras caía bajo la acometida, se vio el destello de su cuchillo de caza. Los animales chillaron porque no habían muerto; era imposible, puesto que Jackson podía ser un viejo cabrón, pero no era un demonio. Pero sí los había herido.

Karen estaba muy orgullosa de él.

Se lanzó al suelo de la cueva, se arrastró hasta el borde y buscó la posición con el mejor ángulo. Disparó a un puma que se volvía hacia Jackson, y luego a otro que saltaba bajo las cuerdas de Warlord sacudiéndolo como un niño sacudiría la rama de un manzano. Disparó una y otra vez tal como Warlord la había instruido: sin desperdiciar una bala. Vació la pistola y mientras volvía a cargarla buscó con la mirada a Warlord.

Estaba allí colgado como una diana. Tenía el brazo cubierto de sangre. Con una mano bajó unos metros, disparó a las bestias más abajo y volvió a descender.

Karen tenía que darle tiempo para que llegara al suelo.

Tenía que mantener a raya a los Varinski. Era lo más importante que había hecho en su vida. Le temblaban los dedos al ir contando las balas que metía. Cinco, seis, siete...

Innokenti ya estaba en pie, balanceándose de un lado a otro y mirando en torno al campo de batalla. La victoria se le escapaba de las manos. Tenía el rostro congestionado de rabia. Fijó la vista en Warlord con una malévola sonrisa y se acercó al pie del risco a esperar.

Karen no tenía tiempo de cargar toda el arma, pero se negó a quedarse de brazos cruzados.

Agarró la cuerda, saltó con una patada y desde una altura de ocho metros, más de dos pisos, se lanzó contra Innokenti.

Tal vez la sangre Varinski que tenía en su organismo la hizo más fuerte que nunca. Quizá era una guerrera Ninja secreta. O puede que fuese la fuerza de su amor por Warlord. No lo sabía. Lo único que supo cuando se estrelló contra los hombros de Innokenti fue que todos los huesos de su cuerpo crujieron, pero el impacto tiró a la bestia de bruces al suelo. Y ella seguía vivita y coleando.

Cuando Innokenti levantó la cabeza, Karen le golpeó con las pulseras en las orejas, y el oro resonó contra los pernos que llevaba a modo de pendientes. Innokenti dejó caer de nuevo la cabeza, sacudiéndose como un perro que acabara de salir del agua.

Con una prisa desesperada, Karen le puso la cuerda al cuello y tiró. Warlord iba a conseguirlo. Ahora estaría a salvo.

La que tenía problemas era ella.

El cuerpo descomunal de Innokenti se agitaba como un toro enloquecido. Se estaba ahogando. Resollaba, gorgoteaba... Pero su sangre Varinski era pura e inexorablemente se puso en pie, con Karen sobre sus hombros. La agarró por las piernas, la alzó en el aire y la lanzó con todas sus fuerzas.

En cuanto Warlord aterrizó de pie en el campo de batalla oyó un grito de dolor. Un Varinski cayó de la cima del risco y se estrelló contra las rocas. Arriba sus hermanos seguían luchando, y estaban logrando al menos una victoria.

Miró hacia Karen, pero había desaparecido. Innokenti abría y cerraba los puños con expresión aturdida y disgustada. Warlord jamás había imaginado que una mujer pudiera luchar así, como una amazona, lanzándose contra el enemigo desde tanta altura. Y seguro que Innokenti tampoco se lo había imaginado. Karen acababa de darle una buena tunda, y de alguna manera había logrado liberarse y huir.

«¡Bien hecho!»

Warlord tenía el brazo roto. La bala de Innokenti le había hecho trizas el hueso. ¿Y qué? Ahora le tocaba a él luchar.

Un puma se lanzó contra él, tirándolo al suelo, pero Warlord, debajo de él, le clavó el cuchillo en el corazón. La criatura comenzó a transformarse en hombre, agitándose mientras se desangraba.

—Innokenti.

La enorme bestia miró insolente a Warlord, advirtiendo el cuchillo y la sangre.

—Gusano. Esta vez voy a matarte.

—Deberías haberlo hecho cuando me tenías encadenado.

Warlord se arrojó contra él al mismo tiempo que se transformaba. La ágil pantera negra alcanzó a su enemigo en el pecho, tirándolo hacia atrás y aterrizando encima de él con todo su peso. Innokenti comenzó también a transformarse en pantera, un animal enorme, fuerte y esbelto con manchas en el pelaje.

Pero no fue lo bastante rápido, y mientras se encontraba en la etapa intermedia entre hombre y bestia, Warlord le arrancó un ojo de un zarpazo.

«Por Magnus.»

Innokenti lanzó un chillido de rabia y de dolor.

Ahora la batalla estaba igualada. Warlord tenía el brazo hecho trizas, pero Innokenti estaba ciego de un lado. Warlord volvió a atacar, apuntando a su cuello. El Varinski apenas logró esquivarlo, pero intentó morder el pecho de Warlord. Él bajó la cabeza y la estrelló contra la herida sangrante que tenía Innokenti en la cara. La bestia chilló de nuevo, dándole un zarpazo en la oreja.

Warlord notó cómo se desgarraba la carne, sabía que debía dolerle, pero no sentía nada. No sentía el dolor del brazo. Solo era consciente de una cosa.

Innokenti sí sentía el dolor. Innokenti estaba aturdido por sus heridas. Innokenti jamás había sufrido ninguna clase de derrota, y la mera posibilidad ahora lo asustaba y lo incapacitaba.

Warlord atacó una y otra vez.

Innokenti rugía agitándose espasmódicamente, desgarrando los brazos y el vientre de Warlord. Pero estaba a la defensiva, siempre a la defensiva.

La sangre empapaba el suelo bajo ellos, y su olor excitaba el instinto de lucha de Warlord, que hería una y otra vez a aquel felino gigante que era Innokenti. Hasta que llegó el momento que estaba esperando. Debilitado y dolorido, durante un segundo Innokenti perdió su forma de pantera y se convirtió en hombre.

Y Warlord le destrozó el cuello.

«Por Karen.»

Lanzó un rugido de triunfo, celebrando su gloria. Era una pantera. Era poderoso. Había derrotado a Innokenti. Había vencido.

Miró en torno a él buscando más refriegas, pero no había ninguna. Deberían estar celebrando su victoria, pero no se veía nada. Todo estaba en silencio. Los Varinski huían cojeando, arrastrándose, ocultándose entre los árboles.

Vio a sus dos hermanos. Estaban vivos. Habían bajado del cerro y estaban al pie de la pared de roca mirando uno de los cuerpos. Allí estaba también Jackson Sonnet, a quien reconoció por su fotografía en internet, magullado y cubierto de sangre, sano y salvo al parecer, pero petrificado.

Nadie hablaba, nadie se movía. Algo estaba pasando.

En cuanto se acercó a ellos, advirtió el cuerpo paralizado,

hecho un guiñapo. No era un Varinski. Aquello no era un Varinski.

No. Oh, no.

El triunfo se hizo cenizas.

Warlord echó a correr a la vez que se transformaba. Era de nuevo humano. Iba cubierto de sangre, suya y de Innokenti, pero gracias a su herencia ya estaba recuperándose. Cuando llegó hasta Karen, Jasha le agarró del hombro.

—Ten cuidado. Innokenti la lanzó contra las rocas. Está muy mal herida...

Warlord se zafó de su hermano y se tiró de rodillas en la nieve junto a ella. Estaba viva. Todavía estaba viva, pero...

—No.

Le pasó las manos con cuidado por la cara. Estaba pálida, con los labios azules, y respiraba con mucha dificultad. Pero al verlo esbozó una sonrisa deslumbrante.

—Lo... has... matado —dijo con un hilo de voz.

—Sí. Karen...

Había sufrido heridas internas espantosas. Warlord no se atrevía a moverla.

—Sabía que... lo conseguirías... —susurró ella, alzando una mano.

Bien. No estaba paralizada. Era una buena señal.

—Dadme una manta —pidió—. Hay que mantenerla con calor.

Jackson le ofreció su chaqueta y Warlord la envolvió en ella.

Karen lo miró ansiosa.

—Estás herido.

—No es nada grave. —Los huesos rotos del brazo lanzaban punzadas de dolor hasta el hombro y la piel en torno a su oreja rezumaba sangre. Pero comparado con lo que le había pasado a ella...—. Karen, tienes que luchar.

—He... luchado. —Cerro sus increíbles ojos aguamarina y volvió a abrirlos—. Hemos... ganado.

A Warlord lo ahogaba un dolor cada vez más intenso.

—Ganamos... porque conocíamos... nuestros... secretos. Tú... sabías... mis miedos. Yo... sabía que... que formabas parte... de un pacto con... el diablo. —Cada palabra era un esfuerzo—. Y con tu... sangre en mí... yo también.

—No hables. Tienes que ahorrar fuerzas —dijo él frenético, enfermo de angustia. Solo deseaba abrazarla. No, no, no debería, porque si la movía las heridas internas podrían sangrar más. Podría moverle la columna y dejarla paralizada.

Tenía que sobrevivir. Dios, tenía que sobrevivir.

—No... ahora es el momento... de hablar. —Karen sonrió de nuevo, pero le temblaban los labios—. Lo he... pensado... y... definitivamente... me caso... contigo.

Se estaba yendo, y Warlord no podía hacer nada.

—Entonces tendrás que quedarte.

—La próxima... vez. Te quiero.

Warlord la miró a los ojos.

—Yo también te quiero. Por eso nuestro destino es estar juntos. Karen...

Pero ya estaba muerta.

33

—¡Karen! —Warlord la sacudió, desesperado por revivirla—. ¡Karen!

Fue consciente vagamente de que sus hermanos le cogían los hombros. Se los quitó de encima de una sacudida y abrazó a Karen. No debería haberla dejado morir en la nieve. Estaba fría. Ya estaba fría.

—Escúchame. Tú misma lo dijiste. Estamos unidos. Estoy en tu mente y tú en la mía. No podemos separarnos, Karen. Vuelve conmigo.

Esperó una respuesta, esperó oír a Karen en su mente, en su corazón. Pero solo encontró silencio.

No, aquello no podía estar pasando. Karen no podía estar muerta. Su destino era estar juntos. Mientras estuvo prisionero en la mina imaginaba constantemente su futuro, creía en su futuro. Pensar que la luz interior de Karen se había extinguido era imposible. Era imposible que hubiera muerto.

Pero no respiraba, su corazón no latía y su cuerpo estaba yerto en sus brazos. Warlord notaba a cada segundo cómo se iba apagando, cómo se alejaba cada vez más hacia la eternidad.

—Si no puedes volver —le susurró al oído—, por favor llévame contigo.

La mano de Karen cayó muerta y sin vida.

—Me voy contigo, por favor.

De pronto se le ocurrió una idea. Rebuscó en el bolsillo

de Karen hasta encontrar la fotografía de su madre y se la puso sobre el pecho. Luego sacó el icono, que le quemó la mano recordándole quién era: un demonio, uno de los sirvientes del diablo. Lo apretó en la mano, deseando que el dolor lo purificara, a pesar de saber que era imposible. Luego lo puso junto a la fotografía y suplicó a la madre de Karen, una mujer guapa y rubia, y suplicó a la Madonna morena de ojos tristes:

—Por favor. Las dos la queréis, y ella os quiere. Os ha protegido a las dos. Traedla de vuelta. O llevadme a mí. Os lo suplico.

—Adrik, por el amor de Dios —exclamó Jasha, ronco y con un nudo en la garganta.

Warlord no hizo caso.

—Por favor, María, ya sé lo que soy, sé lo que he hecho. No soy digno de tocarte. Ni a ti ni a Karen. Pero la amo demasiado y ella me ama de verdad. No nos separes para siempre. Te lo suplico... —Tenía que hacer un esfuerzo para que le salieran las palabras—. Habla con la madre de Karen. No querrá que su hija esté sola. Querrá que yo esté con ella. Las dos sois madres. Por favor... —Las lágrimas le surcaban las mejillas, saladas y calientes. No eran lágrimas de miedo, como en la mina. No lloraba por él, sino por Karen, aquella mujer hermosa, vibrante y valiente—. Ella me sacó del infierno —prosiguió con voz trémula—. Ha sacrificado su vida por mí.

Solo recibió como respuesta el silencio. Karen había muerto. No la sentía en su mente. Lo único que le quedaban eran los recuerdos y un cuerpo frío e inmóvil entre los brazos.

Un sollozo estalló en él como el aullido de un animal herido. Sus lágrimas cayeron sobre Karen, sobre el icono, sobre la fotografía. Sollozaba con tal dolor que le pareció que se moría. Pero la Madonna había dejado clara su respuesta: tenía que vivir hasta ayudar a romper el pacto con el diablo.

—Muy bien —susurró fieramente—. Haré lo que hay que hacer. Lucharé las batallas necesarias para derrotar al diablo. Y cuando lo hayamos logrado, viviré el resto de mi vida como un hombre virtuoso. Me arrepentiré cada día de los pecados que he cometido. —Y mientras pronunciaba su juramento, abrazaba a Karen y apretaba los puños con los músculos tensos como cuerdas en sus muñecas—. Viviré cada día con un objetivo en mente: ser el mejor de los hombres. Y cuando muera podré ver a Karen de nuevo, podré estar otra vez con ella. Lo juro. Lo juro.

El viento susurraba entre los pinos agitando su pelo. El aire gélido le hería la piel desnuda y la tierra se hundía en sus rodillas. Un copo de nieve pasó ante su vista para posarse sobre la piel marmórea de Karen.

La naturaleza lloraba con él. Pero en algún lugar, alguien había oído su juramento.

—Te quiero, Karen Sonnet —susurró abrazándola, queriendo absorberla en sus propios huesos—. Siempre te querré.

Oyó entonces un sonoro sollozo a sus espaldas. Jackson, el pobre cabrón, estaba llorando. Rurik se arrodilló junto a él y le cogió la mano.

—Ya sé que no te importa, pero estás sangrando, y tenemos que curarte ese brazo.

Warlord lo miró aturdido y luego volvió a mirar a Karen. Sus lágrimas se habían mezclado con la sangre y el sudor, y una gota rosada se deslizaba despacio desde la comisura del ojo de Karen. Parecía que estuviera llorando. Warlord se la enjugó con ternura.

Y Karen movió los ojos.

Rurik retrocedió de un brinco y el sollozo de Jackson se interrumpió de pronto.

—¿Habéis visto...?

Warlord notó cómo ella tomaba aire. No se atrevía a moverse, no se atrevía a hablar.

Karen respiró de nuevo. Sus labios y su piel fueron recuperando el color poco a poco, y sus ojos se movieron otra vez.

Warlord no podía apartar la vista.

Por fin Karen lo miró.

—He oído cómo me llamabas —dijo, respirando despacio y con cuidado—. Me has traído de vuelta.

34

*Estado de Washington,
diez días más tarde*

Zorana Wilder paseaba de un lado a otro de la cocina de su casa con el niño en brazos, haciendo la cena para su marido, un hombre terco y obstinadodo que después de treinta y seis años de matrimonio seguía sin dejarla decidir lo que era mejor para él. Intentaba valerse solo cuando ella debería ayudarlo. Pretendía beber vodka cuando debería estar tomando su medicación. El muy borrico. Un borrico estúpido y espantosamente enfermo.

Zorana se enjugó bruscamente las lágrimas. Él también se preocupaba si la veía llorar, de manera que lloraba en la cocina entre las sartenes, en lugar de hacerlo sobre su hombro en la silla de ruedas, con sus tubos y su bombona de oxígeno y sus medicinas y las miles de cosas que necesitaba para que su corazón cansado y herido siguiera latiendo.

En ese momento oyó un coche en la carretera. Firebird decía que estaban a kilómetros de la civilización. Zorana se rió de su hija diciéndole que no tenía ni idea. Cuando Zorana era pequeña y viajaba con su tribu romaní por Ucrania, había días en los que solo veían granjas destrozadas y hombres deshechos. En cambio ahora vivían rodeados por las montañas Cascade, cubiertas de bosques de coníferas y cicutas tan altas que protegían a la familia de las feroces tormentas que venían del Pacífico. En su pequeño valle cultivaban fruta, verdura y uvas de vino. Allí estaban protegidos del mal tiempo.

La ciudad más cercana, Blythe, quedaba a treinta kilómetros, y Seattle estaba a unas horas de distancia. Así que aquella casa era lo mejor de la civilización.

Sus amigos y su familia sabían dónde encontrarla en ese momento del día, y efectivamente el coche que había oído se dirigió a la parte trasera de la casa y al cabo de un momento alguien llamó a la puerta y entró sin esperar.

Sus nueras asomaron la cabeza en la cocina.

—Hola, mamá —dijeron al unísono.

Las dos ean muy guapas. Ann, la mujer de Jasha, era una chica de veinticuatro años, delgada, de ojos azules, y con su metro ochenta de altura se alzaba muy por encima de Zorana, que apenas pasaba del metro y medio, y miraba a la familia siempre desde abajo mientras los mangoneaba a todos. Por su propio bien, por supuesto.

Tasha, la esposa de Rurik, era lo contrario de la callada Ann. Se había dedicado a la fotografía periodística y había viajado por todo el mundo haciendo fotos de la guerra, de la pobreza, corriendo riesgos que podían haber acabado con ella en la cárcel o algo peor. Su pelo negro y rizado y sus vivos ojos azules chispeaban de vida. Ahora estaba escribiendo un libro de ficción y Rurik ya no se preocupaba tanto por ella.

—Mamá, no deberías llevar en brazos a Aleksandr. Es demasiado grande para ti. —Ann tomó el bulto cálido y blandito que era el hijo de Firebird y único nieto de Zorana.

—Ya lo sé. —Zorana movió sus hombros cansados y dio un beso a las chicas—. Es como mis hijos, demasiado grande para su edad, fuerte y testarudo. Cuando Firebird está en Seattle, no duerme bien.

—El niñito de mamá —murmuró Ann al niño dormido.

Nadie dijo lo obvio: que el pequeño no tenía más remedio que ser el niño de mamá. No se sabía quién era su padre. Firebird había vuelto embarazada de la universidad, y ante la furia de sus hermanos se había negado a dar el nombre de su amante. En los dos años y medio que habían pasado desde entonces, jamás había dado su brazo a torcer: no pensaba permitir que el padre, fuera quien fuese supiera nada de Aleksandr.

Firebird era como sus hermanos. Como su padre. Testaruda. Demasiado testaruda.

—¿Dónde está Firebird? —preguntó Tasya, mirando por la ventana.

—En Seattle, haciéndose los análisis, ya sabes —explicó Zorana con amargura—. Los médicos intentan averiguar qué le pasa a Konstantine examinando a sus hijos. Creen que es algo genético. Harían mejor preguntándole directamente a Satán.

—No creo que los médicos tengan tantos contactos —repuso Tasya, casi sonriendo.

—Algunos sí —saltó Zorana.

—¿Cómo está Konstantine? —quiso saber Ann.

—Sería más fácil si pudiera llevarlo en brazos como hago con Aleksandr. Los pies le arrastrarían por el suelo, pero por lo menos entonces podría dormir cuando el dolor se hace demasiado intenso. —Zorana observó a las chicas, que miraban a todas partes menos a ella—. ¿Qué pasa?

—Mamá. —Tasya se adelantó y le puso el brazo sobre los hombros—. Hemos encontrado el tercer icono.

Zorana se quedó paralizada. El dolor que jamás se alejaba demasiado ahora la invadía.

—¿El icono de Adrik?

—Sí.

—¿Tenía una... amante? —Zorana acarició sin pensar la suave mejilla de Aleksandr. Aleksandr, que con su risa chispeante y sus furiosas rabietas le recordaba tanto a su tercer hijo.

—Tenemos a la chica de Adrik —dijo Tasya.

—Su esposa, vaya —puntualizó Ann.

—¿Se ha casado? —Zorana se llevó el puño al pecho—. ¿Dónde está?

—Jasha y Rurik la están sacando del coche —informó Tasya con una mueca—. Está herida.

—¿La han herido por cuidar del icono? —preguntó Zorana, dirigiéndose ya hacia la puerta. Salió al porche y bajó la escalera.

Por allí tenían un dicho: Cuando los días se alargan, el frío arrecia. Y era muy cierto. El jardín tenía un aspecto muy triste, aguardando la primavera, y Zorana deseó tener un abrigo. Pero al instante se olvidó del abrigo y del frío.

Jasha y Rurik habían llegado en una extraña furgoneta de cristales ahumados, y Zorana entendió enseguida la razón. Habían sacado una camilla de la parte de atrás y ahora estaban sentando a alguien en una silla de ruedas. Era una mujer muy pequeña, solo un poco más alta que la propia Zorana, y se veía muy demacrada y magullada. Unos tubos le salían del brazo.

—Mamá... —comenzó Jasha.

—Shhh. —Zorana le puso distraída la mano en la mejilla e hizo lo mismo con Rurik. Luego, con mucho cuidado, envolvió en sus brazos a la chica—. Bienvenida. Bienvenida.

Los increíbles ojos aguamarina de la joven se llenaron de lágrimas. Los de Zorana también.

—Soy Zorana —dijo, arrodillándose ante ella—. ¿Cómo te llamas?

—Karen.

Tenía una voz muy bonita, cálida y aterciopelada.

—Y conocías a mi Adrik. Él te amaba.

—Y yo le quiero a él.

A Zorana se le encogió el corazón. El dolor de la pérdida, de saber que Adrik había muerto tan lejos, no se mitigaba nunca. Pero Karen les hablaría de Adrik, llenaría las lagunas de tantos años perdidos, y eso la ayudaría a superar su angustia. Zorana esperaba de verdad que la ayudara.

Karen parecía muy frágil, como si la brisa invernal pudiera llevársela volando. Zorana se levantó.

—Pero ¿qué estáis haciendo, chicos? ¿Cómo la dejáis aquí

para que coja frío? Llevadla adentro. Vuestro padre querrá conocerla ahora mismo. ¡Vamos! ¡Vamos!

En lugar de empujar la silla por el césped, la llevaron en volandas al porche, donde habían instalado una rampa para minusválidos desde que Konstantine cayó tan enfermo.

Un hombre mayor, con el pelo gris y los ojos azul acero, se detuvo junto a Zorana.

—Soy Jackson Sonnet, el padre de Karen. Espero que no le importe que abuse de su hospitalidad.

Parecía muy inquieto y se mostraba tan brusco como si esperase que lo echara de una patada, de manera que le dio un abrazo, porque como Firebird decía siempre, Zorana no tenía ningún respeto por el espacio personal.

—Entre, por favor, señor Sonnet. Un invitado es siempre una bendición para mí, y siendo el padre de la mujer de Adrik... bueno, es una doble bendición.

Otro hombre, joven y guapo, salió de la furgoneta. Zorana le sonrió con afecto, pensando que sería el hermano de Karen. Solo que no parecía el hermano de Karen. Más bien era alto como sus hijos. Tenía el pelo muy oscuro y el brazo escayolado. Era delgado, nervudo, con la cara bronceada y llena de cicatrices donde se leían tanto los excesos como el sufrimiento. Sus ojos verdes con destellos dorados tenían un color muy especial que Zorana solo había visto una vez en la vida... en un bebé que había tenido en los brazos. De pronto le pareció que se le paraba el corazón.

—¿Mamá? —preguntó él, enarcando las cejas, vacilante, como inseguro de su respuesta.

—¿Adrik? ¿Adrik? —Zorana oyó su propia voz muy fuerte, más que nunca. Sabiendo que Konstantine tenía el oído de un lobo, se tapó la boca con las manos y luego susurró—: ¿Adrik?

—Soy yo, mamá —contestó él sonriendo. Era la sonrisa más bonita que Zorana había visto en su vida—. He vuelto.

La última vez que lo vio era un chico desgarbado. Ahora era un hombre, fustigado por las experiencias que lo habían moldeado, que lo habían destrozado para volver a rehacerlo. Zorana ya no lo conocía, y al mismo tiempo era su hijo, su niño. Echó a correr hacia él con los brazos abiertos.

Adrik la alzó en el aire y la abrazó con tal fuerza que le hizo crujir los huesos.

—Mamá, mamá —repetía con voz rota.

—¡Mi niño! —Zorana se abrazó a su cuello delirante de alegría, estrechándolo como si no fuera a soltarlo jamás. Aquel era el bebé que había llevado en su vientre, el niño a quien había curado las heridas, el joven que se había criado alto y fuerte, que la abrazó el día de su primera cita y le dijo que siempre la querría a ella más que a nadie...

Furiosa de pronto, lo sacudió por los hombros con todas sus fuerzas.

—¿Dónde te habías metido, canalla? Me has tenido muerta de preocupación y de pena. ¿Dónde estabas? ¿Por qué no me llamaste? ¿Por qué no me escribiste?

—Tú no querías saber nada de mí —replicó él. En su rostro se leía la culpa, una sabiduría ganada a golpes y una enorme tristeza.

—¡Pues claro que quería saber de ti, cómo puedes ser tan estúpido! —Zorana volvió a abrazarlo—. Los hombres sois tontos perdidos. Y tú eres un idiota, como tus hermanos y como tu padre.

Él le dio un beso.

—Supongo.

Zorana se volvió hacia el porche de la casa. Tasya y Ann estaban en la ventana, llorando. Sus otros chicos, muy sonrientes junto a Karen y Jackson, prorrumpieron en vítores y aplausos.

—Vuestro padre está durmiendo en el salón —intentó acallarlos ella—. Como se le ocurra salir... —De pronto se acordó de su propio grito y salió corriendo hacia la casa.

Pero era demasiado tarde. La puerta se abrió de golpe y Konstantine Wilder salió al porche. Por suerte llevaba todavía la aguja en el brazo, gracias a Dios, pero se había arrancado los tubos. Por primera vez en más de un mes estaba en pie. Se le veía muy delgado y transido de dolor, y en su cara se leía una fuerte emoción que Zorana no se atrevía a adivinar.

Jasha y Rurik corrieron a su lado para cogerlo de los brazos. Él les pidió ayuda para bajar por la escalera y sus hijos obedecieron sin discutir. Nadie discutía con Konstantine cuando tenía aquella cara, la de un lobo furioso.

Una vez abajo se los quitó de encima bruscamente y clavó la mirada en Adrik, que aguardaba pálido e inmóvil el veredicto de su padre.

Zorana no se atrevía a moverse, no se atrevía a hablar. El mundo entero parecía esperar conteniendo el aliento.

Konstantine se acercó a Adrik y se quedó mirándolo sin decir nada un rato eterno, con los ojos muy brillantes. Luego abrió los brazos.

—Hijo mío. Adrik, hijo mío.

Adrik se echó en los brazos de su padre.

—Papá, perdóname. Perdóname.

—Estás vivo, estás en casa. —Konstantine tenía la cara surcada de lágrimas—. Yo lo he olvidado todo, excepto lo mucho que he deseado oír tu voz y ver tu rostro. —Le echó el brazo por los hombros y añadió—: Vamos, pasa. Pasad todos. Esto hay que celebrarlo. ¡Esta noche haremos un banquete!

35

Karen estaba tumbada en el sofá del atestado salón de los Wilder, con la cabeza en el regazo de Adrik.

—Esto regenera la sangre —comentaba él, metiéndole en la boca trozos de las remolachas en vinagre de su madre. Tenía gracia: cuando estaba con su familia, hablaba con un marcado acento ruso.

—Estoy bien.

—Es hijo de su madre —terció Konstantine, sentado en su butaca con las piernas en alto—, así que es mejor no discutir con él. Si te comes las remolachas, te dejarán beber vodka. —Y alzó su copa, sonriente.

Karen le devolvió la sonrisa.

La enfermedad había mermado las fuerzas físicas del viejo tirano, pero no le había hecho perder ni un ápice de su poder. Lo veía todo, lo oía todo, y su familia lo trataba con el respeto debido a un rey, o más bien al lobo líder de la manada.

Jasha y Ann estaban sentados en el suelo, discutiendo mientras construían algo con bloques de madera (lo llamaban la nueva sede de Vinos Wilder), mientras Aleksandr construía su propia estructura con el ceño muy fruncido.

Rurik y Tasya se encontraban en la cocina, supuestamente estaban preparando más aperitivos, pero llevaban allí tanto tiempo que Karen sospechaba que estarían besándose en un rincón.

En aquella familia eran muy aficionados a los besos y abrazos. Karen sonrió divertida mirando a su padre sentado junto a Konstantine en una silla, informándole de los detalles de la batalla en el risco. Cada vez que Zorana se le acercaba, Jackson retrocedía de un brinco para evitar otro de sus asaltos de afecto. Karen no prestaba atención a la conversación en voz baja que mantenían los dos hombres, hasta que oyó a Jackson decir:

—Cuando me di cuenta de que el canalla de Phil Chronies había vendido a mi hija a esos hijos de puta de los Varinski, le rompí el único brazo que tiene.

—Bien hecho —aprobó Konstantine.

«Sí», pensó Karen.

—Primero me dijo que iba a denunciarme, pero le hice entender que todavía le quedaban muchos huesos sanos en el cuerpo y que yo soy un viejo con muy mala leche, así que más le convenía aceptar la jubilación que le estaba ofreciendo. —Jackson sonrió enseñando todos los dientes—. Y luego llamé a Karen a Sedona, pero por lo visto habían asesinado en el hotel a una pobre mujer, Karen estaba volando hacia California en un Cessna, y lo siguiente que me cuentan es que el avión se ha estrellado en la sierra. Si alguien puede sobrevivir a eso es mi Karen, y contando con que los Varinski andaban detrás de ella, sabía que habría buscado una posición defendible, de manera que me puse a estudiar el terreno y luego intenté interceptarla. No lo conseguí, pero por lo menos llegué a tiempo para la batalla.

—Me alegro de que lo lograras, papá —dijo Karen—. Me has salvado la vida.

Jackson se sobresaltó al oírla, y luego se mostró horrorizado y avergonzado.

—Bueno, yo... Tú eres... Eh... tu madre me... —Vio que todos lo miraban con gran interés y bajó la voz—. Y yo no hice lo que... Era lo menos que podía hacer, ya que...

Karen lo rescató.

—Ya lo sé, papá. Gracias.

—Sí —dijo Adrik, acariciando la frente de Karen—. Gracias, Jackson.

—De nada —masculló él.

—Ojalá hubiera estado yo también en la pelea —terció Konstantine, con tal anhelo en la voz que a Karen se le rompió el corazón.

—¿Dónde está Firebird? —preguntó Adrik para distraer a su padre—. Pensaba que ya estaría aquí.

—Bueno, ya sabes cómo funionan los hospitales —contestó Zorana—. Siempre van con retraso.

Konstantine se cruzó de brazos.

—Sí, yo sí que lo sé. Siempre a paso de tortuga. Pero no puedo esperar ni un minuto más para ver el tercer icono y unirlo a los otros. Por favor, hijas mías, ¿queréis enseñármelo?

—Pues claro, papá —dijo Ann—. Yo te enseño el mío.

—Y yo el mío —añadió Tasya.

Karen advirtió que las dos mujeres estaban más que dispuestas a mostrar los iconos que habían encontrado y al mismo tiempo los declaraban suyos y nadie les disputaba su derecho a poseer las Madonnas. Y eso le dio el valor para decir:

—Si Adrik me trae mi bolsa, también le enseñaré mi icono.

Todos los hombres de la sala respiraron aliviados.

Adrik sacó la bolsa de detrás del sofá, donde habían dejado sus cosas. La casa, que solo tenía tres dormitorios, estaba llena, y Karen y él dormirían en el sofá cama del salón.

Zorana hizo sitio en la mesa y colocó encima un paño rojo impoluto. Jackson frunció el ceño. Durante la batalla había visto a Adrik y a los Varinski convertirse en animales, de manera que no le costaba creer que eran hombres-bestia. Pero no le gustaba nada ninguna conversación que diera tanta autoridad a las mujeres.

—¿Qué es un icono? ¿Y por qué son tan importantes?

—Konstantine Varinski entregó al diablo los cuatro iconos de su familia para sellar el pacto que nos otorga nuestros poderes como animales y depredadores —explicó Jasha—. Nuestra rama de la familia...

—Los Wilder —apuntó Rurik.

—Sí, los Wilder, tenemos la misión de unir esos iconos. Cada hijo y su mujer deben encontrar uno.

Jackson se lo quedó mirando pasmado.

—Pero la que está en Seattle no es un varón, tenía yo entendido.

—Es una chica, papá —terció Karen, que después de sacar su icono se puso en pie con ayuda de Adrik.

—En la visión de Zorana aparecían cuatro hijos varones, pero supongo que no siempre es fácil entender las visiones.

—Eso seguro —masculló Konstantine.

Zorana se volvió hacia él encendida.

—Si pudiera, tendría visiones más claras, Konstantine Wilder.

—Ya lo sé. No me refería a...

—Pues entonces ten cuidado con lo que dices.

Karen advirtió que Zorana era muy susceptible con su profecía.

En ese momento llegó Ann con su icono, que colocó en el paño rojo sobre la mesa. Igual que el de Karen, se trataba de un icono antiguo, una imagen muy estilizada, pero la pintura se había grabado a fuego y los colores relucían como nuevos. La Virgen María sostenía en brazos al niño Jesús, con José a su derecha.

A continuación llegó Tasya. En su icono, igual que en los otros, aparecía la Madonna con una túnica rojo cereza y un halo reluciente en torno a la cabeza. Pero, en este, su rostro estaba pálido, sus ojos negros eran muy grandes y estaban cargados de pena y una lágrima le surcaba la mejilla, porque en su regazo la virgen sostenía a Jesús crucificado.

Karen puso su icono por encima del de Ann. En él aparecía María de joven, una chica que había visto su destino y el de su hijo. Sus ojos tristes y sabios les recordaban que había entregado a su propio hijo para salvar al mundo.

Todos se reunieron en torno a la mesa, maravillados.

—Estos iconos han estado separados mil años. Pronto encontraremos el cuarto, y los reuniremos de nuevo. —Zorana cogió la mano de Konstantine—. Y entonces quedarás libre.

—¿Eh? ¿Qué? —preguntó Jackson—. ¿De qué quedará libre?

—Mi padre se puso enfermo la noche en que mi madre tuvo la visión —explicó Rurik—. Ningún médico de Seattle ha visto nunca esta enfermedad que le consume el corazón. No tiene cura. Y si no reunimos los iconos y rompemos el pacto antes de que muera, arderá para siempre en el infierno.

—¡Me cago en la mar! Menudo castigo —exclamó Jackson.

—Nosotros lo consideramos un incentivo —replicó Ann.

Karen sonrió mirando a Jackson.

—Una vez que te acostumbras a la idea de hombres que se convierten en animales, el resto casi se cae por su propio peso, ¿no es verdad?

Los Wilder se echaron a reír.

Las mujeres guardaron los iconos y Rurik y Tasya volvieron a la cocina. Jackson se sentó en la silla y se puso a tamborilear con los dedos en el reposabrazos.

—Si tan importantes son los iconos, ¿no sería más sensato guardarlos en una caja de un banco o algo así?

—Los Varinski son ricos —comentó Konstantine, mientras le pasaba una copa de vodka a Jasha, que a su vez se la pasó a Jackson—. Ricos después de mil años siendo los mejores mercenarios y asesinos del mundo. Un banco no es un lugar seguro contra ellos. Nada está a salvo de ellos. Pero si la visión de Zorana es correcta... y seguro que lo es —se apresuró a añadir—, entonces las mujeres Wilder son dueñas de los iconos, y Dios las protegerá.

Jackson parpadeó, se bebió toda la copa de un trago y asintió con la cabeza.

—Me parece muy lógico.

Zorana estaba sentada en una mecedora junto a Konstantine, con el ordenador portátil en el regazo.

—Karen, ¿tú viste una luz? —preguntó.

—¿Una luz? ¿Cuándo? —se sorprendió Karen.

—Al morir.

Warlord se quedó petrificado, con la mano en el aire con una remolacha a medio camino de la boca de Karen. Rurik y Tasya volvieron de la cocina con bandejas a medio llenar.

Se produjo un brusco silencio.

—Es que he buscado experiencias de después de la muerte —explicó Zorana—, y se ve que la mayoría de la gente dice haber visto una luz.

Karen apartó la mano de Warlord y se incorporó. Todo el mundo la miraba.

—No vi una luz, yo era la luz. Era luz y calor y... Estaba sufriendo unos dolores espantosos. —Innokenti la había lanzado por los aires y al caer se había partido las costillas y una le perforó el pulmón. Recordaba haber utilizado el dolor para mantenerse consciente. Era vital mantenerse consciente, ver a Warlord una vez más, decirle...

Warlord se arrimó a ella y la rodeó con el brazo. Karen apoyó la cabeza en su hombro.

—Estaba sufriendo mucho, y de pronto... dejé de sufrir. Estaba, no sé, flotando, como yendo a alguna parte. —Cuando intentaba recordar adónde, los colores se desvanecían de su memoria—. Y entonces oí a Adrik.

—¿Te estaba llamando? —preguntó Zorana.

—No exactamente.

Karen no sabía muy bien hasta qué punto podía hablar, pero Warlord apoyó la mejilla en su cabeza y dijo:

—Me oyó llorar. Estaba llorando a moco tendido y suplicando a la Virgen María y a la madre de Karen que la trajeran de vuelta.

Karen no sabía si sus hermanos se burlarían de él, pero ellos asintieron con la cabeza.

—Yo habría hecho lo mismo por tu madre —declaró Konstantine con orgullo y fiereza.

—Entonces tu vuelta fue un milagro. —Zorana dio una palmada de alegría—. La Madonna tiene compasión de nosotros.

—Y no sabes qué milagro —terció Jasha—. Cuando la llevamos al hospital, los médicos dijeron que con las heridas que había sufrido tendría que estar muerta.

—Y están pasmados de lo deprisa que se recupera —apuntó Rurik, que traía una fuente de pan, queso, anchoas y aceitunas.

—Es por la vida sana que lleva —declaró Jackson orgulloso.

—Es la sangre Varinski que lleva dentro —añadió Warlord.

—Es otro milagro. —Ann se había criado en un convento y sabía de milagros.

—He estado pensando en lo que ha pasado y por qué —retomó Karen el tema—. Supongo que es normal, cuando uno se muere. —Era raro hablar de cosas tan trascendentes, pero en aquel lugar y con aquellas personas parecía de lo más natural—. Con la ayuda del icono, Adrik fue quien creó el milagro. Sufrió, se arrepintió y se redimió. La redención es algo muy poderoso.

—Eso es verdad. —Jasha se echó a reír—. Pero mirad a Adrik, está tan incómodo que va a explotar.

Era cierto, Warlord se agitaba como un niño pequeño encima de un hormiguero.

—No fui yo —protestó—. Fueron la Madonna y la madre de Karen.

Jackson se bebió otra copa de vodka.

—Abigail haría eso por Karen, sí.

Karen jamás olvidaría cómo la había tratado Jackson de niña, ni que había tomado partido por Phil en contra de ella, ni la manera tan brutal en que le dijo que no era su padre. Pero cuando él se dio cuenta de sus errores, se había arrepentido y había ido a por ella. De no ser por él y su rifle, probablemente los Wilder no habrían ganado esa batalla. De manera que Jackson siempre formaría parte de su pasado, y ella haría que formara también parte de su futuro.

Warlord miró el reloj de la repisa de la chimenea.

—¿Dónde está Firebird?

Estaba cambiando de tema, sí. Pero Karen sabía que por mucho que hubiera anhelado el reencuentro con sus padres, también le daba miedo puesto que estaba seguro de que jamás le perdonarían. Y ahora quería ver a su hermana pequeña. Cuando él se marchó, Firebird tenía cuatro años. Ahora había cumplido los veintitrés, se había diplomado en la universidad y era madre soltera. Trabajaba en el estudio de arte del vecino y vivía en casa con su hijo. ¿Qué tendría que decirle a su hermano desaparecido? ¿Lo reconocería siquiera?

—Sí, ¿dónde está esa niña? —masculló Konstantine con su voz profunda de barítono—. No me gusta que ande fuera tan tarde.

Rurik se echó a reír.

—¡Si no son más que las ocho!

Konstantine señaló la ventana.

—Es de noche.

—Seguramente estará atascada en el tráfico de Seattle —apuntó Tasya.

—Pero siempre me llama. —Zorana cerró el portátil y se acercó a mirar por la ventana.

—Pues llámala tú —sugirió Ann.

—Es que no quiero que piense que no confío en ella.

—Cómo va a pensar eso. Sabe que te preocupas, y no sin razón —terció Jasha sensato, haciendo de hermano mayor—. Las calles de la ciudad son peligrosas, las autopistas todavía más, y ahora que tenemos tres iconos solo nos falta uno para romper el pacto, y eso significa que los Varinski son una gran amenaza y...

Ann lanzó un gemido de alarma y Jasha se interrumpió de pronto, dándose cuenta de que su sensatez había elevado la ansiedad de su madre a código rojo.

Aleksandr alzó la vista de sus bloques de construcción.

—¿Mamá?

—Voy a llamarla —decidió Zorana.

Pero Konstantine alzó el dedo:

—Espera, acaba de entrar en la curva. —El oído del viejo lobo seguía bien aguzado.

—¿Mamá? —Aleksandr se levantó con una sonrisa ancha y resplandeciente.

—Este también va a ser un lobo, está claro —afirmó Konstantine.

—No, si rompemos el pacto —le recordó Ann.

Adrik también se levantó y se puso a pasear de un lado a otro. Karen se reclinó en el sofá. Podría pasarse la vida mirándolo. Había logrado rescatarlo al borde del desastre. Y él la había rescatado de la muerte. Él creía que su destino era estar juntos. Ella pensaba que habían tenido suerte de encontrarse. Y daba igual quién de los dos estuviera en lo cierto. Se encontraban juntos en la batalla contra el mal. Estaban juntos para toda la eternidad. Era su esposo, su pantera, su amor.

Ahora también ella oyó el coche, y luego el ruido de la portezuela.

—¿Mamá? —Aleksandr danzaba por la sala. Su mundo estaba bien de nuevo, ahora que su madre había vuelto—. Mamá. Mamá. ¡Mamá!

Warlord se arrodilló frente a él.

—¿Quieres que te coja y así la esperamos juntos?

El niño tendió los brazos.

—Adrik. ¡Upa!

A Karen se le saltaron las lágrimas al ver a Warlord coger en brazos al niño. Tal vez algún día, cuando se recuperara, cuando los iconos se hubieran reunido y el peligro hubiera pasado, podrían tener un hijo como Aleksandr. O al menos podían intentarlo. Warlord la miró y ella supo que los dos estaban pensando lo mismo.

Los pasos de Firebird sonaron en los escalones, en el porche... Adrik abrió la puerta.

—¡Mamá! —chilló Aleksandr, arrojándose en sus brazos. Ella lo abrazó con fuerza, con los ojos cerrados y los hombros hundidos.

Karen no conocía a Firebird, no la había visto nunca, pero era evidente que le pasaba algo.

—Eh. ¿Qué pasa? —preguntó Warlord, tocándole la cara.

Ella abrió los ojos, retrocedió y se lo quedó mirando.

—¿Nos conocemos? —preguntó. Pero enseguida comenzó a esbozar una sonrisa—. Adrik. Dios mío, Adrik. ¡Estás vivo! —Se acercó a él y dejó que Warlord la abrazara a ella y al niño. Luego se apartó y se lo quedó mirando como queriendo absorberlo con los ojos—. Creía que no volveríamos a verte.

—No podía mantenerme apartado de mi hermanita. —Warlord acarició la cara del niño—. Ni de mi sobrino.

Firebird se puso tensa y se apartó bruscamente.

—No, no digas eso.

—Pero ¿yo qué he dicho? —se pasmó Warlord, mirando a los demás.

—Ni idea —contestó Jasha.

—Firebird, cuéntanos qué pasa. —Rurik había sido piloto de las Fuerzas Aéreas, y se oía la autoridad en su voz.

—Cariño, ¿qué te han dicho los médicos? ¿Es por mi enfermedad? ¿La tienes tú también? ¿Te la he pasado?

Firebird se apartó de Warlord para apoyarse contra la pared junto a la puerta. Pálida y ojerosa, los miró a todos uno a uno antes de contestar.

—No, papá, no tengo tu enfermedad. De hecho, eso es imposible.

—¿Qué quieres decir? —preguntó Tasya—. Si no saben nada de la enfermedad esta. Cualquier cosa es posible.

—Esto no. —Firebird se dejó caer al suelo, como si las piernas ya no la sostuvieran, y aterrizó de golpe—. ¿Por qué no me dijisteis que soy adoptada, que no estoy emparentada con vosotros, con ninguno? —Entonces clavó la vista en Zorana—. ¿Por qué no me dijiste que no soy hija tuya?